5장

이에니스

—치유사 길드 부흥편—

CONTENTS

5장

이에니스

―치유사 길드 부흥편―

01 자유 도시국가 이에니스

성도를 떠나 자유 도시국가 이에니스를 향해 여행을 시작한 지 어느덧 한 달이 흘렀다.

예정대로라면 이미 이에니스에 도착해 길드 재건 작업에 들어 갔을 시간이지만 현재 성치사단이 있는 곳은 성 슈를 공화국 남 쪽 끝에 있는 작은 마을이었다.

예정이 밀린 까닭은 교황님께서 우리 성치사단에게 내리신 사 명이 있었기 때문이다.

그 사명을 완수하기 위해 지금 난 치유사 길드 내에 있는 길드 마스터의 방에 있다. 난 날 보좌하는 조르드 씨와 함께 표정이 창 백해진 길드 마스터를 앞에 두고 성치사단의 기사 피아자 씨의 보고를 들었다.

"루시엘 대장님, 부정을 일삼던 치유사 길드의 직원 2명, 그리 고 악덕 치유원이라는 보고를 받고 확인한 결과 실제로 행실이 지 독했던 치유사들의 교체 및 성도 이송 수속을 모두 마쳤습니다."

"보고 감사합니다. 성치사단은 이동 준비가 끝나는 대로 1층에 서 대기해주세요."

"옙."

지시를 받은 피아자 씨는 바로 방을 나섰고 그 모습을 확인한 난 길드 마스터를 다시 마주했다.

"길드 마스터, 앞으로 무슨 일이 일어나면 성도에 제대로 보고를 할 수 있도록 조치를 부탁드립니다."

"그, 그 말씀은 즉 저는 해임을 면할 수 있는 겁니까?"

그래서 표정이 창백했던 건가…….

그야 마음이 약한 사람이면 내가 어떤 처분을 내릴지 걱정이 되겠지…….

"예. 단, 이후에도 같은 일이 발생한다면…… 아시죠?"

"예, 옙. 이번 일로 폐를 끼쳐서 죄송합니다."

"그럼 치유사가 돈의 망자가 아닌 사람들로부터 존경을 받고 모든 이들이 동경하는 직업이 될 수 있도록 함께 노력합시다."

머리를 숙이는 길드 마스터의 모습에 나와 조르드 씨는 서로를 마주 보며 쓴웃음을 지었고 이제는 입에 밴 마무리 대사를 날리며 방을 나섰다.

방에서 나와 1층으로 내려가는 계단에 발을 걸치니 조르드 씨가 즐겁다는 듯이 내게 말을 걸었다.

"루시엘 님, 수고하셨습니다."

"한 것도 없는데요 뭘. 그건 그렇고 즐거우신 모양이네요."

"루시엘 님의 마무리 대사를 듣고 멍한 표정이 된 길드 마스터나 치유사들을 보는 게 재밌거든요."

"그 성격은 여전하시네요……. 저는 그냥 성 슈를 교회의 최종 목표를 입에 담았을 뿐이지만요. 그보다 성치사단의 대원들이 치유사 길드나 치유원의 부정을 밝히는 활동에 그렇게 적극적으로 임할 줄은 몰랐어요……."

"아마 대원들이 루시엘 님에게 감화(感化)를 받아서 그런 것이겠지요."

"감화……요?"

"멜라토니에서 루시엘 님이 그렇게 사랑과 존경을 받으시는 모습을 보면 교회 본부에서 나태한 생활을 보내던 저희도 자연히 루시엘 님 같은 사람이 되고 싶다는 마음을 품기 마련입니다. 저도 그렇고요."

"그런 말을 직접 들으니 굉장히 부끄럽네요…… 뭐, 조르드 씨의 말은 반만 믿기로 할게요."

"유감이군요."

그런 대화를 나누며 1층으로 내려오니 대열을 갖춘 성치사단이 기다리고 있었다.

"여러분, 설명이나 여러 준비로 이리저리 움직이시느라 수고가 많으셨습니다. 이번 일이 이렇게 빨리 마무리된 건 모두 여러분 덕분입니다. 저 혼자였다면 좌절해서 제정신이 아니었을 거예요."

이런 소동이 각 마을을 들릴 때마다 일어나니 혼자서 떠나지 않기를 잘했다고 진심으로 생각한다.

"그건 누구나 마찬가지입니다. 게다가 루시엘 대장님의 성속성 마법과 인맥이 없었다면 이렇게 잘 풀리진 않았을 겁니다."

"맞습니다. 루시엘 님 덕분에 모험가들이 무상으로 협력을 해줘서 실제로 저희가 한 일은 별로 없습니다."

"그래도 감사해요. 이 마을에서 해야 할 일들은 마쳤으니 그만 움직이죠."

""""엡.""""

치유사 길드를 나서자마자 성치사단의 기사들은 자신감 넘치는 모습으로 말에, 치유사들은 마차에 올라탔고 나도 흑마……포레 누와르 위에 올라탔는데 그 순간 길드 앞에 모인 사람들이 환호를 보냈다.

그들의 목소리를 들은 난 앞으로도 치유사의 이미지 개선에 힘을 쓰자고 다짐하며 이에니스를 향해 출발했다.

그건 그렇고 타국으로 가는 데에 한 달이나 걸릴 줄은 몰랐다.

교황님께서 자유 도시국가 이에니스로 향하는 도중에 각 마을에 꼭 들리라는 명령을 내리셨기 때문이다.

그리고 들린 마을의 치유사 길드나 치유원에 문제가 있을 때는 신속하게 교회 본부로 안건을 이송해달라는 내용도 첨부되어 있었다.

그런 연유로 각 마을에 들러 자세한 조사를 한 결과, 드러난 문제점이 한둘이 아니었다.

그렇게 일을 처리하다 보니 시간을 꽤 잡아먹고 말았다.

"피아자 씨, 이제 큰 마을은 없는 거죠?"

"예. 남은 건 작은 마을 한 곳뿐입니다. 오늘은 그곳에서 묵을 예정입니다."

"그럼 오늘은 느긋하게 쉴 수 있겠네요."

"예."

그 뒤에 목적지인 작은 마을에 도착할 때까지 여행길은 순조로

웠다.

뭐, 지금까지 여행하면서 마물이나 도적의 습격을 받은 적은 없었다만…….

아마 우리가 갈 길을 앞질러 간 모험가들이 싹 쓸어버려서 그런 것이리라.

S급 치유사의 새 출발을 축하한다는 의미에서 성도의 모험가 길드 마스터인 그란츠 씨가 국경까지 이어지는 루트로 모험가들을 먼저 보내겠다고 했었지.

정말 감사할 따름이다. 이에니스에서도 되도록 모험가 길드와 긴밀한 관계를 맺었으면 좋겠다.

"이걸로 모든 분의 치료가 끝났습니다."

"어떻게 감사를 드려야 할지…… 정말로 잠자리만 내어드려도 되는지요?"

마을에 도착한 다음 자신을 촌장이라고 소개한 노인과 교섭해 치료의 대가로 숙소를 빌리기로 하였다.

하지만 막상 치료가 끝나자 촌장은 불안한 얼굴로 약속이라도 한 것처럼 그런 말을 입에 담았다.

"요즘 요리를 시작했거든요, 아직 맛있게 만들진 못하지만 매일 연습 중입니다. 그러니 잠자리만 내어주시면 그걸로 족합니다."

"그러시다면 다행입니다만……. 필요하신 게 있다면 사양하지 마시고 말씀하십시오. 힘이 닿는 한 도움을 드리겠습니다."

"예."

그런 대화를 나눈 뒤에 숙소로 발걸음을 옮겼다.

성치사단이 빌린 곳은 예전에 마을의 집회장으로 쓰이던 일자형 집이었는데 마법으로 정화하면 쓰는 데에 별다른 지장은 없어 보였고 대원들이 다 같이 잘 수 있을 만큼 매우 넓었다.

숙소에 도착한 난 대원들 몇 명과 함께 저녁 준비에 들어갔다.

"루시엘 님, 이 마도구는 굉장히 편리하군요. 저도 쉽게 다룰 수 있어서 좋습니다."

신관기사인 피아자 씨가 사용하면서 흥분을 감추지 못하는 이 물건은 반짝반짝 군이라고 하는 마도구인데 전생자일지도 모르는 리나의 가게에서 산 물건이다.

사용법도 간단한데 반짝반짝 군 안에 채소를 넣으면 뜨거운 물이 나오면서 자동으로 채소가 세척되는 뛰어난 물건이다.

실은 이 반짝반짝 군의 아이디어를 제공한 건 나다.

요리 연습을 하던 중에 문득 전세에서 채소를 조리하기 전에 조금 뜨거운 물에 씻으면 신선도가 살아나 채소가 맛있어진다는 얘기를 들었던 게 생각나 리나와 상담을 통해 마도구로 제작한 것이다.

리나는 별로 요리를 하지 않는지 처음에는 채소를 통째로 씻으려고 드럼 세탁기처럼 생긴 반짝반짝 군을 개발하려 했다.

하지만 그걸로 채소를 씻었다간 채소가 상할 것 같았기에 내 의견에 따라 식품 세척기 같은 형태로 바꾸어 생산하는 중이다.

어쨌든 덕분에 요리할 때 수고가 줄었다.

"이 많은 인원이 먹을 채소를 일일이 씻기도 쉽지 않을 테니.

냄비의 물은 끓었나요?"

"예. 이 마도 스토브도 멋진 물건입니다. 화력을 조절할 수 있는 데다 일정하게 유지하는 기능도 갖추었으니까요. 성도에 돌아가면 꼭 하나 장만해야겠습니다."

앞으로도 리나는 여러 물건을 개발할 테니 점점 유명해지겠지. 유명해지는 게 꼭 좋은 것만은 아니라는 생각도 든다만……

"당분간은 돌아갈 수 없지만, 기회가 생기면 파는 곳을 알려드리지요. 맛은 보장할 수 없지만 저녁은 제가 만들 테니 다른 분들은 말의 관리와 식사 준비를 부탁드릴게요."

""엡.""

같이 요리를 하는 몇 명을 제외하고 각자 맡은 일에 일제히 착수하는 대원들을 보며 요리를 만들었다.

오늘의 메뉴는 채소를 듬뿍 넣은 포토푀(pot-au-feu)와 포도(같은 것)를 짜서 즙을 낸 다음 미리 정화를 해둔 병에서 발효시킨 효모를 이용해 만든 말랑한 빵이다.

이 빵을 만드는 법은 그루가 씨한테 배웠다. 평소엔 좀 더 많이 굽는데 이에니스에 도착할 때까지 얼마나 시일이 소모될지 알 수 없기에 요즘엔 식사량을 조절하는 중이다.

참고로 정화 마법의 편리함이 여기서도 증명이 됐는데 정화 마법을 사용하면 빵을 발효시키는 균은 제외하고 인체에 해를 끼치는 균만 골라서 정화할 수 있다.

그러나 아무리 시도해도 블루치즈를 만들 수는 없었다. 어쩌면 정화 마법을 사용하는 사람의 의식이나 지식에 영향을 받는 걸지도 모른다…….

그런 생각을 하는 사이에 어느덧 저녁 식사가 완성됐다.

우리는 여느 때처럼 식사하면서 그날에 있었던 일들을 서로 보고하고 들었다. 그 뒤엔 마법이나 기초 단련, 그리고 마력 순환을 통해 발동하는 신체 강화에 관한 대화를 자주 나누는 편이다.

어떤 이미지를 연상하면서 마법을 쓰면 효과적인지 조언을 주고받고 함께 정보를 공유하는 것이다.

멜라토니에 들리기 전에도 정보를 공유하곤 했지만 요즘 들어 모두가 적극적으로 임하는 모습을 보면 그들의 의식이 달라졌다는 게 느껴진다.

멜라토니에 다녀온 이후부터 변화가 눈에 들어오기 시작했으니 그만큼 스승님의 존재가 강렬하게 남았던 것이리라…….

어쨌든 성치사단의 대원들은 각지에서 교회 본부로 소집된 엘리트라 그런지 나도 배울 점이 많은 데다 모두가 적극적으로 대화를 나누고 서로 배우며 깊이 이해하는 이 분위기는 매우 바람직하다고 생각한다.

식사가 끝난 뒤엔 다 같이 마력 조작 단련을 한다.

이렇게 단체로 단련을 하기만 해도 통솔 스킬의 숙련도가 오르니까 의외로 통솔 스킬을 지닌 사람들이 많을 것 같은데?

그런 생각을 하고 있으니 조르드 씨가 입을 열었다.

"내일이면 이에니스에 도착합니다만 루시엘 님께선 치유사 길드를 어떻게 재건하실 생각이신지요?"

"솔직히 생각해둔 바가 전혀 없어요. 이에니스의 치유사 길드가 무슨 이유로 사라졌는지도 모르는 데다 귀로 접한 정보만으로 판단하는 건 아무래도 위험하니까요. 그래도 이번엔 그쪽에서 요청한 파견이니까 복잡하게 머리를 굴릴 필요는 없을 것 같네요."

"그런가요…… 루시엘 님께서도 이미 아실 테니 노파심에서 전해드리는 겁니다만 이에니스는 표면상으론 자신들이 자유 도시 국가임을 표방하기에 종족의 벽이 없다는 이미지가 있습니다."

"미궁 국가 도시처럼 여러 종족이 모이는 곳이죠? 수인족이 많이 산다는. 근데 그렇게 말씀하시는 건……."

"예. 수인족이 많이 산다기보단 이에니스 자체가 여러 종족의 수인족들이 모여 탄생한 나라입니다. 그러니 그곳에 있는 인족은 모험가 정도일 겁니다."

"다양한 종족이 산다는 얘기를 들은 적이 있어서 착각했네요."

예전에 나나엘라 양과 공부를 할 때 이에니스는 다양한 종족이 모여 살아가는 나라라고 배웠었지. 그래서 멜라토니를 떠날 때 가르바 씨가 무슨 일이 생기면 자신을 의지하라고 했던 건가…….

지금까지 만난 수인족은 다들 좋은 사람들이었으니 딱히 불안한 점은 없다.

"우리 중에는 인족 지상주의자는 없습니다만 그런 사상 때문에 성 슈를 공화국을 떠나는 수인족도 적지 않으니 솔직히 불안합니다."

그 마음도 이해한다. 반대로 이에니스에선 인족인 우리가 그런 상황에 빠질 가능성도 있으니까.

그래도…….

"대책이라고 할 순 없지만 우쭐대지 말고 평범하게 주민들을 대하면 큰 문제는 없을 겁니다. 만약 그래도 문제가 일어나면 자잘한 일이라도 꼭 연락해주세요. 그런 정보들을 함께 공유하면 문제점도 서서히 해결할 수 있을 겁니다."

"알겠습니다."

들어오는 정보의 양이 부족할 땐 상상으로 때우기보단 항상 최악의 상황에 맞춰서 움직이면 괜찮을 거라고 스승님도 말씀하셨고 얼마나 영향력이 있을지는 모르겠지만 가르바 씨나 그루가 씨도 곤란한 일이 생기면 자신들의 이름을 써도 된다고 허락을 받았으니 불안감은 없다.

애초에 이에니스 측의 요청으로 온 거라 딱히 걱정할 거리도 없다만.

"아, 조르드 씨. 이에니스에 도착하면 길드 운영이랑 관련해서 여러모로 상담할 게 있으니 좀 도와주세요."

조르드 씨는 미소를 지으며 조용히 고개를 끄덕였다.

그 뒤에 우리는 마력 조작 단련을 마치고 각자 잠자리에 들었다.

다음날, 신세를 진 마을을 뒤로, 이에니스를 향해 출발했다. 시야에서 나무들이 서서히 사라지고 주변의 풍경이 초원에서 황야로 변할 즈음 산과 산골짜기의 길이 보이기 시작했다.

"저곳이 국경입니다. 골짜기를 지나면 이에니스 측에서 마중을 나온다는 모양입니다."

"드디어 도착했네요. 거의 다 왔으니 다들 힘을 내죠."

국경으로 향하는 도중에도 마물이나 도적과 마주치는 일은 없었다.

기사들에게 주변 경계를 맡긴 난 치유사들의 성속성 마법 숙련도 향상을 위해 말들이 지치지 않도록 에어리어 힐 시전을 지시하거나 포레 누와르가 좋아하는 정화 마법을 걸어주었다.

저 앞의 문을 통과하면 주변에 서식하는 마물의 수가 늘어난다는 사실을 알기에 마음을 다잡았다.

"만일을 대비해 에어리어 힐을 걸 테니 여러분도 긴장하지 마시고 자연스러운 자세를 유지해주세요."

"""엡."""

성 슈를 공화국과 이에니스를 잇는 국경엔 요새가 자리를 잡고 있었다.

성채의 문을 통과하니 아슬아슬하게 마차가 다닐 수 있을 정도의 좁은 길이 이어졌다.

만약 도적이나 마물이 이 지형을 이용해 매복이라도 하면…….

설마 국경의 역할을 하는 요새의 문이 활짝 열려있을 줄은 몰랐다.

일단 이 건은 교황님께 보고를 드리는 게 좋겠지.

그런 생각을 하며 앞으로 나아가니 탁 트인 곳으로 나왔다.

넓은 곳으로 나오니 갑자기 기온이 오르며 햇빛이 강해진 것 같은 느낌이 들었다.

다른 대원들은 더위가 조금 신경 쓰이는 눈치였지만 몸에 착용한 장비 덕분에 비교적 멀쩡했던 난 전방에 보이는 인파(人波)를 경계했다.

그런데 인파 속에서 작은 그림자가 튀어나오는가 싶더니 그쪽에서 들려온 '치유사 오~빠'라는 목소리에 김이 빠진 난 경계심을 풀었다.

아마 저 집단은 마중을 나온다는 이에니스 측의 사람들이리라.

그리고 이쪽을 향해 달려오는 소녀는…… 어, 음…… 시이? 아, 실라였던가?

"저희를 맞이하러 온 이에니스의 분들인 것 같네요. 저기 보이는 수인 소녀는 전에 모험가 길드에서 만난 적이 있으니 여러분은 그대로 대기해주세요."

내가 포레 누와르에서 내리자 이쪽을 향해 뛰어드는 실라의 모습이 보였기에 몸으로 받아냈는데…… 기세를 이기지 못하고 넘어질 뻔했다. 어떻게든 받아내긴 했다만…….

너무 놀란 나머지 자신도 모르게 영창 파기로 에어리어 힐을 시전하고 말았다.

그리고 아이라고 해도 수인의 가속 스피드는 무시할 수 없다는 사실을 새삼 깨닫게 됐다.

"실라 맞지? 목은 괜찮은 것 같네."

"응. 치유사 오빠랑 헤어진 날부터 목소리가 나왔어."

"그렇구나. 그때 실라가 힘을 내는 모습을 보시고 하느님께서 상을 내리신 게 아닐까?"

이 소녀와 헤어질 때, 엑스트라 힐을 썼지만, 숙련도가 약간 부

족해 실패로 끝났을 터다.

그러니 나았다고 한다면 정말로 하느님이 상을 내리신 걸지도 모르겠다.

"에헤헤."

얼굴에 활짝 웃음을 띤 실라에게 일어난 기적을 생각하며 난 포레 누와르를 끌고 실라와 함께 마중을 나온 이에니스 측 집단을 향해 다가갔고 성치사단도 내 뒤를 따랐다.

"교회에서 오신 성변님과 그 일행분들, 이에니스에 와주셔서 대단히 감사합니다. 이번 임기에 대표자를 맡은 호랑이 수인족의 샤자라고 합니다."

앞으로 나선 호랑이 수인이 그렇게 자신을 소개했다. 호랑이 수인을 만난 건 이번이 처음인데 내가 생각했던 이미지와는 달랐다.

호랑이 수인은 그냥 호랑이가 아니라 갈기가 있는 사자가 섞인 듯한 인상이었다.

"따듯하게 맞아주셔서 감사합니다. S급 치유사 루시엘입니다. 우선 절 포함한 9명의 인원이 이에니스에 부임하게 됐습니다."

"오오. 감사할 따름입니다. 자유 도시국가 이에니스라는 이름을 대곤 있습니다만 중심지에조차 치유사가 없는지라 약사 길드의 인력으로 어떻게든 버티던 힘든 시기에 정말 잘 와주셨습니다."

"물론 기대에 부응할 수 있도록 최선을 다할 생각입니다만 현장을 살피고 말씀을 들으면서 조금씩 이에니스의 상황에 대응하고자 합니다."

"감사합니다. 중심지는 이곳에서 3일은 더 가야 나오기에 여러분의 여행이 조금 더 길어질 것 같습니다만, 잘 부탁드리겠습니다."

하아~ 여기서 3일은 더 가야 도착한다니.

속으로 한숨을 쉰 난 오랜만에 포커페이스를 구사하면서 악수를 청하는 샤자 씨의 손을 맞잡았다.

"이쪽이야말로."

샤자 씨와 악수를 하고 나니 그의 힘이 제법 강하다……는 걸 느낄 수 있었다. 혹시 이에니스의 대표자는 무력도 겸비해야 하는 건가? 그런 생각과 함께 이에니스에 입국한 우리는 수도 이에니스를 향해 출발했다.

자유 도시국가 이에니스에 입국한 뒤로 성 슈를 공화국과는 다르게 갈수록 마물의 수가 늘어나는 것인지 몇 번이고 습격을 받았다.

하지만 이에니스의 현직 대표자인 샤자 씨가 국빈이라는 이유로 우리가 전투에 나서는 것을 거절했기에 샤자 씨를 포함한 수인족 병사들이 마물을 토벌했다.

가만히 구경만 하는 것도 뭐해서 에어리어 배리어를 쓰거나 다친 병사를 치료한 결과, 전투를 보조한 기사 몇 명과 치유사들의 레벨이 올랐다.

조르드 씨한테 물어보니 배리어 같은 마법으로 전투를 보조해도 레벨이 오른다는 대답을 들었는데, 그럼 파워 레벨링이 가능한 거 아닌가? 라는 생각이 머리를 스쳤지만 검증할 방법이 없기에 머릿속에만 담아두었다.

그리고 우리 부대의 기사들이 마물과 싸우고 싶어서 안달이 난 모양이라 욕구를 해소할 수 있는 자리를 마련해야 할 것 같다…….

아마 멜라토니에 있을 때 스승님과 두 분이 대원들을 굴린 게 원인일 테니 이에니스에 있는 치유사 길드의 경비에 이상이 없다면 모험가 길드의 훈련장을 빌려서 훈련을 해볼까, 틈날 때 모험가 생활을 허락하는 것도 나쁘지 않네.

마침 물체 X도 거의 다 떨어져 가니 이에니스에 도착하면 물체 X도 보충하자…….

그건 그렇고 레벨이 올랐다는 건 즉 물체 X를 피처잔으로 1잔 분량만큼 마시면 레벨이 오르지 않는 효과가 반나절 정도 가는 건가.

치유사 길드를 재건하는 일이 궤도에 오르면 물체 X에 대해 좀 더 자세히 알아보는 것도 괜찮을 것 같은데.

여러모로 해야 할 일들이 머리에 떠올라서 휴식 시간마다 닥치는 대로 메모를 하다 보니 페이지가 새까맣게 변했다.

할 수 있는 일부터 조금씩 해결하자.

난 그렇게 다짐했고 우리는 이에니스 측 사람들과 합류 3일 만에 드디어 자유 도시국가 이에니스의 수도인 이에니스에 도착했다.

*

예전엔 이에니스에도 치유사 길드가 있었지만 수십 년 전에 일어난 소동으로 인해 치유사 길드는 어쩔 수 없이 철수했다는 모양이다.

그 얘기는 나도 들은 적이 있다.

하지만 이 정도로 열악한 상황일 줄은 몰랐기에 안내를 받아 치유사 길드가 있는 장소에 도착한 우리는 할 말을 잃고 말았다.

길드 건물이 낡아빠져서 그런 게 아니라 치유사 길드가 있는 장소가 문제였다.

"……설마 슬럼가 내에 치유사 길드가 있는 겁니까?"

"예. 길드가 있는 곳이 슬럼가라는 건 저도 좀 그렇다고 생각합니다만 이곳이 예전에 치유사 길드로 쓰였던 건물입니다. 다른 장소로 이전하려고 해도 쓸 만한 땅이 없더군요."

말로는 미안하다고 하지만 샤자 씨…… 이제부턴 그냥 샤자라고 하자. 어쨌든 말이랑 다르게 눈으로 웃는 게 뻔히 보이는 데다, 손으로 입을 가린 탓에 도리어 웃고 있다는 걸 알 수 있었다.

이쪽이 화를 내거나 당황하는 모습을 보고 즐기겠다는 거구만.

다른 수인들이 어색하게 시선을 피하는 모습을 보아하니 다들 이 호랑이 수인의 힘에 눌려 찍소리도 못하고 있는 모양이다.

그러고 보면 여기까지 오는 길에도 실라가 내게 걸리고 할 때마다 거북했던 샤자가 견제를 해댄 탓에 2년 전에 만났던 수인들 모두와 필요한 대화를 제외하곤 전혀 말을 나눌 수 없었다.

처음엔 종족에 따라 사이가 좋거나 나빠서 그런 건가? 라고 가볍게 생각했는데, 아니었군…….

이동 중에도 휴식을 취할 때도 쭉 샤자가 붙어 있었던 바람에 실라를 상대해주지 못해서 미안할 따름이다.

치유사나 치유 마법을 이것저것 묻기에 우리를 반기고 있다고 생각했건만, 샤자의 진짜 노림수는 나와 실라의 대화를 차단함으로써 이 상황이 들키지 않게 덮어두는 것이었나 보다.

아~ 이거 제대로 걸렸는데~. 분해라.

지금 생각하면 길을 가면서 샤자가 치유사 길드에 부탁한 요구사항들을 들을 때부터 알아봤어야 했다.

· 물가를 고려해 치료비를 낮춰줄 것.
· 이종족 환자는 이에니스의 법에 따라 치료를 할 것.
· (꼭 해달라는 건 아니라고 운을 뗀 다음) 마물과 싸울 때
  회복역할로서 함께 전장에 나서줬으면 한다는 것.
· 치유원을 개설할 경우, 성 슈를 교회가 공사비를 부담할 것.

물론 어느 것 하나 바로 결정할 수 없는 내용이었기에 나는 묵묵히 듣기만 한 다음 조금 세게 받아쳤다.

"그렇군요. 착각이 있으신 것 같은데, 저희는 자선단체가 아닙니다. 그리고 이런 얘기는 일이 정리된 후에 해야지 않을까요? 저희의 최우선 사항은 치유사 길드의 업무 정상화입니다."

직후 어쩐지 눈빛이 날카롭게 변한 것 같더라니, 내 착각이 아니었다.

그 뒤에 휴식을 취할 때도 샤자가 내 곁을 내내 지키는 바람에 성치사단의 대원들과 상담을 할 수가 없었다.

그래서 수도에 도착했을 때 조르드 씨한테만 살짝 말을 걸었는데, 조르드 씨는 그 전부터 불길한 예감이 들었다는 모양이다.

우스갯소리로 '어쩌면 기사단의 활약을 먼저 볼지도 모르겠군요'라는 진담과 농담으로 모두 받아들일 수 있는 말을 들은 뒤엔 성치사단의 대원들에게 경계를 강화하도록 지시를 내렸다.

그건 그렇고 설마 조르드 씨의 예감이 이런 식으로 맞을 줄은 몰랐는데…….

일이 이렇게 흘러가면 나나 성치사단의 대원들이 위험에 처할 수도 있단 말이지…….

어디, 가르바 씨랑 그루가 씨의 고향이기도 하니 조금 과감하게 나가볼까.

"우선 길드 재건 작업이 끝날 때까지 치료비는 이쪽에서 정한 금액대로 받겠습니다. 만약 돈이 부족한 경우엔 몸으로 갚으셔야 합니다."

"그건 수인족을 노예로 삼겠다는 말씀이신지요?"

엄청난 눈빛으로 이쪽을 노려보고 있는데, 그래봤자 스승님에 비하면 아직 멀었다. 호랑이가 아니라 고양이 수준이다. 성치사단조차 내 말을 기다리며 침착하게 서 있을 뿐이었다.

이 정도라면 쫄 필요는 없지. 난 그렇게 자신을 타이르며 입을 열었다.

"아뇨, 남은 치료비를 공사일 같은 노동으로 받겠다는 겁니다. 교회에는 '서약'으로 신께 맹세하면 그자를 속박할 수 있거든요."

"그래선 노예나 마찬가지 아닌가?"

말투도 호전적으로 변했는데 이대로 진행해도 괜찮으려나……

"이건 신께 드리는 맹세입니다. 제가 억지로 강요한다고 되는 게 아니지요. 그렇기에 신께서 제 행동이 부당하다 보시면 제게 벌을 내리실 겁니다. 마법을 못 쓰게 될지 아니면 목숨을 잃을지는 알 수 없습니다만……. 아, 물론 대표이신 샤자 씨의 서약도 받겠습니다."

"……?!"

그러자 샤자의 표정에 초조함이 비치기 시작했다.

"그렇게 겁을 먹지 않으셔도 됩니다. 서약의 벌은 기껏해야 신체 레벨을 1로 되돌리는 수준이니 죽지는 않습니다. 대표이신 샤자 씨라면 당연히 하시겠죠? 서약만 해주시면 저희도 안심하고 치유사 길드를 재건하는 일에 온 힘을 다할 수 있으니까요."

"기, 기다리시게. 치유사 길드를 재건하고자 하는 그대들의 열의를 잘 알았으니 어떻게든 이쪽에서 알맞은 장소를 한 번 찾아보겠네."

"괜찮습니다. 이 거리엔 노예상이 있다고 들었습니다. 거기서 불침번을 서줄 자들을 구해 조금씩 치유사 길드를 재건할 생각입니다. 이렇게라도 하지 않으면 이 거리에서 치유원을 열 정도로 기개가 넘치시는 분을 계속 기다려야 하는지라."

난 미소와 함께 포커페이스를 유지했다.

아무래도 이 자리에 샤자의 아군이나 참모는 없는 모양이다. 나는 미리 조르드 씨와 여러 상황에 대비해 계획을 짜뒀기에 상황에 맞춰 금방 대응할 수 있다.

"그, 그랬지! 오늘은 여러분을 환영하는 연회를 열 생각이네."

"호의에 감사드립니다……."

그의 표정에 조금 여유가 돌아왔다.

어쩌면 독살 계획 같은 걸 세웠는지도 모른다…… 독 따위는 진작에 졸업했으니까 문제는 없다만…….

"하지만 이 거리의 치유사 길드가 계속 이런 상태라면 성치신 님께서도 필시 슬퍼하시겠지요. 저희는 치유사이며 동시에 교회에서 온 자들이기에 이 상황을 이대로 두고 볼 순 없습니다. 일단이 자리에서 이에니스의 대표이신 샤자 님과 서약을 맺도록 하죠. 앞으로 잘 부탁드리겠습니다."

내가 손을 내밀자 그의 얼굴에서 엄청난 땀이 흐르기 시작했다.

"괜찮으신가요? 땀을 꽤 많이 흘리시는 것 같은데."

"성변 공, 대단히 죄송합니다만 컨디션이 좋지 않습니다. 후일에 다시 자리를 만들 테니 오늘은 여기서 실례하겠습니다."

"그건 큰일이군요. 그러시다면 회복 마법으로 치료를 해드리죠. 하이 힐, 리커버, 퓨리피케이션, 디스펠."

난 영창 파기로 마법을 시전했다. 그래도 결국은 이 자리를 뜰 테지만.

"오오! 멋지군요. 아, 그래도 대표로서 해야 할 일이 떠오른지라 이만 실례하겠습니다."

그는 그 말을 남기고 달리듯이 자리를 떠났다.

실라는 바로 전대의 대표였던 올가 씨의 딸인데 내게 말을 걸지 말라고 아빠한테서 들은 게 있어서 그냥 손만 열심히 흔들었다.

그리고는 깊이 고개를 숙인 뒤에 샤자의 뒤를 따랐다.

"이거 참, 앞으로 갈 길이 험난하네요."

"예. 일단 정화 마법으로 치유사 길드를 청소하죠. 아, 그리고 정말로 위험한 일이 벌어질 수도 있으니 노예상에 다녀올게요. 호위가 필요할 것 같은 예감이 드는지라……."

"""옙."""

그렇게 길드에 들어간 우리를 반긴 건 비가 샐 것 같은 지붕과 군데군데 내려앉은 바닥, 그리고 건물 곳곳에 진을 친 거미집이었다.

거미집이나 먼지는 정화 마법으로 순식간에 처리했지만 뚫린 구멍은 어떻게 할 방도도 없었기에 결국 대공사는 피할 수 없을 것 같았다.

이 기회에 치유사 길드를 조금 개조해볼까.

대원들에게 그렇게 전하니 어째선지 다들 눈이 반짝였다. 이렇게 분위기가 굳어졌으니 할 수밖에 없겠지.

모든 방을 정화하고 각자의 방을 정한 다음, 포레 누와르와 다른 말들의 경비를 고려해 두 팀으로 나뉘어 움직이기로 했는데 내가 속한 그룹은 바로 노예상으로 향했다.

이때는 아직 몰랐다, 여기서 오랜만에 호운 선생님과 재회할 거라고는.

02 노예 구입과 신의 기적

낡아빠진 치유사 길드를 나선 우리는 우선 상점가로 향했다.

상점가에 들어서자 주위에서 따가운 시선이 날아들었다.

노골적으로 경계심을 품고 있었는데…… 갑자기 슬럼가에서 나온 하얀 로브 차림의 남자들이 무리를 지어서 걷고 있으니 그럴 만도.

교회 본부에선 평범한 복장이지만 멜라토니만 나가도 눈에 띄는 복장이다.

시선이야 어쨌든, 이런 식으로 무턱대고 상점가를 찾는 건 시간 낭비라는 생각이 들어 멀리서 우리를 보고 있는 주민들에게 말을 걸어보기로 했다.

처음엔 가까이 다가가기만 해도 사람들이 도망치듯이 등을 돌리는 바람에 좀처럼 말을 들어주지 않았지만 어떻게든 상점가 근처에 있는 노예상의 위치를 듣고 잠시 거리를 거닌 끝에 겨우 노예상을 찾을 수 있었다.

이에니스에는 노예상이 총 3곳이 있다고 한다. 나는 한 군데씩 돌아보기로 했다.

하지만 첫 번째로 들린 곳은 초짜 손님은 사절이라는 이유로 입장을 거부했고, 두 번째로 들린 곳은 샤자가 미리 손을 써뒀는지 치유사 길드의 관계자와 거래를 하지 않는다며 거절했다.

그렇게 마지막 희망을 안고 도착한 세 번째 노예상은 슬럼가와 가까운 장소에 있는 더러운 가게였다.

어차피 호위를 구하는 것과 외관은 아무래도 좋으니 일단 둘러보기로 했다.

"다른 분들은 여기서 기다려 주세요. 그리고 무력과 공작에 능한 노예를 살 생각입니다만 그 외에 따로 필요하신 노예는 없나요?"

혹시 몰라서 대원들에게 물어봤지만 별다른 대답이 없었기에 난 혼자서 가게 안으로 들어섰다.

외관과 달리 가게 내부는 의외로 깨끗했고 악취도 나지 않았지만 청결하다는 생각은 조금도 들지 않았다.

"이곳이 노예상입니까?"

"이거 참, 인족 도련님이 오실 줄이야. 댁의 말대로 노예상인 건 맞네만 아무리 싼 노예라도 금화 5닢은 나가는데 가진 건 좀 있나?"

가게 안쪽에서 나온 건 얼굴에 천박한 미소를 띤 늑대 계열의 수인이었다. 솔직히 이런 사람을 상대하는 건 거북하지만 노예가 필요하니 어쩔 수 없다. 조금 강한 태도로 나가볼까.

"물론, 충분하지. 이 가게에서 가장 비싼 노예는 얼마지?"

"으음? 뭐, 대답해드리자면 가장 비싼 상품은 백금화 5닢짜리 엘프입니다. 충분하십니까?"

노골적으로 이쪽의 지갑 사정을 캐려는 남자의 모습에 어이가 없었지만 나는 포커페이스를 유지했다.

"……그저 가격을 확인했을 뿐이다. 그보다 엘프가 있다면 어느 정도 청소를 해두는 편이 좋지 않나?"

"뭐? 댁은 날 놀리러 온 거요? 가게를 청소해서 돈이 들어온다면 모를까, 그런 일에 힘을 들일 필요 없잖소."

남자는 돈이 되지 않는 녀석이라고 판단했는지 허탕을 쳤다는 듯이 태도를 바꿨다.

"그런가? 손님이라면 깨끗한 장소에서 고르는 쪽을 선호할 것 같다만."

말을 마친 난 백금화를 손가락 사이사이에 끼워 남자의 눈앞에 내보였다.

"역시 집안 빵빵한 도련님이셨네요. 거, 놀라게 하지 좀 마십쇼."

백금화를 보자 수인의 감정을 드러내는 귀가 곤두서고 꼬리가 살랑살랑 흔들렸다.

"가게에 있는 모든 노예를 보여다오. 그리고 내 가게 내부를 청소해줄 테니 그 대가로 조금만 값을 깎아주도록."

그 제안을 바로 받아들인 노예 상인은 양손을 비비며 히죽거리는 얼굴로 가게 안을 안내하기 시작했다.

노예들의 감옥은 개인실로 되어있었으며 남녀가 다른 구역에 격리된 모양이었다.

나는 우선은 여성들이 있는 구역으로 안내를 받았다.

노예 상인은 우선 제일 비싼 엘프부터 시작해 차례대로 노예들을 선보였다.

노예들은 이쪽을 한 번 보더니 이내 흥미를 잃고는 시선을 돌렸다.

아무래도 나이가 젊은 것이 노예를 살만한 돈은 없다고 생각한 모양이다.

뭐, 겉보기에 노예들의 건강 상태도 양호해 보이니 굳이 내가 무리해서 살 필요는 없겠지.

그 뒤에 차례로 노예들을 구경하는 도중에 어느 사실을 알아차렸다.

이 노예 상인 외엔 다른 종업원들이 한 명도 없었다.

그 점에 조금 의문이 들었지만 사소한 일이었기에 가게 안을 돌아다니며 목적에 맞는 노예가 있는지 살폈다.

노예 중에 이따금 사지를 잃은 아이들이 보일 때마다 치료를 해주고 싶었지만, 아이들이 나아봐야 노예상만 기뻐할 거란 생각에 치료를 단념한 난 마음속으로 아이들에게 사과하며 주먹을 세게 쥐어 인내심을 유지했다.

노예는 인족부터 시작해 드워프, 드래고뉴트(용인), 엘프, 수인에 이르기까지 종족이 다양했다.

가게도 더러운 것이 장사가 되기는 하는지 의심스러운 노예상이 어떻게 이런 수준의 노예들을 구했단 말인가? 다른 가게들을 발조차 붙이지 못했으니 어떤지 모르겠다만, 노예상이면 이 정도는 당연한 건가?

그 뒤에도 노예 상인은 가게를 안내하면서 노예들은 전부 할인가로 판매하고 있으며 특히 엘프나 용인은 이 기회를 놓치면 구할 수 없다는 등 영업을 해댔지만 살 생각이 전혀 들지 않았다.

"여기 있는 노예는 전부 절망에 빠진 자들밖에 없는 건가?"

노예들은 그다지 팔리고 싶지 않아 하는 것처럼 보였으며 삶에 지친 기색이 역력했다.

보타쿠리의 노예조차 의지가 남아있었는데.

"그야 노예니까요. 그런 식으로 트집을 잡으시면 곤란합니다요."

노예 상인은 의아한 표정을 지으며 그렇게 답했다.

"그런가…… 다음은 남자 노예를 보여다오. 그 후에 몇 명의 구매를 검토하마."

내가 노예 상인에게 그렇게 전한 순간, 노예들의 분위기가 변한 게 느껴졌지만 나는 모른 척하고 노예 상인을 재촉했다.

"큭큭큭. 그럼 이쪽으로 오시죠."

노예 상인은 누구를 향한 것인지 모를 웃음을 흘리곤 안내를 재개했다.

여성 노예와 비교하면 남성 노예의 수는 매우 적었다.

이곳에서도 노예 상인은 판촉 문구를 늘어놨지만 난 그의 말을 무시하고 한 명씩 상태를 관찰했다.

그리고 노예들의 담력을 파악하기 위해 블로드 스승님께서 직접 전수해주신 위압 스킬을 사용했다.

그러자 어떤 이는 겁에 질렸고, 또 다른 이는 위협으로 받아쳤다.

테스트를 통해 내 위압을 멀쩡한 얼굴로 받아넘긴 노예 후보 세 명을 골라냈다.

"이쪽에 팔이 없는 드워프. 그쪽의 양발의 힘줄이 잘린 노인.

그리고 머리카락 색이 흐린 이 청년과 면담을 하고 싶다. 아, 그 전에 가격을 알려다오."

노예 상인의 표정이 신통치 않은 까닭은 내가 고른 노예들의 가격이 싸서 그런 것이리라. 따로 부탁하지 않았음에도 불구하고 노예 상인은 내가 고른 노예를 설명하기 시작했다.

"이 드워프는 예전엔 제법 우수한 대장장이였다는 모양입니다만 사고로 양팔이 이 꼴이 됐으니 지식 노예로 가격을 매기면 금화 5닢 정도겠지요. 두 번째로 고르신 남자는 겉모습은 노인으로 보여도 아직 중년의 나이입니다. 본래는 굉장한 실력을 지닌 무인이었다고 들었습니다만 동료들한테 배신을 당해 독이 발린 검에 다리의 힘줄을 베였으니 제 다리로 일어서진 못하겠지요. 하지만 이쪽도 매입한 금액이 있으니 금화 5닢. 마지막으로 이 꾀죄죄한 애송인 전쟁 노예인 모양인데 타국에서 흘러들어온 녀석을 억지로 맡은 겁니다. 그래도 아직 젊으니 금화 20닢에 드리죠."

노예를 팔 생각이 있는지 의심이 가는 설명이었지만 지금까지 들었던 판촉 문구들보다는 유익한 정보였다.

특히 드워프와 전직 무인 같은 경우엔 엑스트라 힐을 써서 신체를 원상태로 되돌릴 수 있을 테니 치료를 통해 그들에게 의욕을 불어넣으면 치유사 길드의 부족한 전력을 메꿔줄 최고의 인재가 되리라.

교황님께선 함부로 엑스트라 힐을 남발하지 말라고 하셨지만 이번엔 상황이 상황인 만큼 어쩔 수 없다.

"그런가. 그럼 면담을 부탁하지. 그리고 가능하면 한 명씩 일대일로 대화를 나누고 싶다. 여성 노예도 살 생각이니 그 정도 부탁은 들어줄 테지?"

"헤헤헤. 도련님의 부탁인데 당연히 들어드립죠."

이런 일에 돈을 쓰지 않으면 언제 돈을 쓰겠냐…… 그런 속마음을 노예 상인한테 들키지 않도록 3평 정도 되는 응접실을 빌려 일대일로 면담을 하게 됐다.

첫 번째로 들어온 노예는 양팔이 없었으며 삶을 이어가려는 기력조차 느껴지지 않는 드워프였다.

"앉으시죠. 몇 가지 질문을 드리고자 하니 거짓 없이 답해주셨으면 합니다. 먼저 제 소개를 하죠. 전 치유사 길드에 소속된 S급 치유사 루시엘이라고 합니다. 드워프 씨, 만약 당신의 팔을 고칠 수 있다면 대장일 외에 다른 작업도 가능합니까? 예를 들면 공사라던가."

"흥. 난 태어날 때부터 대장신의 가호를 받은 대장장이다. 목공도 대장일에 필요한 기술이니 당연히 가능하다! 애송이가 누구 앞에서 입을 놀리는 게냐."

조금 전까진 표정에 생기가 없었는데 자신을 바보 취급했다고 느낀 건지 이글거리는 눈매로 변했다.

아마 팔이 있었다면 날뛰지 않았을까…… 분위기가 엄청 험악한데.

"그런가요…… 본인의 실력에 자신이 있습니까?"

"애송이…… 아직도 날 얕보는 게냐?"

아, 말이 좀 지나쳤나…… 그래도 한 발짝 더 파고들어야 한다.

"그럼 대놓고 물어보겠습니다. 팔을 고쳐주면 저희에게 충성을 맹세하고 치유사 길드 건물 개조에 필요한 대장일이나 공사 일을 맡아주시겠습니까?"

난 상대의 눈을 똑바로 응시하며 말을 전했다.

"……정말로 팔이 돌아온다면…… 그리고 작업 환경이 나쁘지 않다면 받아들이마."

허세를 부리면서도 드워프 씨는 떨리는 목소리를 숨기지 못했다.

장인 기질이 몸에 뱄을 테니 그른 일은 하지 않을 테고 이대로 고용해도 되겠지.

"드워프 씨의 이름을 여쭈어도 될까요?"

"드란이다."

"그럼 드란 씨, 마지막 질문입니다. 여기서 같이 빠져나갔으면 하는 사람이 있는지요?"

"……어째서 그런 걸 묻는 게냐?"

자신이 팔린다는 걸 안 뒤로 쭉 안절부절못하고 여성 노예들이 있는 구역을 몇 번이고 쳐다보면 웬만한 사람은 알아차릴 것 같은데.

"당신이 지닌 기술로 치유사 길드 재건과 무구 제작에 온 힘을 다하겠다고 약속해주신다면 당신이 그 힘을 발휘할 수 있는 환경을 만들어 드리고 싶습니다."

그 말과 함께 난 미소를 지었다.

"……애송이, S급 치유사라고 했던가? 그 랭크가 모험가와 동등한 의미를 지닌다면 가진 돈이 제법 되겠군."

"그럭저럭 있는 편입니다. 이래 봬도 더럽고, 무섭고, 으스스한 언데드 퇴치를 쭉 했던 몸인지라."

애수(哀愁)에 찬 내 얼굴을 보고 거북함을 느낀 것인지 드란 씨는 눈을 감으며 작게 말했다.

"그런가……."

"예, 그러니까 사양하실 필요는 없습니다. 함께 나갔으면 하는 사람이 있나요?"

"인족과 드워프 사이에서 태어난 하프인데 보지 못했나? 손녀 일세. 이름은 폴라. 특징은 적갈색 머리카락에 말수가 적은 아이지. 올해로 16세인데 가능하면 같이 구해다오."

조금 전까지 보이던 위엄은 어디로 간 걸까? 지금까지 참았던 감정이 터져 나와서 그런 거겠지만 이게 가족을 걱정하는 마음이라고 생각하니 충분히 이해가 갔다.

"알겠습니다. 면담이 끝나면 여성 노예들의 구역도 갈 예정이니 그곳에 있다면 꼭 데려오도록 하겠습니다."

그렇게 드란 씨와의 면담이 끝났다.

두 번째로 들어온 노예는 노인으로 보이는 전직 무인이었다.

발의 힘줄을 다쳐 일어서지 못 하는 몸이라 들었기에 난 그가 휠체어를 타고 들어올 줄 알았는데 전직 무인은 두 개의 봉을 지팡이 삼아 자연스러운 걸음걸이로 들어왔다.

덕분에 그의 체격과 균형 감각이 뛰어나다는 걸 알 수 있었다.

"단도직입적으로 말씀을 드리겠습니다. 보아하니 제법 강한 무인이군요. 당신한테서 제 스승님과 같은 기척이 느껴집니다."

내 말에 노인이 풍기던 분위기가 달라진 것을 똑똑히 알 수 있었다.

"그게 중요한가?"

"예. 배신을 당하고 독이 발린 검에 양발의 힘줄을 베이셨다고 들었습니다. 그들에게 복수할 마음은 없으십니까?"

"후. 내가 복수를 바란다고 한들 국가를 상대론 아무리 발버둥을 쳐도 당해낼 재간이 없지. 그보다 치유사라고 했나? 나로서는 치유사를 이만큼 단련시킨 스승의 얼굴이 궁금하군."

조금 전까지만 해도 노인으로 보였던 그가 갑자기 젊어진 것 같다…… 역시 이 사람한테선 스승님과 동류의 냄새가 진하게 난다.

혹시 이 느낌이 강자의 냄새인가? 조금 떠볼까.

"제 스승님은 선풍이라는 별명으로 불리는 분입니다. 그보다 당신은 대체? 아니 지금은 그냥 넘어가도록 하죠. 다리는 독 때문에 가망이 없다는 판정을 받으신 겁니까?"

"……그러더군."

호전적인 분위기가 사그라들자 그도 노인으로 돌아갔다.

"다시 몸을 움직일 수 있다면 충성을 맹세하고 저와 저의 동료들을 지키겠다고 약속해주실 수 있습니까?"

"……이런 영감한테 뭘 시키겠다는 거냐?"

힘을 잃고 어둠에 잠기려던 두 눈에 다시 불이 붙은 것 같은 느

낌이 들었다.

"당분간은 이 마을에 있는 치유사 길드와 말들의 호위를 부탁드리고 싶습니다. 그 외엔 가끔 저나 기사들과 함께 전투 훈련을 해주셨으면 하는데 어떠신지요?"

"……그게 다인가?"

어이가 없어서 저런 반응을 보이는 건가?

"예. 그 외에도 있겠지만, 당분간 해주실 일은 그게 다입니다."

"풋, 와하하하. 재밌군. 만약 그대가 부상을 치료해주고 성실한 자라면 주인으로 모시며 충성을 맹세하도록 하지."

"그대로 해드릴 테니 말씀하신 거 잊지 마세요."

노인 같았던 전직 무인이 단숨에 활력을 되찾으니 도무지 그의 나이를 짐작할 수 없었다.

어쩌면 호운 선생님은 나와 전직 무인을 이어주려고 다른 노예상들이 거래를 거절하는 판을 짜신 게 아닐까? 왠지 그런 기분이 들었다.

마지막으로 전직 무인에게 이름을 물은 다음 드란 씨 때처럼 똑같은 질문을 했다.

"내 이름은 라이오넬. 가능하면 인족 나리아와 고양이 수인 케티, 이 두 사람도 함께 부탁하고 싶군. 아마 나리아는 33살, 케티는 23살일 거다."

"알겠습니다. 함께 데려가지요. 그만큼 당신도 활약하길 기대합니다."

"이런 몸이다만, 가능한 힘을 보태도록 하지."

그 대화를 끝으로 라이오넬 씨와의 면담을 마쳤다.

그리고 마지막으로 내 또래로 보이는 청년과 면담을 시작했다.

"네가 전쟁 노예라는 말을 들었는데 사실이니?"

"예. 제국의 습격을 받아 인질이 된, 전 귀족의 자식입니다."

다른 노예들과 달리 그의 눈엔 강한 빛이 깃들어 있었다.

제국과 전쟁 중인 나라라면 루브르크 왕국 출신이라는 건가.

"그렇구나. 그래서 앞으로 어쩔 생각이니? 넌 복수를 바랄 테지만 난 그 소원을 들어줄 수 없어……."

"…………."

그는 아무 말 없이 이쪽을 바라볼 뿐이었다.

"난 이 나라에서 치유사 길드를 재건하기 위해 왔어. 그러니 이 작업을 도와준다면 노예라고 해도 소중히 대할 생각이야. 네가 길드를 지키기 위해 살겠다고 약속할 마음이 있다면 우리 쪽에 와줬으면 해. 그럴 마음이 없다면 다른 사람한테 팔린 뒤에 복수할 방도를 찾을 수밖에 없겠지. 선택은 네게 맡기마."

안전을 제일로 생각하는 나로선 무리한 일을 벌이는 것도 쓸데없이 원한을 사는 것도 내키지 않았기에 모든 선택을 그에게 맡기기로 했다.

청년은 어두운 얼굴로 생각에 잠겼다.

"……노예의 임기는 어느 정도인지요?"

그는 마음속에서 쥐어 짜낸 듯한 목소리로 그렇게 물었다.

그의 질문에 난 답을 하지 못한 채 침묵을 지켰다.

길드 재건 작업에만 집중해도 모자를 판에 다른 일을 생각할 여유가 없었기 때문이다.

그렇다고 진지한 시선으로 날 바라보는 그에게 거짓말하는 것도 내키지 않았다.

잠시 침묵의 시간이 이어졌다.

그리고 난 그의 질문에 답했다.

"솔직히 노예를 바로 해방할 생각은 없어. 일단 치유사 길드를 재건한 뒤에 이 거리에 치유원을 세울 생각이야. 이 작업에 얼마나 시간이 소요될지 알 수 없으니 딱 잘라서 언제 해방된다고 확답을 주긴 어려워."

전에 멜라토니에서 노예들을 구한 뒤에 노예를 조사하는 과정에서 몇 가지 알게 된 사실이 있다.

그중 하나가 채무 노예와 위법 노예를 제외한 다른 노예들은 해방 조건이 없다는 정보였다.

즉, 보통 범죄 노예나 그와 같은 전쟁 노예는 해방과는 연이 없다.

해방을 원한다면 주인이 된 자가 노예를 풀어주는 수밖에 없다.

"그럴 수가."

그는 주먹을 세게 쥐며 머리를 떨구었다. 그 뒤에 몇 가지 질문을 더 했지만, 그의 눈에 깃들어 있던 강한 빛은 더는 느껴지지 않았다.

아무래도 나와 인연은 없을 것 같다.

그러니 적어도 상냥한 마음씨를 지닌 누군가가 이 청년을 빨리 건져주기를 바라며 머리카락이 상한 청년에게 정화 마법을 걸어주었다.

"저기, 감사합니다. 그래도 이번에는 가능하면 절 놔주셨으면
합니다."

청년은 겨우 귀에 들리는 목소리로 그 말을 남기고 방을 나섰다.

내가 그를 거둔들 어두운 마음으로 지낼 뿐이리라. 난 그의 의
사를 존중하기로 했다.

"마음대로 되지 않는구나. 분한걸. 대사교님 수준엔 미치지 못
하지만, 그의 어두운 마음을 조금이나마 풀어주고 싶었는데……."

그가 나간 문을 바라보며 중얼거린 난 그대로 방을 나섰다.

응접실에서 나오니 노예 상인이 손을 비비며 날 기다리고 있
었다.

"드워프의 지혜와 전직 무인의 경험을 사겠다. 그리고 그들의
시중을 들 노예도 사고 싶으니 다시 한번 여성 노예들을 보여다
오."

"헤헤헤. 이용해주셔서 감사합니다. 도련님."

나와 노예 상인은 여성 노예들이 있는 구역으로 향했다.

대상은 이미 정해졌다.

조금 전에 드워프와 전직 무인이 면담에서 함께 부탁한다고 했
던 노예들이다.

물론 노예에게 노예를 붙이는 게 아니라 친한 자가 있다면 함께
데려가겠다는 뉘앙스로 물어봤으니 나쁜 인선(人選)은 아니리라.

노예 상인처럼 어떻게 받아들일지는 사람마다 다르겠지만 나

는 이 배려가 그들이 내게 진심으로 충성을 맹세하는 중요한 요소가 되리라 생각했다.

여성 노예들이 있는 구역에 도착한 난 면담에서 들은 특징을 떠올리며 그 인물들을 찾았고 금세 세 사람을 찾아내 노예 상인에게 말을 걸었다.

"노예에게 조금 질문을 하고 싶은데 괜찮나?"

"예. 물론입죠."

노예 상인은 내가 질문을 하려는 노예들이 조금 전에 면담한 노예들과 인연이 있는 이들이라는 사실을 이미 간파하고 있으리라.

아마 바가지를 씌울 테지만 안 할 수도 없으니 어쩔 수 없다.

제일 먼저 키가 내 가슴께 정도밖에 안 오는 적갈색 머리의 여자애에게 작은 소리로 말을 걸었다.

"네가 폴라니? 그렇다면 고개를 끄덕이렴."

그녀는 잠시 망설이더니 이윽고 고개를 끄덕였다.

"내 이름은 루시엘. 드란에게 널 함께 꺼내 달라는 부탁을 받았다. 아, 미리 말해두겠다만 몸을 바칠 필요는 없어. 넌 드란을 돕거나 잡일을 하면 된다."

"할아버지랑 함께?"

표정은 그다지 변하지 않았지만 어딘가 모르게 부드러워졌다는 느낌이 들었다.

"그래. 그리고 그의 팔도 치료할 거야."

"하느님?"

소녀가 고개를 꾸벅 기울이며 물었다.

"난 하느님이 아니야. 그럼 드란처럼 치유사 길드를 재건하는 일에 온 힘을 다하겠다고 맹세할 수 있니?"

난 쓴웃음을 지으며 물었다.

"할아버지와 함께라면 맹세할게."

그렇게 말하는 소녀의 얼굴에서 미소가 보인 듯한 기분이 들었다.

그 뒤에 전직 무인인 라이오넬이 말한 인족 나리아와 고양이 수인족 케티에게 똑같이 말을 걸었다.

두 사람은 각각 벽이 맞닿은 감옥에 있었는데 덕분에 얘기가 잘 풀릴 것 같다.

"전 루시엘이라고 합니다. 라이오넬에게 당신들도 함께 갔으면 한다는 부탁을 받아 왔습니다. 몸을 바칠 필요는 없습니다. 당신들에겐 급사 일을 맡기려고 하는데 혹시 질문이 있습니까?"

"저기, 라이오넬 님은 무사하십니까?"

"예. 현재 라이오넬 씨는 양발의 힘줄을 베이고 독에 당해 걸을 수 없는 상태지만 치료를 할 예정이니 문제는 없습니다."

"그렇군요. 부디 라이오넬 님을 잘 부탁드립니다."

"난 라이오넬 님한테 충성을 맹세했다냥. 라이오넬 님의 말씀에 따르겠다냥."

"저도 라이오넬 님을 곁에서 모실 수 있다면 무슨 일이든 하겠습니다."

······대체 라이오넬 씨의 정체가 뭘까? 오늘은 이렇게 넘어가자. 그녀들은 라이오넬 씨한테 맡기기로 했다.

"노예 상인, 이쪽의 노예 세 명과 조금 전에 봤던 드워프와 전 직 무인을 함께 사마. 얼마를 줘야 하지?"

"어디…… 백금화 1닢만 주십쇼."

역시 바가지를…… 씌울 줄 알았는데 더 싸졌다. 애초에 여성 노예가 더 비쌀 텐데, 금화 20닢은 깎아준 것 같다…….

"처음에 들었던 가격보다 더 저렴한 것 같다만, 이유가 뭐지?"

"앞으로도 도련님, 아니, 나리와 인연이 있을 것 같아서 말입니 다. 한 번에 이 만큼 노예를 들이실 정도면 이후에도 이만큼의 예 정이나 예산이 있으신 거 아닙니까?"

여전히 비굴한 웃음을 지으며 손을 비비는 모습이 어울리는 노 예 상인은 그렇게 말하며 이쪽의 눈치를 살폈다.

미래의 이익을 내다보고 투자를 하는 걸 보니 장사꾼의 자질은 제법인 것 같다만 나로선 이 이상 노예를 살 생각이 없는지라 반 응하기가 곤란하다…….

"뭐, 그렇지. 원래 그녀들까지 살 생각은 없었다만 노예들의 의 욕을 돈으로 살 수 있었으니 만족한다. 또 볼일이 생기면 들릴지 도 모르고……."

"헤헤헤. 역시 그러셨군요. 나리, 당장은 아니지만 몇 개월 뒤 에 노예 경매가 열릴 겁니다. 그 경매에 참여하실 수 있도록 소개 장을 써드릴 테니 부디 받아주시길."

노예 상인이 한껏 흥이 오른 목소리로 말했다. 경매라…… 그 경매도 수인족의 주최로 열리는 건가?

"경매도 열리는 건가…… 헌데, 내게 소개장을 주는 이유가 뭐지?

노예를 산 자들에게 모두 주는 건가?"

내 의문은 더욱 커졌다.

"아닙니다. 보통은 이런 식으로 경매 참가를 쉽게 권하진 않습니다. 다만 자금력을 갖추신 나리 같은 분들께는 말씀을 드리고 있습니다."

"네가 갖는 메리트는?"

상인이 메리트도 없이 이렇게 친절을 베푼다면 심성이 이상한 자이거나 함정이다.

"소개장을 받은 손님이 노예를 사면 그 소개장을 쓴 노예상에게 낙찰가의 1할이 사례금으로 나옵니다. 나리께서는 노예를 구하시고, 또한 저희 가게를 다시 찾으실 수 있으니 손해를 보는 건 아닙니다요."

납득은 가지 않았지만 거짓말을 하는 것처럼 보이진 않았다.

그렇다고 진실을 다 털어놓은 건 아닌 것 같다만······.

노예 상인에 대한 의문이 다 가시지는 않았지만, 오늘은 이쯤에서 마무리를 짓고 노예상을 뒤로했다.

내가 노예상에서 5명이나 노예를 데려오자 기사와 치유사들은 조금 놀란 눈치였다.

설명을 뒤로 미룬 난 대원들에게 치유사 길드로 돌아가자는 지시를 내렸고 무인인 라이오넬 씨는 아직 설 수 있는 몸이 아니었기에 기사들한테 업혀서 길드로 돌아왔다.

그리고 치유사 길드에서 이 노예들을 데려온 경위를 간단히 설명하면서 바로 일할 수 있도록 드란 씨와 라이오넬 씨의 부상을 치료하기 위해 엑스트라 힐과 리커버를 썼는데…….

……어째서 이렇게 된 거지?

드란 씨와 라이오넬 씨의 치료를 끝내니 치유사 길드 안에 있던 모든 이들이 내 앞에 무릎을 꿇고 기도하기 시작한 탓에 난 당황하여 혼란에 빠졌다.

"아니, 저기요. 여러분이 기도를 올리는 이유를 듣고 싶은데요."

그야 엑스트라 힐의 위력이 굉장하다는 건 나도 잘 알지만.

드란 씨는 양팔을 되찾았고 라이오넬 씨는 힘줄이 잘린 흉터가 깨끗이 아물었다.

두 사람 모두 믿을 수 없다는 표정을 짓고 있었다.

혹시 몰라서 완치됐다고 직접 말했더니, 드란 씨는 팔을 돌려 보기도 하고 손을 쥐었다 폈다 하면서 감촉을 확인했고, 라이오넬 씨도 일어서서 조금 걷거나 뛰면서 감각을 되찾기 시작했다.

그 광경을 보던 손녀 폴라는 할아버지인 드란 씨한테 안겼고 함께 데려온 나리아 씨와 케티 씨도 라이오넬 씨한테 안겼다.

교회에서 온 신관기사와 치유사들도 엑스트라 힐이라는 스킬이 있다는 건 알고 있었지만 실제로 보는 건 이번이 처음인지, 갑자기 한쪽 무릎을 꿇고 가슴 앞에서 두 손을 모으며 기도를 올리기 시작했다.

거기다 그 모습을 본 노예들도 똑같은 포즈로 기도를 올리기 시작했고 당황한 난 기도를 멈추라고 말렸지만 그들의 기도는 한동안 이어졌다.

결국, 몇 번의 설득 끝에 겨우 기도 세례에서 해방됐다.

그 뒤에 5명의 노예와 성치사단의 대원들을 서로 소개했는데 다들 어색하게 구는 바람에 정신적으로 조금 지쳤다.

이런 능력으로 자신은 전능하다며 우월감에 젖을 수 있는 사람은 어떤 의미로 보면 굉장한 게 아닐까. 나는 이만큼 시간이 지나도 소심한 성격을 버리지 못했다는 생각에 쓴웃음을 지으며 앞으로의 계획을 설명했다.

"다들 진정이 된 모양이니 노예 여러분께 앞으로의 일을 말씀드리겠습니다. 일단 여러분은 앞으로 이 치유사 길드에서 생활하게 됩니다. 그리고 여러분께 각자 할 일을 드릴 겁니다."

제대로 경청하는 모습을 확인한 뒤에 설명을 계속했다.

"이 건물은 지상 3층과 지하 1층으로 이루어진 4층 건물입니다. 3층은 길드 마스터의 방, 2층은 성치사단…… 교회의 기사나 치유사들이 쓰는 방으로 활용할 겁니다. 1층엔 치유사 길드의 접수처가 들어설 예정이니 여러분은 지하의 창고에서 지내시면 됩니다."

모두가 고개를 끄덕이는 걸 확인한 뒤에 일을 배분했다.

"우선 드워프인 드란 씨는 낡아빠진 이 치유사 길드의 개축을 부탁드리겠습니다."

"음. 그리하마. 그 전에 루시엘 공, 노예에게 존칭은 필요는 없으니 난 그냥 드란이라 불러주게."

"저도 마찬가지입니다. 라이오넬이라 불러주십시오. 말씀하실 때도 존댓말 대신 하대를 하시면 됩니다."

두 사람 다 치료를 받고 나니까 성격이랑 말투가 완전히 달라겼는데…… 감사의 표현이라고 생각하면 되려나…….

"그럼 그렇게 하겠…… 하지. 그래도 버릇이 들어서 정중하게 얘기를 할 때도 있으니 그건 봐줬으면 좋겠군."

"""음. 예(엡)."""

"얘기가 옆으로 샜다만, 뚫린 천장으로 비가 샌 흔적이 있고 바닥도 구멍이 나서 봐줄 수 없는 상태니까 일손이나 필요한 물건이 있으면 말해줘."

"알겠네."

"아, 조금 전에 설명했던 지하 창고 말인데, 방이 세 개 있으니 드란이랑 폴라, 케티와 나리아가 한방을 쓰고 라이오넬은 가장 작은 방을 쓰도록."

"""예(엡)."""

"다음으로 라이오넬에게 부탁하고 싶은 일은 경비야. 아무래도 이 동네는 치안이 나쁜 데다 길드는 슬럼가에 있으니 말을 밖에 두는 건 위험해. 며칠 동안은 길드 안에 둔다고 해도 길드 안에서 계속 보살필 순 없으니까."

"그럼 마구간의 호위를 맡으면 됩니까?"

"한동안은. 물론 계속 그럴 순 없으니 치유사 길드 건물을 개축하고 개조할 생각이야. 면적을 더 넓힐 수는 없으니 확장은 어렵겠지만……. 그런 이유로 성치사단 여러분도 여기서 편리한 생활을 누릴 수 있는 좋은 아이디어를 내주세요."

"""엡."""

말이 끝나자마자 이미 망상을 시작했는지 성치사단의 대원들은 한껏 웃음을 띤 얼굴로 아이디어를 내는 데에 정신이 팔렸다.

그때 성치사단의 대원들보다 더 날카롭게 눈을 빛내던 드란이 손을 올렸다.

"무슨 일이지?"

"음. 조금 전에 루시엘 공이 말한 길드 확장에 관한 얘기다만, 내가 마법을 쓸 수 있게 마석을 제공해주면 이곳의 지하 정도는 쉽게 확장할 수 있다. 위쪽으로 확장하려면 목재나 철이 많이 들겠지만."

"호오? 마석만 있다면 확장할 수 있다는 거야?"

나는 드란의 말을 바로 받아들일 수 없었다. 지하를 파고 들어가면 대량의 흙이 나오는 데다 설사 팔 수 있다고 해도 건물이 무너질 테니까.

아무리 마법이라 하더라도…… 아니, 가능하려나?

"우리 드워프는 불과 흙의 정령의 힘을 빌려 생활한다. 그렇기에 흙을 움직이거나 압축할 수 있고 경화(硬化)도 가능하지. 게다가 흙과 불을 조종함으로써 철도 만들 수 있다……는 겁니다."

"하지만 할아버지는 광석을 합성하려다 화력을 너무 올리는 바람에 공방을 폭파시켰어."

폴라가 그렇게 덧붙이자 드란은 뺨을 긁으며 시선을 돌렸다.

"그 말은 즉 드란에게 마석을 주면 치유사 길드의 지하를 무한대로 확장할 수 있다…… 는 이야기?"

"음. 드워프가 아닌 자가 섣부르게 건들면 건물을 건들어 무너지겠지만 우리 드워프족에겐 정령님의 목소리가 들리니 깊이도 넓이도 문제없다……는 겁니다.”

그럼 드워프라는 종족은 치트 능력을 가지고 태어난다는 거구만. 그런 게 가능하다면 지반을 약하게 만들어서 마을째 붕괴시킬 수도 있다는 거잖아…… 드워프는 위험한 종족이구나.

그 사실에 너무 놀란 나머지 내 뺨이 경련했다.

“……그래. 그건 좀 더 상의를 해보고 하자. 그리고 케티, 나리아, 폴라한테 묻고 싶은데, 요리 좀 할 줄 알아?”

그러자 케티와 폴라는 재빨리 시선을 돌렸고 나리아 혼자만 고개를 끄덕였다.

“알겠어. 나도 요리는 하지만 어디까지나 취미 수준이니까 식사 때는 나리아가 도와줬으면 해.”

“알겠습니다. 주인님.”

그 말을 듣고서 나에 대한 호칭을 정하지 않았다는 걸 떠올렸다.

난 조금 생각한 뒤에 입을 열었다.

“교회에 있을 때부터 호칭에 님이 들어가는 게 영 거북했거든. 이참에 치유사 길드를 재건할 때까진 마스터나 루시엘 공이라 불러.”

““““예(옙). 루시엘 공(마스터).””””

방이랑 취사 담당은 정했으니 이제 노예들의 옷이나 필요한 물건들을 구해야지. 하지만 또 단체로 움직이면 눈에 띌 것 같고…….

“지금부터 옷이나 침대, 그리고 식료품 같은 걸 사러 갈 생각인데 호위는…… 라이오넬한테 부탁하고 싶어.”

“기다려 주십시오, 루시엘 님. 사람이 필요하시다면 노예가 아니라 호위대인 저희를 데려가시죠."

말을 한 건 피아자 씨였지만 다른 기사들도 같은 생각인 모양이다.

이런 말이 나와도 이상할 건 없지. 그래도 안전을 생각하면 스승님 같은 분위기를 풍기는 라이오넬한테 부탁하고 싶은데⋯⋯.

"으~음⋯⋯ 아뇨, 이번엔 라이오넬을 데리고 가겠습니다. 그 이유는 나중에 설명해드리죠."

"⋯⋯알겠습니다."

"고마워요. 그건 그렇고 라이오넬은 어떤 무기를 잘 다루지?"

"웬만한 무기는 거의 다 다룰 수 있습니다만 저한테는 대검이나 장창이 가장 잘 맞는 것 같습니다."

어째서 이 사람은 무기와 관련된 얘기가 되면 눈을 희번덕거리는 걸까? 역시 스승님과 같은 냄새가 난다고 느끼는 건 나만의 생각인가? 그래도 스승님보다 체격이 탄탄하니 호위로 두면 든든할 것 같다.

"그럼 스승님한테서 받은 검을 빌려줄 테니 잘 부탁해."

"옙."

"다른 분들은 개인 물건이랑 마도구를 이곳에 두고 갈 테니 정리를 부탁할게요."

"""옙."""

응? 어쩐지 폴라가 마도구라는 말에 반응한 것 같은데⋯⋯ 기분 탓인가.

"병상에서 막 일어난 라이오넬 님만 데리고 간다고 하니 걱정이 된다냥. 그리고 난 요리보다 검술이 특기다냥."

케티가 그렇게 말하며 동행 의사를 밝혔다. 그 말을 들은 난 여성용 속옷을 살 필요가 있다는 점과 이에니스가 수인의 나라라는 점을 고려해 그녀의 동행을 허락했다.

케티에겐 성은제 한손검을 빌려줬다.

그 옆에서 스승님이 주신 검을 지긋이 보던 라이오넬 씨는 칼집에 검을 도로 놓더니 이쪽을 보며 내게 한마디를 건넸다.

"스승님께서 루시엘 공을 많이 아끼는 모양이군."

난 웃으며 고개를 끄덕였다.

그 뒤에 내가 마법 주머니에서 일행들의 짐을 꺼내는 도중에 나리아가 라이오넬의 덥수룩한 머리카락과 수염을 정리하고 싶다며 부탁을 했다.

지금은 시간이 별로 없었기에 수염만 자르기로 했다.

그렇게 머리를 묶고 나리아의 손을 빌려 수염을 자른 노인 라이오넬은 위엄을 풍기는 무인으로 변신했는데 라이오넬의 모습을 본 기사들은 일제히 손을 멈추고 굳어있었다. 물론 나도 그들처럼 굳었는데 그 모습을 보면 누구라도 그런 반응을 보이지 않을까 싶다.

수염 정리가 끝낸 뒤에 라이오넬과 케티에게 예전에 쓰던 로브를 건네주고 장보기에 나섰다.

참고로 이번에도 도보로 이동했다.

우리는 채소나 과일을 파는 가게들을 돌며 대량으로 물건을 사들였다.

이곳도 샤자의 입김이 닿았는지 판매를 거부하는 가게들이 있었기에 어쩔 수 없이 한 곳에서 전부 사야만 했다.

그리고 무딘 날붙이라도 좋으니 구해달라는 드란의 부탁을 받아들여 철로 만들어진 검 같은 철제품을 대량으로 샀다. 그 외에 목재도 구했는데 딱히 방해는 받지 않았지만 바가지를 씌워서 비싼 가격에 사고 말았다.

"감사합니다."

장보기를 마친 난 혼잣말을 하듯이 앓는 소리를 내뱉었다.

"방해가 제법 심한데…… 이대로 가면 치유사 길드의 가치를 전파하기 전에 끝나버리겠어."

그러자 내 말에 반응해서 그런 게 아니라 무언가를 감지했는지 라이오넬과 케티가 갑자기 걸음을 멈췄다.

"슬슬 올 거라고 생각했다냥."

"가소롭군. 미행도 제대로 못 하는 오합지졸들이 이렇게 떼로 몰려올 줄이야…… 케티, 준비는 됐나?"

"언제라도 괜찮다냥."

무슨 상황인지 알 순 없었지만 검을 뽑은 두 사람을 보고 전투임을 직감한 난 바로 에어리어 배리어를 시전한 뒤에 두 사람에게 지시를 내렸다.

"마물이 아닌 적은 되도록 죽이지 말아줘."

말없이 고개를 끄덕인 두 사람이 내 앞뒤에 선 바로 그때, 무장을 한 열 명이 넘는 집단이 그늘에서 나와 우리를 향해 덤벼들었……지만 전투는 우리들의 완승으로 끝났다.

라이오넬은 검을 칼집에 넣은 다음 상대의 공격을 피하면서 칼집으로 후려치거나 주먹을 배에 꽂아 넣어 습격자들을 퇴치했다.

"정말로 물러 터졌군."

어딘가에서 나오는 보스 캐릭터 같았다는 감상은 입 밖으로 꺼내지 말자.

한편 케티는 눈으로 겨우 쫓아갈 수 있을 정도의 스피드로 습격자들을 압도하는 중이었다.

검을 피하면서 주먹을 꽂아 넣거나, 얼굴에 돌려차기를 날려 상대를 날려 버리거나, 검의 옆면으로 후려쳐 상대를 쓰러뜨렸다.

"다들 기절했을 뿐이다냥. 면으로만 쳤으니 안심해라냥."

그녀의 마무리 대사를 들은 난 어째서 이들이 노예로 전락한 것인지 신기할 따름이었다.

순식간에 쓰러뜨린 습격자들을 끌어다 한곳에 모은 두 사람은 내게 밧줄이 없는지 물었고, 그 말에 난 허둥지둥 마법 주머니에서 밧줄을 꺼내 건넸다.

습격을 당했다는 사실보다 이 두 사람의 정체가 무엇인지……그쪽에 더 신경이 쓰였다.

그래도 습격을 받은 이상 습격자들한테서 정보를 캐내야 하니 치유사 길드로 데려가자고 두 사람에게 지시를 내린 순간 라이오넬이 날 말렸다.

"루시엘 공, 이 녀석들은 이대로 이에니스의 장(長)이 있는 곳으로 데려가지요. 치유사 길드로 데려가면 유괴를 했다고 트집을 잡을 가능성이 있습니다."

난 그의 말에 따르기로 했다.

그러자 라이오넬은 무려 13명의 습격자를 묶은 밧줄을 혼자서 끌기 시작했다. 레벨이란 개념이 있으니 겉모습만으로는 모든 걸 알 수 없지만 그렇다 해도 라이오넬의 힘은 이상할 정도로 강했다.

대체 그의 정체는 뭘까? 그 생각만이 내 머릿속을 맴돌았다.

내 옆에선 라이오넬이 습격자들을 끌면서 걷고 있었으며 뒤에선 케티가 주위를 경계하며 우리의 뒤를 따랐다.

우리는 사람들의 어이없는 시선들을 한 몸에 받으며 거리에 도착했을 때 들었던 가장 큰 저택을 향해 걸어갔다.

샤자 일행이 있을 거라 예상한 거대한 건물은 장을 본 가게에서 도보로 5분 정도 떨어진 거리에 있었다.

우리가 건물에 다가가자 입구를 지키던 병사 두 명은 눈앞의 광경에 몸이 굳어버렸다.

나라도 그랬을 거다. 어쩌면 허리가 빠져서 주저앉았을지도 모르고.

그렇게 굳어버린 병사들에게 동정을 보내며 난 상황을 설명하기 위해 의식을 집중했다.

"전 S급 치유사인 루시엘이라고 합니다. 조금 전, 장을 보는 도중에 수상한 자들의 습격을 받아 치안 개선을 요구하기 위해 이렇게 왔습니다. 가능하면 샤자 공을 뵙고 싶습니다만."

그렇게 전하자 두 병사는 허둥지둥 문 안쪽으로 달려갔다.

"기다려달라는 말은 없었으니 들어가도 되겠지요."

어? 난 옆에서 들린 말에 귀를 의심했지만, 그는 그대로 습격자들을 질질 끌며 문 안으로 들어갔다.

"역시 라이오넬 님이다냥. 자아 마스터도 가자냥."

라이오넬처럼 케티도 주저하지 않고 부지 내로 들어갔다.

아무래도 문 앞에 혼자 있는 건 무서웠기에 나도 두 사람의 뒤를 쫓아갔다.

"이건 불법 침입에 해당하지 않나?"

난 그에게 조심스레 물었다.

"글쎄요? 들어가도 문제가 없을 거라 봅니다만. 이 세계에서 S급 치유사는 루시엘 공 한 사람 아닙니까?"

"S급 치유사는 달리 없지. 그게 어쨌는데?"

"국빈(國賓)이 습격을 받으면 이는 국제 문제입니다. 당연히 본국에서 간섭할 터. 그 건을 크게 벌리지 않고 해결하자는 것이니 상대로선 더할 나위 없는 제안이 아니겠습니까? 하하하."

속으로 이렇게 묻는 게 벌써 몇 번째일까.

당신은 누구시죠? 이렇게 믿음직한 사람이 어째서 노예가 된 걸까? 이해할 수 없는 마음을 담아둔 채 거침없이 걸어가는 그의 뒷모습을 쫓았다.

케티도 이런 상황이 익숙한지 태평하게 콧노래를 흥얼거렸다.

그렇게 건물 바로 앞까지 다가가니 마침 샤자와 수인들이 저택에서 나오는 모습이 보였다.

저택에서 나온 일행 중엔 실라의 아버지인 올가 씨도 있었다.

나오자마자 우리와 마주쳐서 그런지 샤자 일행은 놀란 모습으로 굳어버렸다.

"우리의 주인이자 세계 유일의 S급 치유사 루시엘 님께서 조금 전 거리에서 장을 보시던 중에 이 자들한테 습격을 받으셨소. 대체 이 사태를 어찌할 건지, 배상은 어떻게 할 것인지 이 자리에서 똑똑히 들려주시오!"

라이오넬의 패기에 샤자는 누군가 싶을 정도로 얌전해졌고 다른 수인들 역시 고개를 들지 못했다.

마치 이야기의 한 장면 같은 광경을 보며 난 속으로 '이 사람은 역시 이야기에 나오는 주인공 같네'라는 태평한 생각에 빠져 있었다.

패기를 담은 라이오넬의 목소리에 아무도 입을 열지 못했다.

샤자를 포함한 7명의 대표와 3명의 병사 모두가.

"입을 다물면 입장이 곤란해지는 건 그쪽이오. 이 괘씸한 자들의 처분과 이쪽에 대한 배상을 어찌할 것인지 조속히 듣고 싶소만?"

이번엔 분위기를 바꾼 라이오넬이 위압을 풀며 온화한 목소리로 말했다.

그러자 드디어 샤자의 입에서 사죄가 나오기 시작했다.

"이, 이런 일을 겪게 해드려서 정말 죄송합니다. 설마 치유사님이 오신 날에 습격이 있을 거라곤 생각지도 못했습니다. 루시엘님, 이번 일은 국가 차원에서 책임을 지고 이 자들의 행패를 죽음으로 다스릴 것이며 배상에 대한 건은…… 검토가 필요하니 차후에 말씀드려도 괜찮으신지요?"

샤자는 라이오넬을 피해 내게 직접 의향을 물었고 라이오넬 역시 날 보며 최종적인 판단을 내게 맡기겠다는 눈치였다.

"그렇군요. 절차대로라면 본국에 조속히 보고하고 돌아가야 할 상황입니다만……."

난 턱에 손을 댄 채로 뜸을 들였다. 하지만 아무래도 이 전개는 샤자가 원하는 바였던 모양이다.

조금 전과는 달리 얼굴에서 초조함이 사라졌다. 반대로 치유사 길드의 유치를 바라던 실라의 아버지가 울상을 짓는 모습에서 이에니스의 현재 상황이 단결과 거리가 멀다는 것을 짐작할 수 있었다.

"좋습니다. 그럼 저희의 요구를 말씀드리죠. 첫째, 이들을 처형시키지 말고 범죄 노예로 삼을 것. 둘째, 비용은 이에니스에서 전액을 부담하며 이들을 노동력으로써 치유사 길드에 양도하고 동시에 이번 사건을 사실 그대로 유포할 것. 셋째, 저희에게 물건을 팔지 않는 가게가 몇 군데 있으니 모든 가게에서 물건을 살 수 있도록 조치를 할 것. 물론 제값을 지불할 겁니다. 마지막으로 치안유지를 위해 치유사 길드가 주변 공간을 정비하는 것을 허가할 것. 이번 일은 이걸로 넘어가지요. 그럼 이에니스의 배상을 기대하겠습니다."

이런 상황이라면 보통 사형이겠지만 노예문을 새겨 부릴 수 있다면 전력이 된다.

사람이 늘어나는 만큼 기사들이나 라이오넬 일행의 부담이 줄고 시간대에 따라 전력을 분산할 수 있다.

그리고 장을 볼 수 있는 가게가 늘어나면 주민들이 특정 가게에서 물건을 살 수 없다는 등의 반발이 나오는 걸 방지할 수 있고, 혹 그 가게에서 이득을 볼 수 있을지도 모른다.

또한 주변 정비의 허가를 받아내면 길드를 확장해도 아무런 문제가 없다.

그런 사항들을 고려해 이와 같은 요구를 하였다.

라이오넬은 조금 불만이 있는 눈치였지만 이에니스와 전쟁을 벌이는 것도 아니거니와, 내가 습격을 받은 사건을 이대로 덮는다면 다시 공세에 나서리라.

내 말이 끝난 뒤에도 샤자에게 다가가는 이는 없었으며 내 요구에 화가 난 모양이지만 거절하려고 해도 어려운 내용이 하나도 없었기에 결국 받아들일 수 없다.

"……불미스러운 일로 심려를 끼쳐 정말 죄송합니다. 말씀하신 조건을 모두 들어드리겠습니다."

샤자는 고개를 숙인 채로 그렇게 답했다.

분명 벌레 씹은 표정을 짓고 있으리라.

"이번엔 루시엘 님께서 자비를 베푸셨지만, 다음에도 이렇게 넘어갈 수 있을 거란 생각은 접도록. 그리고 지금부터 노예상에 갈 예정이니 이에니스 측에서 한 분, 동행을 부탁하지."

라이오넬이 깔끔하게 자리를 마무리했다. 믿음직한 사람이지만 나중에 그의 경력을 조사해보자.

그때 샤자가 입을 열었다.

"……그런데 이에니스에 입국하실 땐 뵙지 못했던 것 같습니다만, 당신은 대체?"

"나 말인가? 난 루시엘 님의 직속 가신(家臣)이라네. 하하핫."

라이오넬의 커다란 웃음소리가 울려 퍼졌다.

그 뒤에 바로 노예상으로 향했다. 동행한 이는 성도에서 내 배를 찔렀던 그리운 늑대 수인 그라루가 씨였다.

저택을 나와 병사들이 보이지 않는 곳에 다다르자 그는 앞을 바라보는 자세를 유지한 채로 혼잣말처럼 사과했다.

"성변님. 모처럼 와주셨는데 이런 일을 겪게 해드려서 죄송할 따름입니다."

사정이 있음을 짐작한 난 작은 목소리로 그에게 물었다.

"근래 2~3년 사이에 이에니스의 시국에 변화가 있었나요?"

"정확히 말씀드리자면 최근 1년 사이에 일어난 일입니다."

그는 천천히 걸으며 고개를 끄덕이고는 설명을 시작했다.

내용은 흔히 있을 법한 이야기였다.

당시 대표였던 실라의 아버지 올가 씨는 성도에서 이에니스로 돌아온 뒤에 임기가 끝나 퇴임했고 다음으로 대표를 맡은 이는 용인족이었다.

하지만 높은 자연 치유력을 지닌 용인은 치유사를 유치하는 일에 그다지 매력을 느끼지 못했고 치유사보다 병을 고칠 수 있는 약사 길드를 우선시해야 한다는 주장을 펼쳤다.

결국 다음 해에 구획 정리가 시행되면서 치유사 길드가 있었던 곳이 슬럼가로 변했다.

용인족의 임기가 끝나갈 무렵, 호랑이 수인족은 대표의 자리를 차지하기 위해 매수 활동을 벌였다. 그 결과 용인족에 미치지는 못하지만 높은 전투력과 자연 치유력을 지닌 호랑이 수인족의 대표인 샤자가 나라의 대표가 되었다.

그들은 이미 1년 전부터 치유사 길드의 유치를 막기 위해 움직이고 있었다. 하지만 도중 상황이 변했다.

그의 말에 따르면 이에니스에서 조금 떨어진 곳에 활동을 멈춘 미궁이 있는데 그 미궁이 최근 몇 년 전부터 다시 활동을 시작하더니 마물이 밖으로 쏟아져 나오기 시작한 것이다.

부랴부랴 모험가 길드나 나라의 병사들이 마물 진압에 나섰다.

하지만 약사의 포션은 최고급이 아니면 즉각적인 회복을 기대하기 어려웠고 독이나 마비 같은 증상도 각각 다른 약을 써야 하기에 미궁 공략이 난항을 겪는 중이라고 한다.

듣고 나니 이에니스 측이 치유사의 동행을 요구한 이유를 알 수 있었다.

그라루가 씨의 얘기를 들으며 아직 40년 정도 남았다고 하지 않았나? 혹시 완전히 세상이 끝나는 시간이 40년이라는 건가? 같은 불길한 예감이 머리 한구석을 차지할 즈음 노예상에 도착했다.

"전에 이 가게에 들렀을 땐 초짜 손님은 안 받는다고 했는데요?"

"괜찮습니다. 이 가게는 명령 때문에 손님을 안 받는 게 아니라 취급하는 노예들을 이상한 손님에게 파는 걸 방지하기 위해 그런 방침을 세운 거니까요."

그가 문을 두드리니 안에서 늑대 수인족 노인이 얼굴을 비췄다.

"어르신, 오랜만입니다."

"누군가 했더니 그라루가인가…… 여럿이서 몰려와선 무슨 일로 온 게냐?"

가게 주인은 전에 방문했던 우리를 기억하는 눈치였지만 이쪽을 한 번 힐끗 보더니 이내 다시 그라루가 씨한테 시선을 향하며 물었다.

"이쪽에 계신 분이 제가 성도를 방문했을 때 저희의 목숨을 구해주신 성변님이십니다. 그리고 거기 있는 밧줄에 묶인 녀석들은 성변님을 습격한 바보들인데 죽음으로 갚을 죄를 성변님의 자비로 노예가 되는 선에서 용서를 받았죠."

"호오…… 성변님이셨군요. 이 자들을 어떤 용도로 부리실 생각이신지?"

거짓말도 꿰뚫어 볼 것 같은 그의 눈빛에 난 솔직하게 입을 열었다.

"명령은 나와 치유사 길드 및 치유원 관계자나 치유사 길드의 자산 그리고 말들을 대상으로 위해나 손해를 입히지 말 것. 그들에겐 노동자로서 치유사 길드와 치유사의 경호를 맡기려고 합니다. 식사와 수면을 제공한다는 조건으로 말이죠."

"그렇군. 안으로 들어오시죠."

이리하여 날 습격한 13명의 몸에 범죄 노예의 노예문이 새겨졌다.

"이걸로 노예문을 새기는 작업은 끝났다."

"어르신, 계산은 이에니스에서 맡을 테니 나중에 청구해 주십시오."

"알겠다. 그런데 성변님은 이 가게에서 노예를 살 생각이 없으신가?"

"예. 구경하면 사고 싶은 마음이 들 것 같아서 말이죠. 어차피 치유사 길드의 개축이 끝나야 노예를 들일 방이 나오는지라, 작업이 끝나면 그때 다시 오도록 하겠습니다."

"그럼 기대를 품지 않고 기다리도록 하지요."

그라루가 씨가 어르신이라 부른 늙은 늑대 수인의 이름은 레루가 씨라는 모양이다.

그라루가 씨는 가게에서 나온 내게 "레루가 씨가 당신을 좋게 봐주신 것 같군요"라는 말을 남기고는 저택으로 돌아갔다.

"노예 제군, 지금부터 치유사 길드로 향할 테니 명령을 지키길 바란다. 대우는 너희들의 태도에 따라 좋아질 수도, 나빠질 수도 있으니 명심하도록. 그럼 돌아가지."

선두가 케티, 중간이 나, 내 뒤로는 노예들과 그들을 뒤에서 감시하는 라이오넬이 붙었는데 노예들은 라이오넬이 발산하는 위압감에 굴복해 순순히 걸음을 옮겼다.

치유사 길드에 도착하니 신관기사 두 명이 입구를 지키고 있었다.

"수고하시네요. 별다른 이상은 없었나요?"

"예. 이쪽을 살피는 자는 많았지만 다가오진 않았습니다."

"저희 쪽은 어쩌다 보니 범죄 노예 13명을 얻었습니다. 오늘 밤부턴 그들한테도 경호를 맡길 거니까 좀 쉴 수 있을 겁니다."

"그건 기쁜 소식이군요."

내 말에 신관기사 두 명은 기뻐했다. 야간 경호가 힘들긴 하지.

"조금만 더 경호를 부탁드릴게요."

""옙.""

대인원을 이끌고 길드에 들어서니 기다렸다는 듯이 드란이 내게 다가왔다.

"오오 루시엘 공, 늦었군. 우선 지하를 조금 파서 약간 확장 해 두었네. 고정화 작업에 쓸 마석을 부탁하는 걸 깜빡했네만 지반이 단단한 편이라 바로 무너질 일은 없을 테니 안심하게. 그리고 내가 부탁한 건 사 왔는가?"

"물론. 마법 주머니 안에 있어. 그건 지하에서 꺼내기로 하고, 마석은 이런 거면 되나?"

성도의 시련의 미궁에서 얻은 마석을 보여주자 드란은 크게 고개를 끄덕였다.

"암(闇)속성의 마석은 성수에 하룻밤만 담가 놓으면 쓸 수 있지. 혹시 성수는 없는가?"

"정화가 필요한가? 잠깐만."

내가 마석에 정화 마법을 쓰자 마석의 색깔이 흑녹색에서 옅은 파란색으로 변했다.

"오오. 루시엘 공은 뭐든 할 수 있구만. 이거라면 당장이라도 쓸 수 있을걸세."

그는 기뻐하며 마석을 건네받았다.

"다행이군."

난 몸을 돌려 지시를 내렸다.

"라이오넬이랑 케티도 호위를 맡느라 수고했어. 무기는 그대로 각자 가지고 있고, 지금부터 지하에 내려가서 짐을 꺼낼 테니 범죄 노예들을 감시하면서 휴식을 취해. 범죄 노예 제군은 당신들의 잠자리를 만들어주는 드란에게 감사하는 마음으로 그를 도울 것. 이 명령을 지키면 제대로 끼니를 제공할 테니 각자 열심히 하도록."

그렇게 말한 뒤, 라이오넬 일행과 함께 지하로 내려갔는데 길드를 나오기 전보다 상당히 넓어져 있었다.

정말 금세 넓어진 지하에 감탄하면서 방금 사 온 목재와 다른 재료들을 바닥에 꺼내 놓고, 100개 정도의 마석을 정화 처리해 드란에게 넘겨주었다.

"지하 작업은 재량에 맡긴다만, 위험한 짓은 하지 마. 식사가 준비되면 부를 테니 이 사람들을 마음껏 부리면서 열심히 해."

"명을 받들겠네."

"예."

딱히 명령을 한 건 아니지만······.

그런 생각을 하며 난 요리 준비와 기타 용무를 처리하기 위해 지하에서 올라왔다.

*

드란은 사고로 양팔을 잃고 난 뒤로 쭉 상심에 젖은 나날을 보내고 있었다.

물건을 만들지 못하는 가치가 없는 존재이며 이제 누군가가 자신을 의지할 일은 없을 거라 여겼다.

하지만 그때, 젊은 치유사가 찾아와 치유사 길드의 수리와 개축을 부탁했다.

치유사라도 팔을 고칠 수 없다는 것쯤은 이미 알고 있었고 그런 데에 매달릴 시기는 한참 전에 지나갔다.

그런데 기적이 일어났다. 그 치유사가 팔을 고친 것이다. 게다가 일까지 부탁하고 모든 걸 맡겨줬다.

드란의 본직은 대장장이였지만 그런데도 누군가가 자신에게 다시 의뢰했다는 사실이 드란의 의욕에 불을 지폈다.

루시엘은 드란의 실력을 알지 못한 채 모든 걸 맡겼고 충분한 재료가 드란의 의욕이 한계를 돌파해 불타게 했다는 사실을 알아차리지 못했다.

이 일을 시작으로 훗날 치유사 길드는 확장······ 개조······ 소문의 마개조······의 단계를 거치게 된다.

03 이 사람의 정체는?

지하에서 올라온 난 먼저 각 방에 침대를 설치했다. 식사를 끝내면 방을 정리하는 일이 귀찮아질 것 같은 예감이 들었기 때문이다.

2층에 있는 각 방의 면적은 약 5평. 침대를 두 대 놔도 일상생활에 불편함이 없을 정도이니 제법 넓은 편이다.

성치사단 대원들의 감사 인사를 들으며 침대 설치를 마치고 드디어 조리장에 도착했다.

조리장엔 나리아와 요리를 할 줄 모른다고 했던 폴라가 있었는데 나는 별생각 않고 바로 작업에 들어갔다.

낮에 대충 정화 마법을 사용했지만 이번에는 구석구석까지 정화 마법을 써서 위생에 공을 들였다.

조리에 관련된 마도구들은 부엌에 설치했다.

설치 작업은 나가기 전에 길드에 남은 사람에게 부탁했었으니 이제 조리만 하면 되는데…… 조금 전부터 폴라가 조리장을 기웃거리며 마도구를 만지거나 들어서 관찰하는 게 신경이 쓰였다

"폴라야, 아까부터 뭘 하는 거니?"

"마도구에 흥미 있어. 할아버지의 공방에 있었을 땐 자주 만들었어."

폴라는 마도구를 만들 수 있다는 건가.

난 마법 주머니에서 한 무더기 정도 되는 마석을 꺼낸 다음 정

화했다.

"그렇구나. 그래도 지금은 식사 준비 때문에 조리장을 써야 하니까 기웃거리면 방해가 된단다. 드란이랑 같이 지하에 있으렴. 그리고 위험한 짓은 하지 않겠다고 약속하면 이걸 줄게."

폴라는 엄청난 속도로 고개를 끄덕이더니 기쁜 듯이 마석들을 품에 안고 지하로 내려갔다.

"휴~. 그럼 나리아, 지금부터 식사를 만들 건데 라이오넬의 식사량은 어느 정도지?"

참고로 스승님과 가르바 씨는 마른 체구에 비해 제법 드시는 편이다. 만약 두 분과 식성이 같다면 꽤 많은 양을 만들어야 할 것 같다.

나리아는 잠시 생각에 잠기더니 이렇게 답했다.

"음, 남들보다는 많이 드시지만 평범한 수준이라 생각합니다."

그럼 향신료도 싸게 얻었으니 카레라도 만들어 볼까. 다른 노예들이 얼마나 먹는지도 알 수 있을 테고.

"메뉴는 카레라이스, 빵, 샐러드로 할까. 양은 인원수에 2배로 계산해서 만들 거니까 나리아는 이 반짝반짝 군으로 채소를 씻은 다음에 그쪽에 있는 몽땅몽땅 군을 껍질 벗기기 모드로 돌려서 껍질을 벗기고 그게 끝나면 다지기 모드로 전환해서 잘게 다져 줘. 내가 시범을 보여줄게."

반짝반짝 군으로 채소를 깨끗이 씻은 다음 몽땅몽땅 군에 넣어 껍질을 벗긴다.

몽땅몽땅 군은 전세에서 썼던 믹서기와 비슷하게 생긴 마도구인데 성능도 비슷해서 쉽게 다룰 수 있었다.

"굉장하네요. 이 도구를 활용하면 시간을 상당히 단축할 수 있 겠어요."

"인원이 많으니까 유용한 물건이지. 참, 벗긴 껍질은 이 건조 비료 군에 넣어줘. 이건 껍질 같은 부엌 쓰레기를 넣고 작동하면 비료가 되는 멋진 도구야. 내버려 두면 알아서 꺼지니까 걱정하 지 않아도 돼."

건조 비료 군도 마석으로 작동하는 점을 제외하면 음식물 처리 기와 비슷하니 이 비료로 유기농 채소를 키우는 날이 기대된다.

"그런데 왜 비료를 만드시는 건가요?"

"나중에 기회가 되면 밭을 가꿀 생각이거든. 메마른 땅에 이 비 료를 뿌리고 밭을 가는 거지. 그렇게 하면 조금이나마 지력(地力) 이 회복될 테니까…… 내 소박한 꿈이야."

슬로우 라이프를 누릴 수 있는 돈은 이미 모아둔 상태지만 은혜 를 갚아야 할 사람들이 많은지라 당장 이루기엔 어려운 꿈이다.

나리아의 질문에 웃으며 답한 난 마법 주머니에서 곰솥과 저번 에 사온 채소, 향신료, 고기 등의 재료를 꺼내 작업에 들어갔다.

정수기의 물을 곰솥에 받아 마도 스토브로 끓인 다음 고기를 넣 는다.

마수의 고기는 떫은맛과 피 냄새가 강하게 나서 그대로 사용하 면 피비린내가 진동하는 요리가 탄생한다.

그래서 그루가 씨나 그란츠 씨한테서 배운 비법을 활용했다.

그 뒤에 20분 정도 고기를 삶았다가 꺼내 고기에 촘촘히 칼집을 넣고 허브 같은 재료를 발라준다.

그 사이에 채소를 끓이면서 향신료를 조합해 카레 가루를 만든 다음 채소의 떫은맛을 제거한 뒤에 고기와 카레 가루를 넣어 약한 불에 계속 졸이기를 5번 반복했다.

음식이 남아도 마법 주머니에 넣으면 그만이니 잔반 걱정을 할 필요가 없어서 좋았다.

이제 빵이랑 밥만 준비하면 끝이다.

"나리아, 2층에 있는 성치사단 대원들한테 식사가 다 됐다고 전해줄래?"

"알겠습니다."

성치사단의 식사가 끝나면 나랑 밖에 있는 기사 둘, 그리고 라이오넬 일행부터 먼저 먹일까……

식사가 시작되자 예상대로 다들 맛있다는 말과 함께 입맛을 다시며 카레를 잔뜩 먹었다.

그리고 두 번째 식사팀인 우리는 식사를 마친 뒤에 입을 다문 채로 다른 이들의 식사를 구경하던 범죄 노예들에게 전달 사항과 규칙 등을 알렸다.

"너희에게도 똑같은 끼니를 제공하마. 식사 후에 외부 경비를 착실히 설 것, 그게 오늘의 마지막 명령이다. 경비 시간은 내일 아침까지. 일이 끝나면 오늘처럼 아침 식사가 나올 거다. 아침 식사를 마치면 수면 시간을 포함해 8시간의 휴식 시간을 주겠다. 경비 시간 외에 치유사 길드 밖으로 나가는 행위를 금한다. 또 치유사 길드와 관련해 불이익이 되는 정보, 자신의 근황 보고 등을 적은 기록물을 버리는 행위 역시 금한다. 너희가 경비 일에 익숙해지면 근무 시간을 조정하겠다. 그렇게 하면 지금보다 편히 일할 수 있겠지. 제군들이 성실하게 일을 해준다면 식사나 숙소를 포함한 대우를 이대로 유지하겠다고 약속하마. 하지만, 치유사 길드를 배신하면 이걸 마시게 할 테니 각오하도록."

내가 남아있던 물체 X를 마법 주머니에서 꺼내자 범죄 노예들은 눈을 크게 뜨더니 벌벌 떨기 시작했다.

어라? 수인들이 물체 X를 이렇게 싫어할 줄은 몰랐는데. 그루가 씨는 아무렇지도 않았으니까 괜찮을 거라 생각했는데…….

난 그 점에 의문을 품으며 노예들의 식사를 허락했다.

수인들도 카레가 입맛에 맞는지 모두가 한 접시를 싹싹 비운 다음 더 달라고 할 정도였다.

그래도 너무 많이 만드는 바람에 10인분 정도 남았는데 남은 카레는 마법 주머니 속에 보관했다.

카레는 내일 아침에도 먹고 싶은 사람이 나오면 내놓기로 하고 난 내일을 대비해 아침 식사 준비를 시작했다.

그리고 나리아에게 오늘 밤 경비는 라이오넬과 케티한테 맡겼으니 인원수대로 야식을 만들어도 좋다고 허락했다.

그렇게 아침 식사 준비를 끝낸 난 개인실로 돌아가기 전에 두 사람에게 지시를 내렸다.

"라이오넬이랑 케티는 교대로 범죄 노예들을 감시해줘. 조만간 기사들한테도 노예들의 감시를 맡길 생각인데 오랜 여행으로 지첬을 테니 오늘 정도는 쉬게 해주고 싶어."

"저희는 노예들이니 신경 쓰지 마시길."

"그렇다냥. 맡겨 달라냥."

"응, 부탁할게."

두 사람도 범죄 노예들과 마찬가지로 배신하지 않겠다고 맹세를 했지만 가능한 이들의 신뢰를 얻고 나도 이들을 신뢰할 수 있는 그런 관계를 쌓고 싶은걸……

그런 생각을 하며 방에 도착한 난 보고를 올리기로 했다.

마통옥을 통해 교황님께 연락을 드리기 위해 눈을 감고 연결되기를 빌었다.

그러자 머릿속에 목소리가 울렸다.

《폴나니라. 루시엘, 그대가 연락을 했다는 건 이에니스에 무사히 도착한 게로구나.》

머릿속에 울린 목소리는 틀림없이 교황님의 목소리였다.

난 이에니스의 치유사 길드에 무사히 도착했으며 길드가 슬럼가에 있었기에 호위로 쓸 노예를 산 것과 습격 사건 등 오늘 겪은 일들을 상세히 말씀드렸다.

그리고 앞으로도 있을 이에니스 측의 방해 공작에 대한 대책이나 치유사 길드로써 방향성을 어떻게 잡을지 등을 교황님과 상담했다. 그 뒤에 내일도 꼭 연락하라는 말씀을 들으며 통신을 마쳤다.

"할 일이 산더미구먼."

그런데 어쩐지 교황님의 기분이 좋으신 것 같았는데 기분 탓인가? 아, 가르바 씨와 다른 사람들한테도 습격 사건을 전해야 하니 편지를 써볼까.

스승님에겐 라이오넬에 대한 조사를 부탁드리고 나나엘라 양이랑 모니카 양에겐 이에니스에선 선물을 준비할 수 없다고 간단히 적자.

편지를 다 쓴 뒤에 평소처럼 마력 단련을 하는데 갑자기 졸음이 몰려왔다. 아무래도 나도 여행의 피로가 쌓였던 모양인지 금세 잠에 빠져들었다.

다음날, 여느 때처럼 일어나 기지개를 켤 때였다.

쿵— 하는 엄청난 소리와 함께 치유사 길드가 흔들렸다.

"습격인가?! 아니면 지진?!"

난 황급히 모든 장비를 두르고 방을 뛰쳐나왔다.

나와 마찬가지로 기사들도 각자의 방에서 나오는 중이었다.

"현재 상황은 알 수 없습니다. 일단 각자 1층으로 집합해 주세요!!"

""""옙.""""

난 바로 에어리어 힐을 쓴 뒤에 지시를 내렸다.

"치유사들은 1층 접수처에서 대기. 기사들은 외부를 확인한 뒤에 밖에서 보초를 서고 있는 라이오넬 일행과 합류해 상황을 확인하고 보고할 것! 전투가 벌어졌다면 치유사 길드에서 농성전을 펼치겠습니다."

""""옙!""""

잠자리에서 막 일어났음에도 불구하고 대원들은 빠릿빠릿하게 움직였다.

"참. 드란이라면 지하에 탈출하는 길을 만들 수 있을 텐데."

난 그렇게 중얼거리며 계단을 내려가 지하로 향했다.

그러자 내 눈앞에 놀라운 광경이 펼쳐졌다.

"아, 루시엘 공. 혹시 방금 소음으로 깬 건가?"

놀란 내게 드란이 태평한 기색으로 말을 걸었다.

하지만 내 머릿속엔 드란의 목소리가 들어오지 않았다.

나는 지하 1층을 둘러보며 천천히 걸었다.

그리고 서서히 지하의 전체 모습을 파악할 수 있었다.

어제 처음 봤을 때 지하에 있던 방은 3개.

장을 보고 돌아왔을 때는 면적이 6배 정도 넓어져 1층과 비슷한 넓이였고.

하룻밤이 지난 지금은 교회 본부에서나 보던 마도 엘리베이터와 지하로 이어지는 계단이 만들어져 있었다.

밤새도록 땅을 팠는지 밑으로 4층이 더, 즉 지하 5층까지 만들어져 있었다.

"꿈은 아니겠지?"

"루시엘 공, 괜찮나? 일단 보고를 하자면 지하 5층까지 확장을 마쳤……습니다."

"……이게 무슨 일이지?"

난 상황을 이해하지 못해 설명을 요구했다.

"마구간이 필요한데 치안이 나쁜 게 걱정이라면 그냥 지하로 옮기는 편이 낫겠다고 생각했거든. 그래서 지하 1층의 천장을 높이 올려 말들이 바깥에 있는 마구간에서 지하로 내려와 운동할 수 있도록 만들었지. 그리고 나리아 아가씨가 루시엘 공이 밭을 가꾸고 싶어 한다는 말을 해서 하는 김에 밭도 만들었네."

"……지하의 층수가 늘어난 것 같은데?"

"순서대로 설명하자면 지하 1층의 노예 방을 지하 2층으로 옮긴 다음 지하 3층엔 기사들의 장비를 손질하기 위해 대장간과 마도구 공방을 만들고 지하 4층엔 라이오넬 공이 루시엘 공이나 기사들을 단련시킬 수 있는 훈련장을 원해서 의견에 따라 훈련장을 만들었다. 마지막으로 지하 5층엔 쾌씸한 자들이 늘어날 가능성을 고려해 가둬 둘 수 있는 감옥을 만들었지."

설명을 들어도 이해할 수 없는 건 마찬가지였다. 이만큼을 하룻밤에 혼자 해내다니.

드워프의 힘은 엄청났다. 이건 혼자서 기지를 건설한 거나 마찬가지니까.

"드워프는 누구나 이런 대공사를 혼자 할 수 있어?"

"그건 무리일 거다. 나 이외에 이런 작업이 가능한 사람은 한 명밖에 없을걸. 물론 나도 그만한 마석이 있었기에 할 수 있던 거지만. 대신 받은 마석을 전부 써버렸다."

드란은 상쾌한 어조로 그렇게 말했다.

지금 보니 드란의 등 뒤에서 폴라가 만족스러운 얼굴로 자고 있었다.

난 필사적으로 머리를 굴렸다.

……아무래도 무슨 습격이나 사고가 터진 건 아닌 모양이다.

어라? 근데 어제 지하 공사는 조금씩 상의를 거쳐서 하자고 했던 거 같은데…….

아니, 지금 중요한 건 그게 아니다. 혹시 드란은 라이오넬 만큼 능력이 뛰어난 건가?

난 심호흡을 한 뒤에 의문점을 풀기로 했다.

"그럼 조금 전의 폭음과 진동은 뭐야?"

"그건 폴라가 마도 엘리베이터의 정지 지점을 잘못 계산하는 바람에 마도 엘리베이터가 천장과 충돌해서 난 소리일세. 문제를 수정하느라 피곤했는지 바로 곯아떨어지더군."

저 애가 마도 엘리베이터를……?! 그것도 문제잖아!

폴라를 보며 웃는 할아버지 미소는 무시하고 나는 새로운 질문을 던졌다.

"폴라가 마도 엘리베이터를 만들 수 있다고?!"

"굉장하지 않나! 난 16살에 마도 엘리베이터를 만들 수 있는 마도 기사(技師)를 달리 모른다네. 어렸을 때부터 망치는 휘두르지 못했지만 마도구는 좀 다루는 아이였다네! 마석도 합성할 줄 알지!"

아, 손녀 자랑이 시작됐다…… 그보다 16살이었던 건가…… 더 어릴 줄 알았다.

"드워프는 다들 이래요?"

"아니. 조금 전에도 얘기했다만 이 정도 작업을 해낼 수 있는 건 그란드 형님 정도일 테지…… 정도라고 생각합니다."

있긴 있구나…… 응?

"그 그란드 씨와 친형제야?"

"아니, 사형(師兄)일세."

"혹시 영세(永世) 명공 대장장이이신 그란드 씨?"

"오오! 루시엘 공은 형님을 알고 있었군."

엄청 기뻐하네…….

그건 그렇고 이 이상 멋대로 개조해도 곤란한데 어떡하지? 소란을 일으켰으니 반성을 시켜야 하나? 그래도…….

"일단 수고했어. 그래도 이 이상 넓히면 관리가 어려울 것 같으니 확장은 이 정도만 하자."

"이제 마석도 없으니 수정과 조정 작업에 들어가도록 하지. 요청 사항이 있다면 얼마든지 말해주시게."

"그래. 아, 잠은 잤어? 끼니와 수면도 챙겨가며 해."

"알겠네."

"그럼 치유사 길드의 책임자로서 하는 말은 이 정도로 해두고…… 드란, 정말 대단해! 고작 하루 만에 이런 시설을 만들어 낼 줄이야. 대체 어떻게 한 거야?"

그 뒤에 외부에 이상이 없어 그냥 돌아온 성치사단과 조르드 씨가 보고를 위해 지하로 내려왔지만 역시나 격변한 지하의 풍경에 말을 잃어버렸다.

이내 정신을 되찾은 조르드 씨는 바로 어린아이처럼 드란에게 질문 공세를 날리던 나를 지하의 상황을 확인하는 게 먼저라며 꾸짖었다.

하지만 난 알고 있다. 조르드 씨도 하루아침에 변한 지하에 들떠있다는 걸.

우리는 하루 만에 완성된 치유사 길드의 비밀 기지, 지하 시설을 드란의 안내로 다 같이 둘러보기로 했다.

드란은 자는 폴라를 방으로 옮긴 다음 지하 시설 안내를 시작했다. 사람이 너무 많아 오랜만에 마도 엘리베이터를 타는 건 포기했다.

안전한지 어떤지도 아직 모르고. 어딘가 위험할 것 같다는 생각이 든다.

우리는 계단을 타고 내려가 지하 5층에 도착했다.

"이곳은 보다시피 감옥일세. 만약을 대비해 만든 거라 식량 창고로도 활용할 수 있도록 해 두었지."

그런 것치곤 쇠창살이 몹시 튼튼해 보이는데?

직접 쇠창살을 붙잡고 흔들어봤지만 아무리 당겨도 꿈쩍도 하지 않을 정도로 튼튼했다.

"아무리 그래도 10개는 좀 많지 않나?"

"왠지 노예로 삼을 수 없는 높으신 분이 쓰실 것 같은 예감이 들어서 말이지."

"불길한 소리를."

"미안허이."

나도 비슷한 예감을 느끼며 계단을 타고 지하 4층으로 향했다.

"지하 4층에 만든 이 훈련장은 라이오넬 공의 의견을 참고해서 만들었다네. 벽에 마법이 맞더라도 어지간한 위력이 아니면 흠집조차 나지 않을걸세. 폴라와 나의 자랑스러운 합작이지."

훈련장은 40~50㎡ 정도는 되어 보였다. 모험가 길드에 있는 훈련장보단 작았지만 모의전을 할 수 있을 만큼 넓었다.

언젠가는 기사들을 위해 훈련장을 만들 생각이었지만 설마 드란이 벌써 이런 훌륭한 훈련장을 만들었을 줄이야…….

그래도 역시 가장 궁금한 건 라이오넬의 정체다. 되도록 빨리 알아보자. 왠지 모르게 스승님과 같은 전투광이라는 느낌이 마구 든다…….

그런 생각을 하니 등줄기에 소름이 돋았다.

"어제 단련을 부탁한다고 하긴 했는데, 너무 본격적으로 나오는 게 아닐까…….."

난 그렇게 중얼거리며 드란을 따라 지하 3층으로 올라갔다.

"이곳은 미리 허락을 받으려 했다만, 그…….."

드란의 목소리가 작아졌다.

3층엔 훌륭한 공방 둘이 자리 잡고 있었다.

각각 [드란 대장무구 공방]과 [폴라 마구 공방]이라는 팻말이 걸려 있었는데 명백히 다른 층보다 정성을 들인 티가 났다.

"그럼 지하 2층으로 가자."

"루시엘 공! 잠깐 기다려다오."

"왜?"

"이 공방은 이 지하의 핵심일세. 부디 꼭 봐줬으면 하네."

"슬슬 아침 식사를 준비해야⋯⋯."

"부탁함세."

"하아~ 알겠어."

이렇게 난 그의 공방으로 끌려갔다.

어렴풋이 눈치를 채고는 있었지만 드란은 공방을 자랑하고 싶었던 모양이다.

하지만 그가 말하는 대장장의 능력을 듣고 있자니 대뜸 공방을 지은 것도 이해가 갔다.

드란은 범죄 노예가 된 자들의 장비나 쓸모가 없어진 장비를 분해한 다음 재구축할 수 있다고 했다.

게다가 그란드 씨가 만든 성은의 검처럼 속성이 부여된 무기도 마석을 이용해 강화가 가능하다는 말을 듣고 기사들의 무구를 강화할 수 있다는 사실을 알게 됐다.

설명을 들은 내가 바로 작업에 착수할 수 있도록 정화한 마석과 함께 무구들을 넘겨주었더니 드란의 흥이 한계를 돌파했다. 뭔가 석연찮았지만 그를 믿기로 했다.

"그리고 폴라가 쓸 마석도 부탁함세! 무언가를 만드는 일이 우리에겐 삶의 보람이니! 그 대신에 필요한 물건을 말하면 뭐든 만들어줌세."

나는 결국 열변을 토하는 그의 말에 넘어가주기로 했다.

이제 남은 마석이 별로 없었지만 가지고 있어도 쓸데가 없었기에 마법 주머니에 들어있는 모든 마석을 꺼냈다.

"남은 마석은 이게 전부야. 꼭 치유사 길드를 위해 써줘."

"루시엘 공, 진심으로 감사하네."

그렇게 난 겨우 해방됐다.

지하 2층의 노예 방엔 환기 장치가 있었는데 괜찮다 싶어 지상에 있는 우리들의 방에도 달기로 했다.

그리고 드디어 지하 1층.

말들이 달릴 수 있게끔 했다고 들었는데, 보아하니 조금 부족한 것 같아 개선 사항을 전했다.

얀바스 씨한테서 말들이 안정을 유지하고 스트레스가 쌓이지 않도록 하는 방법을 들은 대로 전달했다.

"알겠네."

난 의욕이 넘치는 드란에게 철야 작업은 건강에 나쁘다고 타이른 다음 아침 식사를 마치면 잠 좀 자라는 지시를 내렸다.

"이게 치유사 길드의 표준이라는 인식이 생기면 곤란한데……."

그런 말을 중얼거리다 아침 식사를 준비를 떠올린 난 조리장으로 발걸음을 옮겼다.

아침 식사 후.

유일하게 지하의 역변에 놀라지 않았던 라이오넬이 드란에게 무구 제작을 부탁하고 싶다며 길드 마스터의 방에 있던 날 찾아왔다.

"참, 단련장을 건축에 감수(監修)를 맡았다고 들었는데, 한창 순찰 중이었을 당신이 어떻게 훈련장을 감수할 수 있었는지 그 애기를 먼저 듣고 싶군."

난 소리를 지르지 않는다. 소리를 지르면 체력이 소모되기 때문이다.

특히 연상을 상대로 소리를 질렀다가는 최악의 결과로 돌아올 가능성이 크다.

상대의 신용과 신뢰를 한순간에 잃을 수도 있다.

그렇기에 화를 낼 때는 잘못된 점을 짚어가며 조금씩 논리적으로 상대를 몰아넣는 게 효과적이다.

물론 몇 번이나 주의했음에도 불구하고 알아듣지 못한다면 화를 내는 수위를 조금씩 올려야겠지만 이번엔 첫 실수인 만큼 냉정하게 대화로 풀기로 했다.

"주제넘은 짓으로 심려를 끼쳐 드린 점, 깊이 사죄드립니다. 심야에 드란 공이 기분 전환을 하러 밖으로 나오신 참에 만약 훈련장을 만드신다면 건의 사항을 들어주셨으면 하는 마음에 몇 가지 부탁을 드렸습니다."

라이오넬은 잘못을 인정하며 고개를 숙였다. 말뿐인 사과일지도 모르지만 어쩐지 이 사람은 믿고 싶단 말이지.

이 이상 책임을 묻는 건 자기만족일 뿐이니 그만두자.

처음부터 벌을 줄 수도 있지만, 그걸로 위축…… 라이오넬이 그럴 일은 없을 테지만 사람만 보고 벌을 정하는 건 옳지 않으니까.

"앞으론 주의하도록. 젊고 의지할 수 없는 주인이라 생각할 수도 있겠지만 제안이 있으면 들을 테니. 야간 경비 중에 보고할 사항은?"

"보고 드립니다. 습격은 없었습니다만, 기척은 몇 번 정도 느꼈습니다. 아마 경비를 도는 인원이 많이 물러간 것으로 보입니다. 그리고 범죄 노예들을 한 번 살펴봤는데 하나같이 단련을 시키면 쓸 만한 자들이었습니다. 다들 지금 대우에 불만은 없다고 했습니다. 그런데…… 아무래도 이들을 고용한 게 샤자인가 하는 고양이가 아니라 약사 길드인 모양입니다."

그리고 보니 습격자들한테서 정보를 듣지 못했네…… 내 정신 좀 봐.

"라이오넬, 고마워. 그들에게 얘기를 듣는다는 걸 깜빡했네. ……어제부터 쭉 생각했는데, 단도직입적으로 묻지. 라이오넬, 당신은 누구입니까?"

난 그 질문을 드디어 입에 담았다.

"……어느 나라에서 조금 높은 자리에 있었을 뿐인 남자입니다. 지금은 노예이자 루시엘 공의 가신이라는 마음으로 지내고 있습니다."

그렇게 말하는 그의 눈에서 진심이 느껴졌다.

이 이상은 말하고 싶은 마음이 없는 모양이다.

난 그의 신원 조사 작업을 일단 포기했다.

"그래. 말해도 괜찮겠다는 생각이 들면 그때 이야기하자고. 무구 제작은 재료가 필요하니 드란이랑 상담하고. 완성까지 시간이 걸릴 테니까 그때까지 스승님의 검을 빌려줄게. 그대에겐 범죄 노예들을 지휘해 치유사 길드를 방위하는 임무와 더불어 내가 외출할 때엔 호위 임무를 맡기도록 하지.

"옙! 받들겠습니다."

그는 가슴에 손을 대며 고개를 숙인 뒤 몸을 돌려 방을 나섰다.

정말로 이 사람의 정체는 뭘까⋯⋯.

난 준비한 양피지에 해야 할 일들을 정리했다.

- 치유사 길드 재건
- 치유사 길드의 치안 유지
- 환자를 받을 준비와 치유원 설립
- 식료품
- 약사 길드
- 샤자의 건을 포함한(자유 도시국가) 이에니스의 실태 조사

"곤란할 때는 모험가 길드⋯⋯ 스승님한테도 편지를 보내볼까. 한 번에 인지도를 올리는 방법도 있지만 그다지 쓰고 싶진 않으니까."

오전 중에 스승님께 보낼 편지를 쓴 뒤에 치유사들을 모아 치유사 길드의 간판을 만들기로 했다.

그 과정에서 치유사들과 기사들의 의견이 갈리는 바람에 간판을 두 개 만드는 걸로 협의를 봤다.

간판에 딱히 집착이 없었던 난 도중에 다른 사람들한테 전부 맡긴 다음 점심 식사 준비를 시작했다.

점심 식사가 완성될 즈음에 마침 라이오넬 일행도 일어나 함께

식사를 하면서 조금 전에 정리한 해야 할 일들의 대해 서로 대화를 나누며 의견을 교환했다.

오후엔 범죄 노예들을 조르드 씨 일행에게 맡긴 다음 어제와 마찬가지로 라이오넬과 케티, 그리고 신관기사인 피아자 씨와 함께 모험가 길드로 향했다.

"모험가 길드에서 회복 마법 시연을 열겠습니다. 이 나라에선 치유 마법이 생소한 모양이고 사람들은 자신이 모르는 일을 좀처럼 시도하지 않는 법이니까요. 이렇게라도 나서지 않으면 아무도 치유사 길드를 찾지 않겠죠."

"그건 좋은 생각이다냥."

"약사 길드와의 공존이 가능하다면 다툴 일도 없을 테니 좋은 생각이라 봅니다."

"……어떻게 흘러가든 호위하겠습니다."

"첫 번째 과제는 치유사를 알리는 것. 두 번째는 약사 길드에 대한 조사네요. 이번에도 돌아가는 길에 장을 보죠.

세 사람은 고개를 끄덕였고 우리는 모험가 길드로 향했다.

이에니스의 모험가 길드는 성도나 멜라토니와는 달리 대부분의 모험가가 인족이 아닌 다른 종족이었다.

역시 나라는 달라도 길드의 내부 구조는 똑같은 건가.

"카운터에 들릴 테니 여러분도 따라오세요."

난 그 말을 남기고 카운터에 다가갔다.

어떤 시선을 받아도 라이오넬이 있으니 안심할 수 있고 나도 어엿한 모험가……긴 하지만 신속하게 카운터에 가자.

"처음 뵙겠습니다. 치유사 길드의 책임자이자 S급 치유사 겸 모험가인 루시엘이라고 합니다. 길드 마스터를 뵙고 싶은데 가능할까요?"

난 치유사 카드와 모험가 카드를 접수처 직원에게 보여줬다.

"루시엘 님이시군요. 길드 마스터께 말씀을 전해드릴 테니 잠시만 기다려 주세요."

그녀는 그 말과 함께 인사를 한 뒤에 자리를 떴다.

접수처 직원은 고양이 수인이었지만 케티와는 달리 어미(語尾)에 냥을 붙이지 않는 것 같다…… 아니, 케티가 일부러 붙이는 건가?

"케티는 왜 어미에 '냐'나 '냥' 같은 말을 붙이는 거야?"

그렇게 소박한 질문을 하니 케티는 웃으며 답했다.

"그렇게 말하는 편이 더 귀엽다고 배웠다냥."

"……그렇구나."

그런 대화를 나누며 길드 내부를 가볍게 둘러보니 역시 이쪽으로 시선이 모이는 게 느껴졌다.

그래도 혼자가 아니라서 그런지 살기 같은 건 느껴지지 않았고 시비를 거는 모험가도 없었다.

정말로 인족 모험가가 한 명도 안 보이네…….

길드 내의 분위기도 우중충한 것 같다.

그런 생각을 하는 도중에 접수처 직원이 돌아왔다.

"길드 마스터께서 면회를 허락하셨습니다. 이쪽으로 오시죠."

무사히 길드 마스터의 방까지 안내를 받을 수 있을 것 같다.

하지만 한 가지 신경이 쓰이는 점이 있었다.

"이곳의 길드 마스터는 자기 방이 따로 있군요."

내 한마디에 앞서 걸어가던 접수처 직원이 눈에 띌 정도로 동요하기 시작했다.

아무래도 지금 만나러 가는 이는 길드 마스터가 아닌 모양이다. 이에니스에 온 이후로 조금 울분이 쌓인 난 이곳이 모험가 길드라는 걸 알면서도 약간 강경한 태도로 나가기로 했다.

"만약 거짓말이라면 접수처에 물체 X를 뿌려도 될까요? 10통 정도……."

웃으며 그렇게 전하니 계단의 층계참에서 그녀의 발이 멈췄다.

"……지금 향하는 곳은 길드 마스터의 방입니다만 여러분이 뵐 분은 부길드 마스터이신 자이어스 님이십니다."

수인들한테는 물체 X를 협박 도구로 써먹을 수 있다는 새로운 상식을 얻은 난 추가로 질문을 했다.

"길드 마스터는 어디에 가고 부길드 마스터가 절 보겠다고 하는 겁니까?"

"길드 마스터가 어디 갔는지는 모르겠습니다. 부길드 마스터께서 면회를 허락하신 이유도……."

그녀는 고개를 가로저었다.

난 라이오넬을 바라봤다. 똑같이 고개를 젓는 그의 모습을 보아하니 거짓말은 아닌 모양이다.

"알겠습니다. 물체 X를 뿌리는 짓은 하지 않을 테니 안심하세요."

겨우 안심했다는 표정을 지은 그녀는 다시 계단을 오르기 시작했다.

그리고 어느 방 앞에서 걸음을 멈춘 그녀가 노크하자 들어와도 좋다는 대답이 돌아왔고 접수처 직원이 문을 열어줬기에 우리는 길드 마스터의 방으로 들어갔다.

그 방엔 처음 보는 종족인 용인족 남성과 샤자가 있었다.

라이오넬을 본 샤자는 몸이 굳었고 어째선지 나를 본 용인족 남성도 그 자리에서 굳었다.

난 호의적인 미소를 지으며 인사를 청했다.

"처음 뵙겠습니다, 치유사 길드의 책임자이자 S급 치유사 겸 모험가인 루시엘이라고 합니다. 갑작스러운 방문에도 불구하고 면회를 허락해주셔서 감사드립니다, 길드 마스터. 그리고 샤자 공은 하루 만에 또 뵙네요."

"저, 전 길드 마스터가 아닙니다. 부길드 마스터인 자이어스라고 합니다. 이쪽이야말로 이름 높으신 S급 치유사님을 뵙게 되어 영광입니다."

자이어스라는 이름을 댄 남자는 긴장한 모습으로 의자에서 바로 일어나더니 고개를 숙이며 말을 이었다. 목소리에서도 긴장이 묻어나는 것 같았다.

"그렇군요. 그럼 자이어스 님, 길드 마스터께선 어디에 계신지?"

"예. 다시 활동을 시작한 미궁에 들어가 한참 전투를 펼치는 중일 겁니다."

뭣이? 다른 지부의 길드 마스터들도 자유로운 성격이었지만 아무리 그래도 길드를 내버려 둔 사람은 없었는데…….

"아무리 길드 마스터가 강하다고 해도 직접 미궁에 들어가는 건 이상하지 않나요?"

"예. 그래도 형님이 나서지 않으면 공략이 어렵습니다."

형님…… 이 길드는 용인 형제가 투톱인가.

"그렇군요……. 실은 이번에 모험가 길드에서 치유사의 회복 마법 시연회를 여는 일로 협력을 얻고자 왔습니다만 길드 마스터가 안 계신다면 연기를 할 수밖에 없겠군요…… 매우 유감입니다."

"시연회라니요?"

자이어스 공은 얘기를 들어줄 것 같다. 반면 옆에 있는 샤자는 벌레를 씹은 표정이었다. 이에니스의 전 대표였던 용인족은 회복 마법에 흥미가 없다고 들었는데 꼭 다 그런 것도 아닌 모양이다.

"이에니스에 사는 사람들은 회복 마법이 존재한다는 사실은 알고 있어도 실제로 어떤 효과가 있는지 모르는 분들이 많을 겁니다. 그러니 회복 마법의 시연을 통해 치유사 길드의 회복 마법이 어떤 것인지를 알리고 싶습니다."

"그렇군요. 그럼 모험가 길드에선 무엇을 준비하면 되는지요?"

"지하 훈련장에 부상자를 모아주시면 치유사 길드의 치료를 무료로 체험할 수 있도록 하겠습니다. 아, 이게 본래의 치료비가 적힌 가격표입니다."

난 지침과 규약 책자를 자이어스 공에게 건넸다.

"아시는 바와 같이 치유사의 회복 마법은 병을 고칠 수 없습니다. 그래도 싸움을 생업으로 삼는 모험가들, 그리고 이 나라의 국민도 치유사의 치료가 비싼 이유를 알아주셨으면 합니다."

내 얘기를 들은 자이어스 공은 지침서의 요금을 가만히 응시했다.

하고 싶은 말은 다 했겠다. 이 이상 떠들어봐야 역효과가 날 것 같기에 그에게 판단을 내릴 시간을 충분히 주고 대답을 기다렸다.

샤자는 라이오넬의 시선에 묶여 입도 뻥긋하지 못했다.

아니면 자이어스 공의 진의를 확인하고 싶지만 우리 때문에 차마 묻지 못하고 있는 건가?

그때 자이어스 씨가 한 번 고개를 끄덕이더니 입을 열었다.

"알겠습니다. 가능하면 시연회를 내일 이 시간에 해주셨으면 하는데 괜찮으십니까?"

"물론이죠. 감사합니다. 모험가들의 사망률을 조금이라도 낮추고 싶었던지라 시연회를 빨리 여는 편이 저희에게도 도움이 됩니다."

"헌데, 이쪽에 적힌 석화나 신경독을 치료하는 마법은 누구나 쓸 수 있는 겁니까?"

"아닙니다, 일부의 치유사만 쓸 수 있죠. 절 제외한 다른 이들은 아직 쓰지 못합니다. 그래도 제가 데리고 온 치유사들은 다들 우수한 데다 노력가이니 조만간 쓸 수 있을 겁니다."

그렇다. 난 조르드 씨 일행에게 가능한 마법을 많이 쓰라는 지시를 내렸었다.

성속성 마법의 레벨이 올라도 이상한 일은 아니다.

"그럼 내일 지하 훈련장에서 기다리고 있겠습니다."

"이쪽이야말로 잘 부탁드립니다."

나는 자이어스 공과 악수했다.

그리고 길드 마스터의 방을 나서기 직전에 라이오넬이 입을 열었다.

"샤자 공, 어제 이쪽을 습격한 자들은 약사 길드의 사주를 받았다더군. 일단 알아두도록."

우리는 그의 대답을 듣지 않은 채 길드 마스터의 방을 뒤로했다.

난 마음속으로 자이어스 공이 유난히 내게 호의적이었던 이유를 고민하며 길드를 나선 다음 장을 보러 가게로 향했다.

*

루시엘 일행이 떠난 후, 길드 마스터의 방에서 샤자는 곧장 자이어스를 추궁했다.

"자이어스 공, 얘기가 다르지 않나! 대체 무슨 연유로 치유사 길드에서 온 애송이의 편을……?!"

한참 추궁을 하던 샤자는 자이어스가 살기를 띤 시선으로 자신을 노려보자 놀란 나머지 입을 다물었다.

"샤자, 감히 저분을 별 볼 일 없는 애송이라고 하는 건가? 네놈은 용족(龍族)을 숭배하는 우리 용인족이 용의 가호를 지닌 분께 진정 무례를 저지를 거라 생각하는 게냐!"

자이어스는 이미 격분(激奮)에 찬 상태였다.

용인족에게 용족은 주신(主神) 클라이야와 동등한 아니, 그 이상으로 강한 신앙의 대상이다.

용인족은 용족의 가호를 받은 자라면 설령 어떤 종족이라도 본능으로 알 수 있다.

자이어스가 태어난 이후로 지금까지 가호를 받은 자를 만난 건 고작 네 번이었으며 다섯 번째 인물이 루시엘이었다.

심지어 용인족이 아닌 자가 가호를 받은 건 처음이었다.

자이어스는 미궁이 활동을 재개해 위기에 몰린 자신들 형제에게 용신께서 구원의 손길을 내미셨다는, 예감과도 같은 감각에 사로잡혔다.

이리하여 루시엘이 모르는 곳에서 또 호운 선생님이 힘을 발휘했다.

그리고 자이어스의 분노에 겁을 먹은 샤자는 멋대로 움직인 약사 길드에 분통을 터뜨렸다.

'이놈이고 저놈이고 도움이 안 되는군! 두고 봐라.'

일이 제대로 풀리지 않아 생긴 조바심은 샤자의 마음을 조금씩 증오로 물들였다.

04 스승의 자랑은 제자를 궁지로 몬다

모험가 길드를 나선 우리는 그대로 가게에 들러 장을 본 다음 길드로 돌아왔다.

다행히 오늘은 습격을 받지 않고 무사히 넘어갔다.

치유사 길드에 돌아오니 조리실에서 치유사들이 마도구들을 흥미롭다는 듯 사용하는 모습이 보였다.

어쩐지 그 광경이 새로운 장난감을 찾은 아이들 같아 흐뭇함을 느끼며 저녁 식사 준비를 돕기로 했다.

"다녀왔습니다. 오늘은 여러분이 저녁을 만드시는 겁니까?"

내가 웃으며 묻자 조르드 씨가 대표로 답했다.

"예. 저희는 회복 마법 스터디가 끝나면 당장 할 일이 없으니까요. 매번 루시엘 님이 만드시면 시간에 쫓기실 테고요. 그런데 마도구도 그렇지만 이 레시피 모음집도 굉장하네요. 제 고향의 요리까지 실려 있다고요."

조르드 씨가 기쁜 듯이 웃자 다른 치유사들도 고향의 요리를 찾았는지 그 화제로 다들 흥이 올랐다.

"그럼 오늘 요리 당번은 맡길게요. 그리고 내일 치유사 여러분은 저와 함께 모험가 길드에 가서 치유사가 다루는 회복 마법을 모험가들 앞에서 선보일 겁니다. 치료비는 이번만 무료입니다. 교황님과 상담을 통해 결정한 사항이니 안심하세요."

모험가 길드에 가겠다.

그 말을 들은 순간 대원들의 얼굴이 창백해졌다.

하지만 내가 물체 X를 보충하는 걸 깜빡했다는 말을 덧붙이자 다들 노골적으로 안심하는 표정을 지었다.

마시기만 해도 다양한 숙련도가 오르는 음료인데 그렇게 마시기 싫은 걸까? 익숙해지면 괜찮은데…….

어쩐지 나=물체 X라는 공식이 굳어진 것 같아 슬퍼졌다.

"내일 점심 식사를 마치는 대로 외출하겠습니다. 호위가 필요하니 기사 몇 분은 저희와 함께 가시고 나머지 분들은 길드에 남아서 범죄 노예들의 지휘를 맡아주세요. 요리 기대할게요. 전 잠깐 지하에 있을 테니 식사 준비가 끝나면 불러주세요."

"알겠습니다."

조르드 씨가 웃으며 가슴에 손을 얹고 경례를 하자 다른 대원들도 웃으며 똑같은 포즈를 취했다.

조르드 씨가 분위기 메이커가 된 건 좋은 경향이라는 생각과 함께 나도 웃으며 경례를 한 뒤에 지하로 내려갔다.

케티는 나리아와 할 얘기가 있다며 1층에 남았고 내 옆을 지키는 건 라이오넬뿐이었다.

그렇기에 지하의 풍경을 본 내 마음을 이해할 수 있는 사람은 그가 유일했다.

"……여긴 분명 지하인데……."

난 그렇게 중얼거렸고 아침엔 별다른 반응이 없었던 라이오넬도 놀란 눈치였다.

"지하였다는 표현이 맞겠군요……."

냉정하고 침착한 성격이라 생각했던 라이오넬도 이 상황 앞에선 당황했는지 놀라움을 감추지 못했다.

그래, 놀라지 않을 수가 없다니까?

외출하기 몇 시간 전까진 평범한 지하 시설이었는데 갑자기 이런 진화를 할 줄 상상이나 했겠는가.

오늘 아침에 마지막으로 본 지하 1층의 모습은 높은 천장에 마석으로 조명의 밝기를 조정하는 기능이 달린 시련의 미궁처럼 벽이 빛나는 그럭저럭 밝은 공간이었다.

거기에 작은 밭이 있고 포레 누와르를 비롯한 말들이 거닐 수 있는 운동 공간이 전부.

하지만 현재 지하 1층의 천장엔 하늘이 펼쳐져 있었으며 그 하늘엔 태양이 있고 어디선가 바람이 불고 있었다.

밭은 경운기로 막 간 듯이 폭신폭신했으며 말들이 들어오지 못하도록 울타리가 놓여 있었다.

말들이 거니는 공간은 목장으로 변했는데 포레 누와르와 다른 말들이 느긋하게 지내는 모습이 보였다.

"이게 가능하다고? 지하 시설은 드워프의 힘으로 만들었다 치더라도 이 자연환경은 도대체 어떻게 해야 하는 거지?"

"마스터 덕분. 마도기사 레벨과 마도구 제작 스킬 레벨이 올랐어."

내 혼잣말에 대답한 건 폴라였다.

"일어났구나…… 아니 그보다, 이게 다 네 작품이야?"

"아직 역량 부족. 공간 확장을 못 쓰니까 만족할 수 없어."

뭐가 부족해서 고개를 젓고 있는지 모르겠는데, 이미 평범의 차원을 뛰어넘지 않았니? 그런 생각을 하고 있는데 뒤이어 나타난 드란이 손녀 자랑을 시작했다.

"오오! 루시엘 공, 라이오넬 공, 돌아왔구먼. 모든 계층의 보강을 마쳤다. 이제는 취……흠, 모두에게 도움을 줄 수 있는 물건을 만들겠네."

이 드워프 방금 취미라고 하려다 말 돌린 거지?

내가 기가 막혀 있자 대뜸 폴라가 손을 내밀었다.

"응? 왜?"

"마석 주세요."

"…………."

"…………."

"…………."(힐끗)

내가 드란을 쳐다보자 그는 내게서 시선을 피했다.

"없는데? 갖고 있던 마석은 오늘 아침에 드란한테 전부 넘겼고 이게 마지막이라는 말까지 했는걸."

내 말을 들은 폴라는 점점 울상을 짓더니 드란에게 한마디를 날렸다.

"……할아버지는 거짓말쟁이."

"크헉!"

드란이 정신적인 대미지를 크게 입은 모양이다.

"폴라야, 어쩔 수 없었단다. 루시엘 공이 치유사 길드를 안전한 장소로 만들기 원했단 말이다. 길드 전체에 결계를 치려면 그 정도 양의 마석이 필요하다는 걸 너도 알지 않느냐?."

"할아버지는 마스터가 마석을 잔뜩 가지고 있다고 했어."

"그건……."

두 사람이 말다툼하는 사이에 난 라이오넬에게 이게 평범한 일인지 물어보기로 했다.

"두 사람의 기술은 어느 정도 수준이지?"

"초일류입니다. 제가 지금까지 만나거나 들은 바로는 드란 공은 다섯 손가락…… 폴라의 기술력은 열 손가락 안에 드는 솜씨가 아닐까 합니다."

혹시…… 일단 물어볼까.

"저기, 혹시 나리아도 라이오넬이나 케티처럼 강하거나 드란이나 폴라처럼 기술이 뛰어나?"

"나리아는 전투 기술이나 마법의 소양은 딱히 없습니다."

다행이다…… 평범하구나.

"그래도 기척에 민감하고 자신의 기척이나 마력을 차단하거나 왕국 귀족의 예의범절을 가르칠 수 있습니다."

평범하지 않잖아!

뭐야, 평범한 사람이 없잖아? 아니면 이 세계에선 이런 능력을 지닌 사람들이 보통인 거야?

"루시엘 공, 부탁일세. 내게 마석을 구해오라는 명령을 내려주거나 마석을 보충해줬으면 하네."

드란이 금방이라도 울 것 같은 표정으로 내게 매달렸다.

시선을 돌리니 뺨을 부풀린 폴라가 팔짱을 낀 채로 화를 내고 있었다.

전에 드란에게 부탁했던 바닥이나 지붕 수리는 이미 끝난 상태고 지금은 부탁할 일이 딱히 없단 말이지…….

"안됩니다. 그 대신에 이걸 드리죠. 여기에 만들고 싶은 물건을 그리면서 상상력을 기르세요. 그리고 그중에서 뭘 만들지 저와 상담을 해서 정하죠. 마석은 당분간 금지입니다."

"그, 그런!"

난 두 사람에게 양피지와 잉크, 그리고 펜을 건넸다.

내 말에 드란은 힘없이 어깨를 떨궜으며 조금 전까지 뾰로통한 태도를 보이던 폴라도 놀랐는지 어안이 벙벙한 표정을 짓고 있었다.

지금의 폴라는 노예상에서 봤던 감정이 메마른 아이와는 전혀 다른 사람이었다.

이 이상 폭주를 놔두었다가는 나의 상식도 같이 폭주할 것 같다. 절제는 중요한 법이다.

"여기에 만들고 싶은 물건과 그 물건의 효과나 성능을 상세히 써서 제출하거나 제게 설명을 해주세요. 제가 납득할만한 게 나오면 마석을 구해드리죠."

그러자 조금 전까지 의기소침한 모습을 보였던 두 사람은 양피지를 받아들고는 내게 감사의 말을 전한 뒤에 곧장 지하 3층으로 내려갔다.

"저 두 사람을 보니 나도 내일 열심히 해야겠다는 생각이 들어……."

"호위는 제가 맡고 있으니 루시엘 공께선 그냥 명령만 내리시면 되는 게 아닌지?"

"그러네요……."

난 포레 누와르와 다른 말들에게 정화 마법을 걸어준 다음 내일 모험가 길드에서 있을 시연회의 성공을 빌었다.

이날 먹은 저녁 식사는 평소보다 맛있었다.

나리아의 요리는 맛의 깊이가 있군.

역시 내 라이벌……이 아니라, 다음에 나리아에게 요리를 배우기로 했다.

야간 경비는 라이오넬과 케티가 범죄 노예들을 반반씩 지휘해 담당했고 난 교황님께 연락을 드린 다음 여느 때처럼 마법을 단련한 뒤에 잠자리에 들었다.

다음날, 잠자리에서 일어나 스트레칭과 마력 조작 단련을 마친 난 조리장으로 향했다. 내가 식자재를 꺼내고 있는데 나리아가 말을 걸었다.

"마스터, 안녕히 주무셨나요?"

"안녕. 오늘부터 주방은 나리아한테 맡길게. 난 지하에서 잠깐 단련을 하고 올 테니까."

"알겠습니다."

정중한 인사로 배웅을 받은 뒤에 지하 4층으로 내려가니……먼저 온 손님이 있었다.

"라이오넬, 안녕."

"오시길 기다렸습니다."

그렇게 말하며 싱긋 웃는 라이오넬은 등 뒤에 대검을, 왼손엔 대형 방패를 들고 있었다.

"내가 훈련을 하러 올 거라 예상했나?"

"사람은 한 번 습관을 들이면 그 습관대로 움직여야 직성이 풀리는 법이니까요."

"그래서?"

"약속대로 루시엘 공의 단련을 돕고자 왔습니다."

그는 그렇게 말하며 웃었지만 본심은 분명 다를 거다.

"……본심을 말하지 않으면 혼자서 훈련장을 달리고 끝내겠어."

그러자 그는 어깨를 으쓱하고는 말을 이었다.

"제 전투 감각이 녹슬지 않았는지 점검하고 싶어서요. 그리고 노예가 되기 전에 치명상이 아니라면 부활하는 강인한 마음을 지닌 치유사 제자를 얻었다고 친구에게 들은 적이 있어서 말이죠. 문득 확인하고 싶어졌습니다."

어디서? 누구한테서 그런 말을? 만약 그 친구가 스승님이라면…… 그런 생각을 하고 있는데 내 마음을 읽기라도 한 듯 라이오넬의 입에서 누군가의 이름이 흘러나왔다.

"선풍의 블로드…… 그와 처음 만난 건 20여 년 전에 투기장에서였습니다. 시합(살육전) 끝에 결국 둘 다 쓰러져 시합은 무승부로 끝났습니다만, 그 이후로 가끔 편지를 주고받는 사이가 되었죠."

블로드 스승님?! 끼리끼리 모인다더니, 사실이었군요! 이 사람

도 전투광이라는 이야기와 마찬가지 아닙니까?

"이쪽은 치유사니까…… 자칫하면 훅 가거든? 그러니까 조심해."

"오늘은 중요한 용무도 있으시니, 살살 해드리겠습니다."

"하아~. 먼저 가볍게 달린 다음 준비 운동부터."

라이오넬이 지켜보는 가운데 난 훈련장을 달린 다음 유연 체조로 준비를 마쳤다.

라이오넬을 상대로 싸울 생각을 하니 불길한 예감이 마구 들었지만 온 힘을 다해 배리어를 친 다음 그냥 흐름에 몸을 맡기기로 했다.

훈련을 통해 알게 된 사실이 있다.

진정한 역량을 헤아리는 건 불가능하지만 스승님과 라이오넬을 굳이 비교하자면 기술과 힘이라 할 수 있겠다.

스승님은 정확한 검술과 다양한 수, 그리고 뛰어난 회피 능력으로 상대를 제압하고 라이오넬은 체구를 활용해 일격으로 상대를 가르는 강검을 구사하며 방패로 철벽의 방어를 펼친다.

두 사람을 동물에 비유하자면 스승님은 표범, 라이오넬은 곰이다.

그리고 스승님은 적절한 조언을 통해 지도하는 타입이지만 라이오넬은 온전히 실전으로 단련을 시키는 타입인 것 같다.

결국 대련 도중에 라이오넬이 방패째 내 왼팔을 베어버렸다. 초조함이 밴 그의 얼굴을 보니 스승님을 교관님이라 부르던 시절이 떠올라 그리워졌다.

그런데 엑스트라 힐이 없었으면 그대로 가는 거였잖아? 이러면 노예문을 새기는 의미가 있어?

난 앞으로 이 모의전이 일과가 되질 않기를 간절히 빌며 아무나 이쪽으로 와서 밥을 먹으러 오라는 말 좀 해줘 라고 모의전 내내 속으로 끊임없이 외쳤다.

제법 강도 높은 훈련을 끝내고 나니 훈련장에 범죄 노예들의 모습이 보였다.

"아~, 야간 경비 서느라 수고가 많네. 아침 식사를 마치면 제대로 취침하도록."

내가 건넨 말에 놀란 반응을 보이는 그들을 뒤로하고, 배가 고팠던 나는 모처럼 설치한 마도 엘리베이터를 타고 지상으로 올라갔다.

어제 작동 테스트를 한 결과 아무런 문제가 없다는 걸 확인했기에 안심하고 탑승할 수 있었다.

식당에 도착하니 대원들이 식사에 손을 대지 않은 채로 날 기다리고 있었다.

"기다리게 해서 죄송해요."

난 대원들에게 사과하며 자리에 앉은 다음 신께 기도를 올린 뒤에 식사를 시작했다.

"루시엘 공, 오늘 있을 시연회에서 루시엘 공도 모험가들을 치료하실 겁니까?"

"손이 비면 말이죠. 대체로는 여러분께 맡길 겁니다. 독이나 석화 등 어려운 환자는 제가 진찰하겠지만 이에니스에서 치유사 길드를 부흥시키는 주역의 자리는 여러분께 양보하지요."

"루시엘 공의 치료를 견학해도 되겠습니까?"

"예. 지금까지 전부 말로 설명했을 뿐이었으니, 직접 보시는 편이 도움이 되겠지요."

이런 대화를 나누며 아침 식사를 마쳤다.

나리아가 만든 요리는 오늘도 맛있었다. 급사는 그녀에게 맡기면 되겠지만 혼자서 이만한 양을 만드는 건 쉽지 않을 테니 조만간 나리아의 조수로 쓸 노예를 구해야겠다.

식사 후, 우리는 모험가 길드의 구조나 치유사들이 설 장소를 쉽게 익힐 수 있도록 양피지에 그림을 그려가며 회의를 진행했다.

자기보다 나이 어린데도 잘 따라주니 굉장히 일하기가 편하다. 이런 사람들을 모아준 교황님이나 그란하르트 씨한테 감사해야 겠다.

"반드시 성공시키죠."

"""옙!"""

회의가 끝난 뒤에 점심때까지 길드 마스터의 방에서 시간을 보내고 있었는데 문득 노크 소리가 들렸다.

"예. 들어오세요."

문을 열고 들어온 사람은 드란과 폴라였다.

두 사람 모두 양피지 다발을 들고 있었다.

"혹시 어제부터 한숨도 안 잤어?"

붉게 충혈된 눈으로 날 보던 두 사람은 말 한마디 없이 책상에 양피지 다발을 놓았다.

"……설마 이거 전부?"

드란이 먼저 입을 열었다.

"이 중에 반은 만들고 싶은 물건이고 나머지 반은 만들면 팔 수 있는 물건일세."

드란에 이어 폴라가 입을 열었다.

"분명 비싸게 팔 수 있으니까 매상의 반을 마석으로 주세요."

이걸 다 읽으려면 고생 좀 하겠는데…… 그렇게 생각한 난 마법의 말을 입에 담았다.

"그럼 나중에 읽고 의견을 줄 테니까, 우선 아침 식사를 한 다음에 가서 좀 자."

하지만 마법의 말은 한마디에 허무하게 지워졌다.

"읽을 때까지 여기서 먹고 자고 할 거야."

충혈된 눈에 눈물을 그렁그렁 단 폴라가 말했다.

"허어~ 루시엘 공, 남자라는 자가 여자와 아이를 울리면 쓰나……."

"하아~. 드란은 연기가 너무 어설퍼. 그럼 어느 쪽부터 읽을까?"

"그야 물론……."

"나!"

폴라가 드란을 응시한 채로 자신이 쓴 양피지를 가리켰다.

"한 번 볼 테니까 두 사람은 저 소파에서 쉬고 있어."

그 뒤에 나리아가 점심 식사가 다 됐다며 우리를 부르러 올 때까지 어떻게든 양피지를 완독했다.

"폴라는 2건 채용, 4건 보류. 드란은 5건 채용, 1건 보류."

"그럼 마석은 어찌 되는 겐가?"

"마스터, 마석은?"

아이디어들이 지나치게 참신해서 대충 봐서는 허락을 내줄 수가 없었다.

"채용한 아이디어는 조만간 마석을 포함해서 재료를 준비해줄게."

드란과 폴라가 하이파이브했다.

그리고는 나와 함께 점심을 먹었는데, 두 사람 모두 졸음에 정신을 못 차리는 모습이 인상적이었다.

그야말로 물건을 만드는 일에 목숨을 바친 이들처럼 보였다.

잠시 뒤, 나는 미리 선별한 인원과 함께 모험가 길드로 향했다.

"좋아. 가볼까요! 성공시키죠."

"""엡(예)."""

"""다녀오세요(오십시오)."""

"""잘하고 오라고."""

우리는 남은 이들의 배웅을 받으며 치유사 길드를 나섰다.

모험가 길드로 이동하는 십여 분 동안은 다들 말없이 침묵이 흘렀다.

모험가 길드 입구에 도착했을 때 나는 비로소 입을 열었다.

"치유사가 굉장한 녀석들이란 걸 이에니스에게 보여주죠!"

""""예!""""

치유사들의 기세가 좋군.

부디 모험가 길드가 그들을 반겨주는 제2의 집이 될 수 있기를.

"물론 치유사를 호위하는 기사의 모습도 보여줘야죠. 위험한 상황이 벌어지면 온 힘을 다해 지켜주세요."

""""옙.""""

"라이오넬이랑 케티는 내 호위를 부탁해."

"옙."

"알겠다냥."

할 말을 마친 난 모험가 길드의 문을 열었다.

"역시."

모험가 길드에 들어서니 지하 1층에 갈 필요도 없이 길드 내부가 부상자들로 북적였다.

살펴보니 부상뿐만 아니라 독이나 석화 같은 상태 이상에 걸린 모험가들도 제법 많았다.

"그럼 플랜 C로 움직이죠. 전 접수처에 들렀다 갈 테니 여러분은 곧장 지하로 내려가세요. 위급한 환자는 제가 금방 보러 갈게요."

난 큰 목소리로 지시를 내린 다음 접수처로 향했다.

이곳에 오기 전에 미리 상황에 따른 행동 패턴을 미리 정해두었다.

의도적으로 방해할 때는 패턴 A.

환자가 아예 없을 때는 패턴 B.

그리고 약사 길드가 대처할 수 없을 만큼 북적이는 패턴 C.

"어제 자이어스 공과 약속을 잡은 치유사 길드 이에니스 지부 소속 S급 치유사 루시엘입니다. 자이어스 공께 저희가 왔다고 전해주십시오."

"아, 알겠습니다."

뛰어가는 접수처 직원을 뒤로한 채 난 모험가들에게 고했다.

"치유사 길드에서 오늘 하루만 회복 마법을 무료로 제공합니다. 여러분께서 얌전히 순서를 기다려 주십시오. 치료 순서는 이쪽에서 정하겠습니다. 불만이 있으신 분은 치료받을 생각이 없다고 간주하겠습니다. 저희를 공격해도 마찬가지입니다. 저희는 신처럼 무한히 자비롭지 않습니다. 하지만 치료를 해드리고자 하는 마음은 진심이니 잘 부탁드립니다."

"""잘 부탁드립니다."""

내 뒤를 따르는 치유사들은 정말로 든든했다.

소개가 끝나자 지하에서 올라오는 자이어스 공이 보였기에 먼저 말을 걸었다.

"자이어스 공, 상태가 위독한 환자부터 차례로 진찰하겠습니다. 전 1층에서 중환자들을 먼저 보도록 하지요. 저도 신이 아닌지라 용태가 변할 수 있다는 점을 미리 말씀드립니다."

"알겠습니다. 루시엘 공, 그럼 여러분은 이쪽으로."

치유사들은 지하로 내려갔고 내 호위인 라이오넬과 케티는 이쪽에 남았다.

난 바로 치료에 나섰다.

계단 쪽에서 웅크린 채로 있는 젊은 모험가가 눈에 들어왔다. 아무래도 이미 반 이상 석화가 진행된 모양이다.

대화가 가능한 상태가 아닌 것 같아 옆에 있던 동료로 보이는 모험가에게 물었다.

"독이나 마비 공격을 당한 건가? 아는 선에서 알려줘."

그를 부축하던 동료가 금방이라도 울 것 같은 목소리로 말했다.

"미, 미궁의 함정에서 분출된 가스에 당했어. 부, 부탁이야 구해줘."

내게 매달리려는 동료 모험가를 라이오넬이 제지했다.

그리고 내가 영창을 시작하자 기도를 하듯이 동료를 다시 붙들었다.

일단 디스펠을 영창했다. 그러자 석화가 진행된 모험가의 몸이 빛을 내뿜더니 곧 피부가 보이는 몸으로 돌아왔다.

이어서 미들 힐을 사용하니 겉으론 완전히 회복된 것처럼 보였다. 하지만 여전히 안색이 창백했기에 추가로 리커버까지 시전했더니 겨우 혈색이 돌아왔다.

"이제 완치됐어. 그래도 피를 좀 흘렸다면 며칠간은 쉬게 해줘…… 하아~."

난 조금 전에 라이오넬이 제지한 남자에게도 리커버를 사용했다.

"동료를 생각하는 마음도 좋지만, 상태 이상에 걸렸다면 우선 자신의 목숨부터 소중히 여기도록 해."

난 되도록 모든 이들을 구하기 위해 이미 의식이 없는 자, 석화나 독에 의해 빈사 상태에 빠진 사람들을 먼저 치료했다.

여기저기서 기적이 일어났다는 등의 소리가 들리기에 이대로 잘 풀리면 좋겠다는 생각을 하며 치료를 계속했다.

하지만 그건 너무 안이한 생각이었다.

"원활한 치료를 위해 줄을 서줘."

환자들에게 말을 건네며 한참 치료를 하던 도중 지하에서 치료를 방해하는 목소리가 귀에 들렸다.

"닥치고 날 먼저 치료해라! 내가 누군지는 알고 이러는 거냐?"

가서 보니 기사 두 명이 덩치가 큰 모험가 한 명을 말리는 데에 애를 먹고 있었다. 자이어스 공도 필사적으로 그를 달랬지만 그 남자는 들은 척도 하지 않았다.

"그런 식으로 나오면 당장 치료를 중단하겠다!"

난 남자가 들을 수 있도록 큰 목소리로 외쳤다.

"네가 누군지는 모른다. 하지만 이번 치료는 치유사 길드의 봉사 활동이다. 대가를 받지 않는 치료에 환자의 불만을 들을 이유는 없다!"

난 그에게 다가섰다.

"치료를 방해하겠다면 모험가 길드에 정식으로 항의를 넣겠다!"

"뭐냐, 이 망할 애송이는."

"난 S급 치유사 루시엘이다. 치유사 길드 이에니스 지부의 책임자를 맡고 있지. 네가 치료를 방해하면 너 때문에 이곳에 있는 모든 모험가가 치료를 받지 못할 거다. 치료를 받고 싶다면 얌전히 차례를 기다리도록. 선택지는 2개다."

내 앞엔 라이오넬이, 뒤엔 케티가 있고 치료를 원하는 모험가들도 우리 편이다.

상대가 누가 됐든 괜찮을 거란 생각에 마음을 놓은 그때 남자가 웃으며 입을 열었다.

"네놈이 S급인가. 그럼 이거나 먹어라! 얘들아, 뿌려라!"

그 순간, 날 향해 사방에서 검은 가루가 날아왔다.

"칫."

혀를 차는 소리와 함께 대형 방패를 든 라이오넬이 내 앞에서 검은 가루를 막기 위해 움직였다.

케티도 날 감쌌지만 두 사람만으론 여러 방향에서 날아오는 가루를 전부 처리할 수 없었다.

결국 내 몸에도 검은 가루가 묻고 말았다.

"크크크, 그건 마력을 봉인하는 가루다. 어디 남은 치료도 잘해보라고. 가자!"

남자는 내게 묻은 가루를 확인하더니 철수 신호를 내리며 도망치려 했다.

"놓칠까 보냐!"

라이오넬은 날 지키지 못한 책임감 때문인지 남자를 잡기 위해 대검을 던지려다 아슬아슬하게 동작을 멈췄다.

"칫, 그대로 던졌으면 좋았을 것을."

그 말을 남긴 남자는 몸이 점점 옅어지더니 이윽고 통나무로 변했다.

그 통나무엔 부적이 붙어 있었다.

'설마 인술(忍術)? 혹시 저 수인은 닌자인가?'

"이건 암마법인 환술……! 그 남자를 막아라!"

라이오넬은 인술을 아는 모양인지 짧게 중얼거린 다음 우리가 내려온 계단이 아닌 다른 계단을 향해 큰소리로 외쳤다.

지상의 모험가 길드에서 훈련장으로 이어지는 계단은 두 곳이 있는데 지금 도망치는 수인들은 우리를 피해 또 다른 계단으로 도망친 것이다.

모험가들도 라이오넬의 목소리는 들었을 테지만 중상을 입은 환자들이 많았던 탓에 남자들은 훈련장을 돌파해 계단을 오르기 시작했다. 주위를 보니 조르드 씨와 다른 치유사들의 몸에도 마력을 봉인하는 가루가 묻어 있었다.

이대로 추격할까 생각했지만 환자를 내버려 둘 수도 없었기에 포기했다.

"설마 이런 수를 쓸 줄은…… 움직일 수 있는 자들은 수색에 나서다오."

그렇게 외친 자이어스 공은 어깨를 떨궜다.

"루시엘 공, 죄송합니다."

"이건 예상할 수 없었다냥~."

라이오넬과 케티도 어깨를 떨궜다.

"어이 어이, 치료는 어떻게 된 거냐?"

"치유사는 이 정도밖에 안 되는 녀석들이냐~ 살려 달라고."

"아픈 몸을 끌고 여기까지 왔다고."

대상이 사라지자 불만을 치유사들에게 토로하는 모험들.

다른 치유사들은 검은 가루 때문에 마법을 쓰지 못하고 있었다. 다들 내성 레벨을 더 올려야겠군…….

난 천천히 걸으며 영창을 시작했다.

"성스러운 치유의 손이여, 만물의 근원인 대지의 숨결이여, 바라건대 나와 내 곁에 있는 이들의 앞을 막아서는 부정(不淨)한 존재를 본디 있어야 할 곳으로 인도하소서. 퓨리피케이션."

내 몸에 묻은 검은 가루는 빛과 함께 흔적도 없이 사라졌다.

그리고 치유사들에게 마법을 쓰기 위해 추가로 영창에 들어갔다.

"성스러운 치유의 손이여, 만물의 근원인 대지의 숨결이여, 바라건대 몸에 숨은 막힌 것들을 모두 걷어내 정상적인 상태로 되돌리소서. 리커버."

조르드 씨 일행에게 리커버를 시전했다.

"여러분, 아무래도 그걸 더 드셔야 할 것 같군요."

내 말에 조르드 씨 일행의 얼굴이 굳어졌다. 하지만 이걸로 치료를 재개할 수 있겠지.

"잠깐 사고가 있었습니다만, 치료를 받고 싶으신 분들은 그대로 얌전히 기다려 주세요. 지금부터 소란을 피우는 분들은 포박해도 되겠지요? 자이어스 공?"

멍한 표정으로 있던 그는 정신을 차린 다음 고개를 끄덕이며 선언했다.

"지금부터 소란을 피우는 자는 내가 용서치 않겠다!"

"그럼 우리는 치료를 계속합시다!"

난 치유사들에게 말을 전한 다음 치료를 다시 시작했다.

물체 X는 정말 럭키 아이템이다.

레벨이 오르지 않는 단점이 있지만 물체 X를 마신 덕분에 내 마력 봉인 내성을 올릴 수 있었다.

앞으론 다른 사람들도 꼭 마시게 하자.

그렇게 결심한 난 치료에 집중했다.

조르드 씨 일행은 디스펠은 못 해도 리커버는 간단히 쓸 수 있었기에 상태 이상을 앓던 모험가들은 순조롭게 회복됐다.

석화나 사지가 뭉개진 환자, 눈에 깊은 상처를 입은 환자들은 내가 담당했다.

엑스트라 힐이 아니라도 몸에 붙어 있기만 하면 내 하이 힐 만으로도 완전히 회복시킬 수 있는데 그걸 본 사람들이 어째선지 기도를 하기 시작했다.

치료가 끝난 모험가들은 서로를 부둥켜안거나 팔을 걸고 돌며 기쁨을 표현했다.

문제는 치료를 받은 모험가들이 아무도 돌아가지 않는다는 점이었다.

보통 치료가 끝나면 돌아가지 않나? 또 무슨 일이 벌어질지도 모르니 경계를 부탁할까…….

난 환자가 많아 마력 고갈 직전까지 간 치유사들을 대신해 환자들의 증상을 들으며 한 명씩 치료했다.

"성스러운 치유의 손이여, 만물의 근원인 대지의 숨결이여, 바라건대 몸에 숨은 막힌 것들을 모두 걷어내 정상적인 상태로 되돌리소서. 리커버. 자, 이제 괜찮을 겁니다."

주위를 둘러보면서 남은 환자가 없는지 확인했다.

"아직 치료를 받지 못하신 환자? 근처에 상태가 안 좋은 분이나 치료를 받지 못하신 분이 계시면 대답을 해주세요."

……대답이 없는 걸 보니 끝난 모양이군.

"모험가 제군, 조금 전엔 모험가 길드가 범한 실책으로 인해 선의로 치료를 해주신 치유사 길드 분들에게 폐를 끼치고 말았다. 본래는 돈을 받아야 할 치료를 무료로 해주신 치유사분들에게 폭언을 뱉은 자들도 있었지. 정작 그 분노를 감당해야 하는 건 그 남자들이거늘."

자이어스 공의 말에 모험가들의 얼굴이 후회로 물들었다. 자이어스 공은 이어서 말했다.

"확실히 이번 시연회는 치료비를 받지 않는다는 조건이었다만 이대로 괜찮은가? 아니, 절대로 이렇게 넘어갈 순 없다. 받은 은혜를 갚지 않고 수인 모험가라 할 수 있겠나!"

다음 순간, 모험가들의 함성으로 지하 훈련장이 요동쳤다.

"그 남자들과 흑막을 찾아내라! 아직 이 거리에 있을 터다. 모두 함께 실태를 만회하는 거다!"

"""오오오——!"""

수인들은 이쪽을 향해 고개를 숙인 다음 힘찬 기세로 계단을 뛰어 올라갔다.

"루시엘 공, 치유사분들, 대단히 죄송합니다. 이렇게 사죄드립니다."

자이어스 공은 그렇게 말하며 고개를 숙였다.

"고개를 드세요, 자이어스 공. 어차피 저희를 방해하는 게 목적이었을 테니. 아마 그대로 수를 쓰지 못했다면 방해사건보다 '치유사는 희망을 주고 환자를 버렸다'라는 소문이 떠돌았겠지요. 치유사 길드를 곤란에 처하게 할 속셈이었을 겁니다.

"그렇겠지요……."

"저들은 자이어스 공과 아는 사람들입니까, 아니면 약사 길드가 보낸 사람들입니까?"

그러자 내 말을 들은 성치사단 대원들이 깜짝 놀랐다. 약사 길드가 그랬을 거라고는 상상도 못 했을 테니 당연하지만.

"아직 누구라고 단정할 수 없습니다. 그 검은 가루는 이에니스의 약사 길드에서 파는 물건입니다만, 모험가들도 마물의 마법을 봉인할 때 자주 쓰는지라……."

"즉, 누구나 쉽게 구할 수 있다는 거군요……. 이번 사건은 이에니스를 잘 알고 계시는 자이어스 공과 모험가분들에게 맡기겠습니다."

이쪽에서 건드리면 긁어 부스럼이 될 것 같으니 떠넘기는 게 최선이다.

이 이상 우리 쪽 사람들을 위험에 빠트릴 수는 없는 노릇이다.

"이런 실태를 보였는데도 믿고 맡겨주신다니, 반드시 사건의 진상을 밝혀내겠습니다."

자이어스 공은 그렇게 말했지만 나는 딱히 그를 신뢰하는 게 아니다. 그냥 맡겨도 괜찮겠다고 생각했을 뿐이다.

"저희는 이만 치유사 길드로 돌아가겠습니다. 혹 정보가 들어오면 연락을 주십시오."

"알겠습니다."

그는 다시 한번 고개를 숙인 다음 길드 입구까지 우리를 배웅했다.

"그럼, 실례하겠습니다."

라이오넬을 앞세워 돌아가려던 난 그가 갑자기 발을 멈춘 탓에 따라서 멈춰야 했다.

"무……."

무슨 일이냐고 물으려던 차 길드로 실려 오는 중상자들이 눈에 들어왔다.

가장 먼저 놀란 건 자이어스였다.

"형님?!"

아무래도 환자 중에 길드 마스터가 섞인 모양이다.

확인하니 피부색이 변했을 만큼 지독한 상태였다.

"에어리어 하이 힐을 쓸 테니 제 주변에 환자들을 모아주세요. 힐이 끝나면 성치사단께서는 독이나 마비 증상을 치료하시기 바랍니다."

"'''예.'''"

내가 치유사들에게 바로 지시를 내리자 누워있던 용인이 일어나더니 이쪽을 노려보며 외쳤다.

"네놈이 치유사냐! 대체 우리에게 얼마나 더 갈취해야 만족할 셈이냐!"

용모는 자이어스 공보다 더 흉악했다.

그의 분노로 이글거리는 사나운 눈동자가 날 향했다.

하지만 전혀 무섭지 않았다.

지금은 그가 의식이 있다는 게 중요하다. 역시 치유사는 환영받지 못한다는 현실이 우울하긴 했지만.

나는 냉정하게 치료를 시작했다.

"이번엔 무료다. 부상자는 얌전히 치료를 받도록!!"

스스로도 놀랄 만큼 큰 고함을 지르고 말았다…… 덕분에 용인의 태도가 얌전해졌지만.

나는 환자들이 에어리어 하이 힐의 범위에 있는 걸 확인한 뒤에 영창을 시작했다.

용인을 포함해 중상자가 많았지만, 상태 이상에 말고는 괜찮아 보였다.

우선 가장 심각한 용인에게 퓨리피케이션, 디스펠, 리커버를 차례대로 쓰자 그의 몸이 금세 회복되었다.

멍한 표정으로 자신의 몸을 만지는 용인.

나머지 환자도 함께 힘을 합쳐 치료한 결과, 십여 명의 치료를 몇 분 만에 마칠 수 있었다.

치료를 마친 후, 나는 자이어스에게 길드 마스터인 고더스 공을 소개받을 수 있었다.

"느닷없이 고함을 질러서 죄송합니다. 전 치유사 길드 이에니스 지부의 길드 마스터 겸 S급 치유사인 루시엘이라고 합니다. 어제 자이어스 공께 치유사 길드와 치유사의 회복 능력을 알리기 위해 시연회를 제안했고 오늘은 무료로 실시하는 치료 봉사를 위해 이렇게 방문했습니다."

고더스 공이 멍한 표정으로 나에게서 자이어스 공으로 시선을 옮기자 자이어스 공이 고개를 끄덕였다.

고더스 공은 자세를 고쳐 정좌하더니 고개를 숙이고는 입을 열었다.

"제가 큰 무례를 범했습니다."

왠지 그대로 놔두면 저 자세로 이야기가 흘러갈 것 같아 황급히 그를 세웠다. 그런 모습을 누가 봤다가는 어떤 소문이 퍼질지 알 수 없다. 아니, 어쩌면 이미 늦었을지도……

생각만 해도 머리가 아프군.

"길드 마스터가 길드 앞에서 갑자기 절하는 건 자제해 주십시오. 이상한 소문이 돌면 저희 입장이 곤란해집니다."

"오오! 대단히 죄송……"

"사과는 됐습니다. 절도 그만하셔도 됩니다."

"고맙소."

뭐야 이게! 첫인상이랑 너무 다르잖아!

그런 생각을 하며 그의 말에 귀를 기울였다.

"전 모험가 길드의 마스터인 고더스라고 합니다. 미궁에 틀어박혀 있었다고는 하나, S급 치유사님이 와 계실 줄은 몰랐습니다. 죄송합니다"

모처럼 만났으니 나는 그의 분노가 어디서 왔는지 물어보기로 했다.

"보아하니 고더스 공은 치유사를 좋게 생각하지 않으셨던 모양이군요?"

그렇게 묻자 그의 얼굴이 어두워졌다.

"예. 젊은 시절에 몇 번 당한 적이 있습니다. 치료를 거부하거나 말도 안 되는 치료비를 요구하곤 했지요. 그런데 몇 년 전에 모험가 길드 본부에서 열린 회의에서 성변님…… S급 치유사인 루시엘 공이 조금 별난 치유사라며 화제에 오른 적이 있었습니다."

블로드 스승님이 전직 모험가니까 고더스 공도 예전엔 모험가였을 것이다. 당시의 치유사들을 상대하고 다녔다면 그야 싫을 만도 하겠군. 근데 내 소문은 누구한테?

"……처음 듣는 얘기네요."

"그렇습니까? 멜라토니의 길드 본부에 머물기 시작한 신인 치유사가 종족, 성별을 가리지 않고 온 힘을 다해 회복 마법을 쓰며 어떤 치료도 '수행'이라며 은화 1닢만 받는다는 소문이었습니다."

왠지 모르게 미담(美談)이 됐는걸.

"……혹시 뒷얘기가 있나요?"

"예. 그로부터 불과 2년 만에 성 슈를 교회 본부로 발령을 받고, 다시 2년도 되지 않아 단숨에 S급 치유사의 자리에 오른, 모험가 길드가 키운 치유사라고."

……사실이 섞여 있으니 부정하기 어렵다.

"용인족 여러분이 치유사 길드 유치에 반대했다는 소문이 있던데요. 그게 사실입니까?"

"예. 루시엘 님의 소문을 접하긴 했지만 전 수인들이 많이 사는 이에니스 모험가 길드의 마스터이니까요. 종족 대표 회의에서도 그렇게 결론이 났다는 사실은 전해 들었고 저도 그게 옳은 일이라 여겼습니다."

여겼다?

"지금은 아니란 말씀입니까?"

"이렇게 훌륭한 힘을 아무런 대가도 받지 않고 베풀어 주실 줄은 생각지도 못했습니다. 약사 길드조차 포기한 상처였습니다."

미소를 짓던 고더스 공의 얼굴이 약사 길드를 언급하면서 분노로 물든 건 둘째 치고 정정할 부분은 제대로 짚고 가자.

"유감이지만 그냥 베풀어드리는 건 오늘뿐입니다. 이게 지침서고 안에 요금표가 있습니다."

난 마법 주머니에서 지침서를 꺼내 고더스 공에게 건넸다.

"……이게 회복 마법의 요금입니까?"

"예. 예를 들어 이번에 고더스 공이 받은 치료를 계산하면 하이 힐은 금화 3닢, 퓨리피케이션 은화 50닢, 디스펠 금화 2닢, 리커버 금화 1닢…… 전부 합쳐서 금화 6닢에 은화 50닢입니다. 비싸다고 생각하시나요?"

지침서엔 1~1.5배 정도 가격 차이가 날 수 있다고 적혀있지만 난 계산 배율을 똑같이 적용한다.

"아니 이럴 수가, 너무 쌉니다! 고급 포션은 금화 5닢, 독이나 마비를 치료하는 약도 비싼 건 금화 1닢이나 하는 데도 이 정도로 효과가 좋진 않은데."

"그렇게 말씀해주시니 기쁘네요. 가격을 설정하는 과정에서 제법 고생을 했거든요, 이해를 해주셔서 다행입니다."

가격을 정하기 과정에서 시장 조사를 몇 번이나 반복했다.

치유원을 경영하는 모든 치유사뿐만 아니라 치료를 받는 모험가나 주민들에게도 가격 설정과 관련해 설문 조사를 했다.

게다가 성 슈를 공화국 내에서 이제 막 치유사가 된 성속성 마법의 스킬 레벨이 낮은 자들을 치유사 길드나 모험가 길드에서 잠자리와 일일 3식을 제공하는 조건으로 고용해 힐을 반값에 써주는 수행 시스템을 시범 운영하고 있다.

이건 대사교님들께서 치유사들의 능력 향상을 긍정적으로 검토하셨기에 나온 결과다.

당시 난 요금에 대한 세세한 설정을 내가 정하면 또 다른 불씨가 되어 분쟁으로 번질 수 있다는 말을 듣고 고민에 빠져 있었다.

'아직 스무 살도 안 된 젊은 녀석이 알지 못하는 곳에서 적을 만들지 마라! 이런 일은 우리처럼 늙은 데다 갈 날이 머지않은 인간들이 처리하는 편이 다른 이들의 동의를 얻기도 쉽거니와 원망을 받아도 그때뿐이다. 게다가 이걸 만들면 후세에 이름이 남지 않나. 그 명예를 우리한테도 나눠 주게나.'

그때 악덕 상인처럼 생기신 무넬라 대사교님의 한마디에 난 그들에게 모든 일을 맡겼다.

그리고 악덕 상인 같은 얼굴이라 생각해서 죄송하다고 마음속으로 사과를 드렸다.

사실은 2년 전에 요금을 포함해 모든 사항을 정비한 그들이 칭찬을 받아야 마땅하지만, 교회의 광고 역할은 교황님과 내가 맡게 됐다.

법안이나 요금 관련 지침은 그들의 이름과 함께 실적이 기록됐는데 대사교님들은 그것만으로도 매우 기뻐하셨다.

그들을 위해서라도 치유사로서 노력할 것을 맹세하고 이에니스에 온 터라 그들의 결실이 이렇게 지지를 받으니 매우 기뻤다.

"이게 만약 사실이라면…… 저기, 루시엘 공은 모험가도 겸하고 계시지 않습니까?"

"예, 그렇습니다만……."

어쩐지 불길한 예감이 드는데.

"그렇다면 지명 의뢰를 부탁하고 싶소!"

"전 B랭크라 지명 의뢰를 맡을 의무가 없습니다."

역시 그렇게 나왔나! 허나 모험가 랭크가 낮은 내게는 지명 의뢰를 할 수 없을 터!

"큭, 그렇다면 미궁 밖에 가설 치유원을 설치하시는 건 어떤지요? 비용은 모험가 길드에서 부담하겠습니다."

엄청 절실한 모양이군……. 하지만 그것도 쉽지 않다.

"안 됩니다. 오늘도 치료 도중에 방해를 받았고, 심지어 저는 어제 길거리에서 습격을 받았습니다. 그러니 적어도 치유사 길드의 안전과 정상적인 운영을 보장받기 전까진 치유사 길드에서 벗어날 생각이 없습니다. 게다가 전 치유사 길드의 책임자니까요."

"그렇군요……."

포기한 건가.

그렇게 생각한 난 안도의 한숨을 쉬었다.

"……그럼 모든 조건을 충족시키면 가설 치유원 의뢰를 수락하겠다는 뜻이군요."

어라? 포기한 거 아니었어?!

"저기, 다시 말씀을 드리면 전 치유사 길드의 책임자로서 치유사 길드에 머물 필요가 있습니다."

"저도 모험가 길드의 길드 마스터입니다. 치유사 길드가 이 마을에서 안전한 생활과 그에 어울리는 지위를 얻을 수 있도록 모험가 길드에서 최선을 다할 것을 여기서 맹세하지요."

그에겐 내 말이 닿지 않는 모양이다.

그리고 도움을 요청하기 위해 성치사단의 대원들에게 시선을 보냈지만 그들은 시선을 피했다. 치유사들을 지키는 기사들도 말이다.

게다가 노예 두 명은 길드 마스터의 제안에 기뻐하는 눈치였다.

이리하여 치유사 길드의 시연회는 무사히(?) 끝났고 난 흑막을 알 수 없는 적과 새로운 문제에 휘말렸다는 사실을 다시금 실감했다.

05 물체 X는 치트 아이템

치유사들이 나선 회복 마법 시연회는 대성공으로 막을 내렸다.

모험가 길드의 길드 마스터인 고더스 공과 부길드 마스터인 자이어스 공도 높게 평가한 만큼 분명 모험가들도 그렇게 생각하리라.

앞으론 질병을 제외한 부상이나 상태 이상에 빠지면 치유원이 완성될 때까지 치유사 길드를 찾아달라는 뜻을 전하겠다고 약속도 받았다.

"그건 그렇고 여러분이 그렇게 인정이 없을 줄은 몰랐네요. 특히 성기사인 블리츠 씨랑 도터스 씨는 좀 더 적극적으로 절 지켜주셨으면 하는데요."

송구스러운 태도를 보이던 두 사람 중 블리츠 씨가 먼저 사과의 말을 입에 담았다.

"죄송합니다. 용인을 본 건 이번이 처음입니다만 우호적인 자라 판단해서……."

"면목이 없습니다. 길드 마스터는 공격 대상에서 제외해도 된다고 생각했기에……."

말하는 내내 두 사람은 눈을 자주 깜빡이거나 위로 시선을 향했다.

으~음, 본심이 아니구만.

"그래서 본심은요?"

난 생긋 웃으며 물었다.

"용인이라는 종족은…… 정말 무섭게 생겼더군요."

"루시엘 님께서 용맹하게 맞서시는 모습을 보고 감동했습니다."

그럼 그렇지.

"그래도 두 분의 임무는 호위니까 신경 좀 써주세요. 그리고 라이오넬이랑 케티는 가설 치유원이 생겨도 데려가지 않을 테니 그렇게 알도록."

내 말에 조금 전까지 생긋생긋 웃던 얼굴이 경악으로 물들었다.

"루시엘 공, 그런 잔인한 말씀은 거두어 주십시오."

"마, 맞다냥. 오늘 같은 치태는 보이지 않을 테니 데려가 줬으면 한다냥~."

두 사람의 말은 진심이겠지…… 전투광이니까.

그래도 아직 속내를 숨기고 있다고 내 감이 속삭인다.

"그 외에 다른 이유는?"

"습격자들의 움직임에 대응하지 못했던 건 실전 감각이 둔해져서 그렇습니다…… 라는 변명은 하지 않겠습니다. 다만 제가 생각한 것보다 하반신 근력이 감소해 균형이 깨졌습니다. 그런 연유로 다시 단련할 기회를 얻고 싶습니다……."

"미궁에 들어가 모험을 하고 싶다냥. 미궁은 옛날부터 나의 동경이었다냥."

라이오넬이 다리 힘을 잃고 얼마나 지냈는지는 모르겠지만, 상반신과 하반신의 근육량이 다른 건 사실이었다.

그런 상태의 라이오넬과 싸워도 졌지만…….

케티도 마찬가지. 만약 라이오넬의 부하였다면 어느 나라의 군인이었을 수도 있다.

실전의 감을 잊었다고 해도 이상할 건 없는데…….

이런 식으로 자꾸 풀어주면 노예들한테 얕보이는 거 아냐? 하긴, 내 성격이 이러니 어쩔 수 없지.

"아무쪼록 내가 두 사람을 더 신뢰할 수 있도록 더 노력해줬으면 해. 지금 내가 해줄 수 있는 말은 그게 다야."

"알겠습니다. 우선 범죄 노예들을 단련시키겠습니다."

아…… 범죄 노예 제군, 잘 버텨다오.

"열심히 하겠다냥."

케티가 뭘 열심히 하겠다는 건지는 모르겠지만 의욕을 가지는 건 좋은 일이다.

거기서 잠깐 얘기를 끊은 난 이번엔 조르드 씨에게 화제를 던졌다.

"조르드 씨, 왜 자이어스 공은 검은 가루를 날린 남자들을 바로 포박하지 않았을까요?"

"모르겠습니다. 다만 그자들이 '여기 있는 모험가 정도는 쉽게 처리할 수 있다'고 하더군요. 그리고 몸집이 큰 남자가 손을 올리자마자 주위에 다른 자들이 여러 마법을 시전하며 치료를 우선하라고 협박했습니다."

그러니까 모험가를 인질을 잡았으나 위해를 가하진 않았단 말이지? 여러 명이 잠복해 있던 걸 봐서는 제법 용의주도하게 계획을 세운 거 같은데.

난 머릿속에서 의문을 던지며 다시 잡담으로 화제를 돌렸고 그 렇게 걷다 보니 치유사 길드가 보이기 시작했다.

"수고가 많다, 별다른 일은 없었나?"

범죄 노예 두 사람이 고개를 끄덕였고 그중 한쪽이 내 말에 답했다.

"길드 저쪽에서 작은 화재가 일어났는데 그 틈을 타 수상한 자들이 길드에 침입하려 했습니다. 지금은 몸이 마비된 채 지하 감옥에 갇혀있습니다."

무슨 일이 있었던 거지?

"침입자들이 그렇게 된 이유를 알고 있나?"

두 사람은 서로를 향해 고개를 끄덕이더니 내 말에 답했다.

"그들이 길드에 침입하려던 순간, 엄청난 소리가 울렸습니다."

"어차피 드란이랑 폴라가 벌인 짓이겠지……. 그리고 보니 결계가 어쩌고 하는 얘기를 했던가…… 지하 5층의 감옥에 있다고?"

두 사람은 또 고개를 끄덕였다.

"아무래도 길드도 표적이었던 모양입니다."

"그런 것 같네요. 지하로 가죠. 보초 근무를 계속 부탁하지."

내 말에 놀란 표정을 짓는 두 사람을 무시하고 길드 안으로 들어섰다.

길드 내부의 풍경이 아침과 차이가 없다는 사실에 안도하며 지시를 내렸다.

"오늘은 다들 수고가 많았습니다. 남은 시간은 자유롭게 쓰세요. 아, 가능하면 저녁 식사 준비를 도와주셨으면 좋겠네요. 라이오넬이랑 케티는 날 따라오도록."

"""엡(알겠다냥)."""

셋이서 마도 엘리베이터를 타고 지하 5층에 도착하니 범죄 노예 8명을 인솔하는 피아자 씨의 모습이 보였다.

감옥에 갇힌 남자들은 총 7명인가.

"피아자 씨, 수고하셨어요."

"엡. 루시엘 님, 보고 드립니다. 루시엘 님께서 모험가 길드로 향하시고 2시간 정도 지났을 즈음, 치유사 길드 바깥쪽에서 작은 화재가 일어났습니다. 당시 불을 끄기 위해 몇 명의 인원이 길드 밖으로 나왔는데 이자들은 그 틈을 노리고 침입을 시도했습니다."

위에 있던 노예들의 증언과 일치하네.

"그런데 갑자기 이 자들이 마비 증세를 보였고 그대로 붙잡아 감옥에 가뒀다는 건가요?"

"엡! 그들의 소지품은 루시엘 공의 드워프 노예에게 해석을 맡겼습니다."

그렇군. 역시 피아자 씨도 유능하네.

드란도 마석이 없어서 한가하던 참에 심심풀이로 받아들였을 테고.

"보고 잘 받았습니다. 여러분은 임무에 복귀하세요. 남은 일은 이쪽에서 처리하겠습니다. 케티는 드란이랑 폴라를 불러 줘."

"엡! 따라오도록."

"""엡."""

피아자 씨의 뒤를 줄줄이 따르는 그들을 보며 피아자 씨가 노예들을 너무 엄격하게 대한다는 느낌을 받았다.

아니면 내가 무른 걸까? 그래도 라이오넬 일행은 범죄 노예가 아니니까.

피아자 씨와 노예들을 배웅한 직후에 뇌리를 스친 예감이 정답인지 확인하기 위해 습격자들을 둘러봤다.

"큭큭큭. 이걸로 치유사 길드의 안전은 거의 확보된 셈이군요."

"기쁜 모양이네."

"하하하. 목표가 생기는 건 좋은 일입니다. 단련을 통해 예전의 몸으로 빨리 돌아가야겠군요. 다음엔 제대로 힘을 보태도록 하지요."

라이오넬은 그렇게 선언했다.

그렇다. 아무래도 내 예상이 적중한 모양이다. 감옥 안엔 모험가 길드에서 우리에게 검은 가루를 날린 자들이 있었다.

"이거야 그냥 자수하러 온 셈이군."

"우. 웃…… 크…… 타아."

남자는 혀가 꼬여 말을 할 수 있는 상태가 아니었다.

모험가 길드에서 봤을 땐 몸집이 제법 컸는데 지금 보니 몸도 작고 생김새도 달랐다. 바꿔치기 술법뿐만 아니라 외견을 바꾸는 술법도 터득한 건가.

"아, 입이 말을 안 듣는 모양이지? 그래도 잠깐만 그렇게 있도록. 모험가 길드에 넘기기 전에 사정 청취를 해도 되려나?"

"보통은 노예로 삼은 다음에 사정 청취를 합니다만 개중엔 일부러 노예가 된 다음 주인을 거역해 목숨을 끊으려는 습격자도 있습니다. 그렇기에 통찰력이 필요하지요."

"그렇구나……."

그런 대화를 나누는 사이에 케티가 드란이랑 폴라를 데리고 왔다.

"왔군."

두 사람은 조금 불만에 찬 표정을 짓고 있었다.

아마 습격자들한테서 압수한 마도구를 만지고 있었으리라.

난 일단 두 사람을 칭찬했다.

"드란, 폴라. 이번에 선보인 길드 배리어의 훌륭한 성능은 잘 봤다. 그런데 어떤 방식으로 습격자를 구분했지?"

그러자 드란이 기쁜 마음을 드러내며 입을 열었다.

"굉장하지 않나~! 폴라가 배리어에 전격을 부여해 전개했다네. 그리고 이 몸이 배리어가 제대로 발동할 수 있도록 조정했지."

"굉장하긴 하다만 배리어의 대상은 어떻게 정했지?"

"배리어가 작동하는 대상은 강한 악의나 증오를 품은 녀석일세."

"혹시 이 배리어는 치유사 길드가 아닌 다른 대상에 강한 악의를 품은 경우에도 작동하나?"

그 순간 쉴 새 없이 움직이던 드란의 입이 멈췄다.

"…………."

침묵을 지키는 드란 대신 폴라를 쳐다봤다.

"…………."

다시 드란에게 시선을 향했다.

"…………."

드란이 슬그머니 내 시선을 피했다.

"…………."

폴라가 내 시선을 피해 드란의 등 뒤로 숨었다.

"중요한 사항을 보고하지 않았으므로 두 사람에게 벌을 내리겠다. 개발 작업 1주일 금지……."

"루시엘 공, 개량할 테니 부디 그 말씀을 거두어 주시게."

"마스터, 괴롭히지…… 마."

두 사람은 벌에서 벗어나기 위해 필사적이었다. 그 모습을 보니 진심이라는 감상이 절로 들었지만 할 말은 제대로 전해두자.

"미리 말해두지만 전 당신들을 인도적으로 대할 겁니다. 그래도 적어도 중요한 보고는 꼭 해주세요. 만약 그 사항을 어기면 노예상에 다시 보낼지도 몰라요. 하아~ 미처 말하지 못한 일이 있다면 털어놓으세요. 지금은 벌을 내리지 않을 테니."

"……이 감옥에 들어가면 마력 봉인 내성이 어지간히 높지 않은 이상 마법을 쓰지 못하고, 허약 내성이 없으면 제대로 움직일 수도 없지요."

난 이마에 손을 얹으며 생각했다.

역시 평범한 감옥이 아니었다. 드란이 만드는 감옥이 평범할 리가 없다는 생각은 했지만 예상이 적중했다.

심호흡을 통해 마음을 진정시켰다.

"뭔가를 만들 땐 반드시 보고할 것. 두 사람의 실력은 이미 신뢰하고 있지만 자꾸 이런 식이면 이쪽도 어쩔 수가 없어. 그러니 두 사람도 개선하도록."

"으…… 미안허이."

"기뻐서 지나친 행동을 했어…… 조심할게."

"그럼 두 사람은 저녁 식사 전까지 배리어 개선 작업을 진행하도록."

"알겠다."

드란은 고개를 끄덕이며 답했고 폴라는 고개만 끄덕였는데 의욕을 꺾지 않고 해결돼서 다행이다…….

난 두 사람을 배웅한 다음 습격자 중 한 남자를 향해 리커버를 시전했다.

그러자 자리에서 일어난 남자가 소리를 질렀다.

"S급 치유사, 어떻게 무사히 돌아왔지?! 그 시연회는 실패로 끝났을 텐데! 어째서 멀쩡한 거냐!"

혹시 그 자리에 바람잡이가 있었나? 그럼 부추긴 녀석들은 동료? 아무래도 좋지만 모험가 길드에는 알려야지.

"그게 궁금해? 안타깝게도 나는 마력 봉인 내성이 높은 몸이라 그런 가루는 통하지 않아. 물론 시연회도 무사히 마쳤지."

"칫."

남자는 혀를 차고는 입을 다물었다.

이 이상 입을 열면 자신에게 불리하다고 판단한 건가.

그럼 심문을 시작해 볼까.

난 습격자 전원에게 리커버를 걸어 회복시킨 다음 선언했다.

"나는 너희들에게 자비를 베풀 생각이 없다. 그러니 심문을 시작하기 전에 미리 말해두도록 하지. 지금부터 내가 하는 질문에 대답하고 안 하고는 너희들 마음이다. 단, 모든 정보를 불 때까지 이걸 먹이겠다."

난 감옥 앞에 통을 하나씩 꺼낸 다음 뚜껑을 열었다. 그러자 물체 X의 냄새가 지하 5층에 퍼졌다.

"난 이래 봬도 치유사라 피를 보는 걸 썩 좋아하지 않거든. 그러니 식사 대신 물체 X를, 물 대신에 물체 X를 주겠다. 필요하면 언제든지 말하도록."

이미 라이오넬과 케티는 날 두고 4층으로 이어지는 계단 앞까지 피신했다.

지금은 호위가 없어도 상관없지만 만일의 사태에 대비하는 게 좋겠지. 나중에 설교할 때 라이오넬한테도 먹일까…….

"아, 참고로 말인데."

난 물체 X를 피처잔에 따른 다음 단숨에 비웠다.

"푸하~. 나는 이걸 마실 수도 있고 냄새를 맡아도 멀쩡하니 쓸데없는 기대는 관두도록. 이대로 버틴다고 해도 모험가 길드에 넘기겠지만. 어느 쪽을 고를지는 너희가 정해라."

그들은 내 말이 끝나자 안색이 창백해졌다.

나는 얼마나 버틸 수 있을지 예상하며 마력 조작으로 시간을 보내기로 했다.

계단에서 대기하는 라이오넬의 모습이 보인다. 신뢰를 얻고 싶은 모양이다.

그런 생각과 함께 시간이 천천히 흘러간다.

얼마나 시간이 지났을까…… 하는 전개는커녕 남자들은 바로 고통을 호소하며 소란을 피웠다.

"젠장. 내 마스크가 없어!"

"내 마스크랑 고글도 사라졌어!"

"내 매직 팬츠도 없어!"

"내 풀 페이스 헬멧이……."

이 녀석들, 물체 X의 냄새를 막을 수 있는 방취 장비를 가지고 있었나 보군.

아까 그냥 넘어갔는데, 그 두 사람이 무구나 마도구를 얻기 위해서라면 무슨 일이든 주저 없이 저지를 수 있다는 걸 깨달았다.

이들은 내게 그 사실을 몸소 알려준 고귀한 희생자다.

"이봐, S급…… 내 매직 브래지어는 어디 있지?"

그런 생각을 하던 도중에 제일 먼저 깨운 리더가 그런 말을 꺼냈다.

설마 그 얼굴로 여자라고?

"……설마 여자였냐?"

"그럴 리가 있냐! 그게…… 그래, 그걸 입어야 마음이 편안해진다고!"

사람 취향이야 제각각이지만 그 변명은 좀 아닌 것 같은데. 그리고 상대가 남자인 이상 난 봐주지 않는다!

"그러냐. 제군들의 소지품이나 장비는 조금 전 자리에 있던 드워프 두 사람이 가져갔다. 어차피 멋대로 개조를 하거나 여러모로 주무르고 있을 테니 제군들의 손에 돌아올 일은 없겠지. 포기해라."

방취 기능을 가진 장비들이 꽤 나돌고 있는 모양이다. 아니면 상태 이상에 걸리지 않는 장비인가?

장비가 없다는 걸 알자마자 다들 절망에 빠진 얼굴로 변했다.

"아~ 맘대로 해. 불지 않아도 어차피 내일이면 노예 신세니까. 물체 X의 원액을 먹여서 기절시킨 다음 모험가 길드로 데려가지 뭐."

내가 압박을 주자 남자들이 원성을 지르기 시작했다.

귀축, 악마, 사람 같지도 않은 놈.

하지만 그로부터 몇 분이 지나자 한 남자가 입을 열었다.

"……우리를 고용한 건 약사 길드와 이 마을의 대표 샤자다."

생각보다 빠른 항복이었다.

멀리서 이쪽을 살피던 라이오넬도 어이가 없다는 눈치였다.

다른 자들이 불지 말라며 막았지만 난 입을 연 남자에게 서약을 유도했다.

"만약 아는 사실을 솔직하게 전부 털어놓으면 물체 X가 담긴 통을 치워줄 것을 약속하지. 물론 물체 X도 먹이지 않겠다고 신께 맹세하마. 하지만 거짓말을 할 경우엔 앞으로 매 끼니에 물체 X를 먹겠다고 맹세하도록. 서약을 받아들일 거냐?"

"매, 맹세한다! 거짓말을 하지 않는다는 약속만 지키면 그걸 마시지 않아도 된다는 거지?"

"그래. 적어도 이곳에 머무는 동안은 인간 대우를 약속하지."

남자는 안심했다는 듯이 한숨을 쉬고는 얘기를 시작했다.

"치유사 길드의 파괴 공작과 치유사들의 회복 마법 시연회를 망치는 게 우리들의 일이었다. 파괴 공작은 경비가 삼엄해서 실행할 수 없었지만, 댁들이 여럿이서 모험가 길드로 향한 이때를 노리면 될 거라 생각했지."

말이 끝나고도 남자의 몸에 아무런 변화가 없다는 걸 확인한 뒤에 물체 X를 회수했다.

그러자 다른 감옥에 갇힌 이들도 아우성치기 시작했다.

"질문에 뭐든 대답할 테니 이걸 딴 데로 치워주십시오!"

"S급 치유사님, 저도 아는 사실을 전부 말씀드릴 테니 치워주십쇼!"

눈앞에 물체 X를 두기만 했을 뿐인데 그렇게 싫은가? 난 잘 모르겠다만…….

"좋다. 퓨리피케이션."

제일 먼저 입을 연 남자의 감옥에 정화 마법을 썼더니 한순간 신기하다는 반응을 보인 남자가 크게 소리쳤다.

"냄새가 안 나는데? 그렇게 지독했던 냄새가 사라졌어!"

"약속이니까."

내가 웃으며 답하자 다른 남자들도 입을 열기 시작했다.

"잘 생각했어. 그럼 이 통들은 아직도 다물고 있는 리더의 감옥 앞에 두도록 하지."

나는 리더 앞에 통을 늘어놓은 다음 청취에 들어갔다.

그 이후에 남자들이 여러 자백을 했는데 거짓말을 입에 담은 이는 한 명도 없었다.

그들을 고용한 건 약사 길드라고 한다.

그리고 지금 밖에 경비를 서는 범죄 노예들이 그 조직의 말단이었다.

원체 작은 조직이라 부하들이 사라진 탓에 간부가 직접 움직였다는 모양이다.

발단은 어제 약사 길드에 갑자기 샤자가 들이닥치더니 부길드 마스터한테 호통을 친 일이었다.

왜 상의도 없이 멋대로 습격을 했느니 어쩌니 하며…….

그리고 오늘 회복 마법을 선보이는 시연회가 모험가 길드에서 열린다는 사실을 전하며 방해 공작을 하라 엄명을 내리고 돌아갔다.

그리고 이 남자들이 그 의뢰를 맡았다.

왜 암살을 하지 않고 가루를 선택했냐고 묻자 독을 대비했을지도 모르고, 그만큼 강하고 즉효성인 독도 없었으며, 호위가 빈틈이 없고 강해서 포기했다고 대답했다.

그래서 고른 게 그 검은 가루였다.

옛날부터 인족 치유사가 수인들을 무시했다는 건 누구나가 아는 사실이다. 인족 치유사에 내심 불만이 있을 테니 약간의 자극만으로도 치유사 길드를 곤란에 빠트릴 수 있을 거라 생각한 모양이다.

그래서 마력을 봉인하는 가루를 준비했다. 마법을 봉인하면 치유도 할 수 없으니까.

그때 모험가들을 조금만 부추기면 계획은 성공.

하지만 내가 계획을 송두리째 틀어버렸단 얘기로군.

그건 그렇고 샤자는 왜 이렇게 집요하게 치유사를 몰아내려고 하는 걸까?

경고는 이미 했다. 자객이 나온 이상 그냥 넘어갈 생각은 없다.

"전모가 보이는군. 그런데 왜 부길드 마스터였지? 길드 마스터가 나서지 않는 이유가 뭐야?"

"약사 길드의 마스터는 약의 조합 이외는 아무런 관심이 없다. 길드의 운영조차 전부 부길드 마스터가 도맡아서 하고 있지."

"그런가. 그럼 마지막 질문이다. 어째서 샤자가 그렇게 위세를 부릴 수 있지? 아무리 이에니스의 대표라고 하지만 지배력이 너무 강한데?"

"그건 우리도 모른다."

남자의 몸에 변화가 없는 것으로 보아 정말로 모르는 것이리라.

"너희 중에 아는 사람은 없나?"

하지만 그들은 고개를 가로저었다.

"알았다. 내일 너희를 모험가 길드에 넘기겠다. 단, 그때까지 끼니는 주도록 하지."

나는 마법 주머니에서 남은 카레와 빵을 꺼낸 다음 그릇에 담아 건넸다.

음식에 기뻐하는 그들과 달리, 통에 가려 모습이 보이지 않는 리더의 감옥은 정적이 감돌고 있었다.

이상하다 싶어 확인해보니, 남자가 입에 거품을 물고 경련하고 있었다.

다행히 숨은 붙어 있었지만, 설마 자살을 시도할 줄이야.

아무리 그래도 물체 X의 냄새로 기절한 건 아닐 거다.

바로 리커버와 하이 힐로 회복시킨 뒤, 마법 주머니에서 물통을 꺼내 손에 물을 따라 남자의 얼굴에 뿌렸다. 그러자 곧 남자의 의식이 돌아왔다.

"S급 치유사 앞에서 쉽게 죽을 수 있을 줄 알았나? 그리고 어차피 죽을 거라면 마지막에라도 좋은 일을 하고 가라고."

남자는 침묵을 지켰다.

그 뒤에 저녁 식사가 다 됐다며 케티가 우리를 부르러 왔다.

"케티…… 어째서 아무런 말도 없이 도망쳤지?"

"왠지 모르게 무진장 불길한 예감이 들어서 그랬다냥! 냐냥?! 이곳에서 엄청 지독한 냄새가 난다냥."

"그렇구나. 그럼 명령이다. 내가 저녁을 먹고 올 때까지 여기서 이 녀석들을 감시하도록."

"거, 거짓말이다냥~!! 그건 너무하다냥~, 라이오넬 니임~."

그녀는 그렇게 말하며 라이오넬에게 매달렸지만 라이오넬은 진지한 표정으로 입을 열었다.

"난 노예이니 주인의 명에 따를 수밖에 없다."

"눈매가 웃고 있다냥~!"

"혼자서 도망친 벌이다."

라이오넬의 한마디에 케티는 고개를 푹 떨궜다.

난 물체 X가 담긴 통들을 마법 주머니에 모두 넣은 다음 지하

5층 전체에 정화 마법을 사용했다.

"이제 불만은 없겠지? 제대로 감시하라고."

"역시 마스터다냥. 이렇게 해주면 나도 힘낼 수 있다냥."

평소 상태로 돌아간 케티에게 마지막으로 한마디를 날렸다.

"까불면 케티도 먹일 거니까 말이지?"

"냐냐냥!"

내 말을 들은 순간, 케티가 경례 자세를 취하며 답했다.

이건 써먹을 수 있겠는걸.

난 그런 확신을 품으며 라이오넬과 함께 저녁을 먹으러 갔다.

*

S급 치유사와 인족 호위가 계단으로 사라졌다.

"어이! 이봐, 너도 노예지? 내게 제안이 있다. 우리를 풀어주면 알고 지내는 노예상한테 부탁해서 노예에서 벗어날 수 있도록 도와줄게."

인간 치유사의 수인 노예라면 보나 마나 지독할 꼴을 당했을 거다.

그렇게 생각해서 꺼낸 거래였으나.

"노예 신분은 맘에 안 들지만 어차피 명목뿐이고 난 지금 생활도 마음에 드는데?"

"어이 어이 노예의 신세가 어떤지 몰라?"

난 이 고양이 수인이 무슨 말을 하는지 이해할 수가 없었다.

"그래. 네 말대로 나는 노예야. 하지만 어디 묶여있는 것도 아니거니와 식사도 주인과 같은 음식이 나와. 잠을 못 자는 것도 아니고 하고 싶은 일은 말하면 허가도 나오지. 방은 2인실이지만 침대도 있고."

"뭐?"

난 이 녀석의 말을 이해할 수 없었다.

수인 노예는 혹사당한다. 식사도 잔반이 나오면 나은 편이고 물만 줄 때도 있다.

그런데 방이 있는 것도 모자라 침대에서 잘 수 있다고?

그게 어디가 노예야!

"그 녀석은…… 그 S급 치유사는 어떤 녀석이지?"

"겁이 많고 매사에 무른 성격이지만 올곧은 심지를 지녔다. 다른 종족을 차별하지 않고 그만한 힘과 지위가 있음에도 그를 내세우지 않는 인물. 충성을 맹세하는 데에 부족함이 없다."

"……그런가……."

고양이 수인의 말을 들으며 녀석과 좀 더 빨리 만났다면 하는 마음이 들었지만, 이것도 운명이리라.

우리들의 미래를 이미 정해졌다.

그러니 그 녀석에게 모든 사실을 털어놓고 수인을 미워하지 말라고 부탁을 하자, 그게 내 목숨을 가치 있게 쓸 수 있는 일이다.

06 개인에서 책임자가 되기 위한 첫걸음

라이오넬과 함께 1층으로 돌아간 난 모두와 식사를 하며 모험가 길드에서 검은 가루를 던진 남자들이 이미 잡혔다는 사실을 전했다.

"그렇게 됐으니 오늘은 안심하셔도 돼요. 특히 조르드 씨랑 다른 분들은 내일부터 모험가들이 치료를 받기 위해 이쪽으로 올 가능성이 있으니까 느긋하게 쉬세요."

"말씀을 받아들이겠습니다. 그런데 이번에 습격한 남자들도 노예로 삼아 치유사 길드의 경비를 맡기실 겁니까?"

"아뇨 청취가 끝나면 이번엔 모험가 길드에 넘길 생각이에요. 그 뒤에 이 마을의 모험가 길드가 수인족과 관련된 문제를 어떻게 처리하는지 확인을……."

치유사 길드의 노예로 부리는 것도 방법이지만 그 인원을 전부 고용하면 범죄 노예의 수가 가장 많아지니까 좀 그렇단 말이지.

"그렇군요. 루시엘 님이시라면 이번에도 노예들을 구하실 거라 생각했습니다만."

"저번과 달리 치유사 길드를 직접 노린 데다 환자들을 위험에 처하게 했으니까요."

물론 범죄 노예로 삼을까 생각도 했지만, 목숨을 가볍게 여긴 죄는 용서할 수 없다.

만약 내 마법이 봉인됐다면 아마 사망자가 나왔을 테니까.

"어려운 문제군요. 습격자들이 수인족인 만큼 전 범죄 노예로 삼은 다음 일을 할 만한 기개를 보이는 자들만 고용하는 게 최선이라 생각했습니다."

조르드 씨가 웬일로 인사(人事)에 관련된 말을 하네. 평소엔 업무의 효율화나 인생을 즐기는 법 같은 말만 하면서…….

"교회가 운영하는 치유사 길드에서 고용하면 그게 누가 됐든 그만한 대우를 해 줘야 하니까요. 이 자들은 사람의 목숨을 가볍게 여겼으니 그렇게 해줄 순 없습니다."

"그렇군요…… 그렇다면 어제 루시엘 님의 목숨을 노린 범죄 노예들과는 다르다는 말씀입니까? 루시엘 님의 목숨을 노린 자들은 목숨을 가볍게 여기지 않는 이들입니까?"

윽, 아무래도 조르드 씨는 화가 난 모양이다. 그건 내 생각이 기분에 따라 내린 안일한 결정이라고 말하고 있는 거다…….

"죄송합니다. 제가 너무 안일했군요."

"루시엘 님, 솔직히 말씀드리자면 저희는 누군지도 모르는 이들보다 루시엘 님이 훨씬 더 소중합니다. 그러니 가장 우선시해야 할 사항은 루시엘 님의 목숨이라고 생각합니다."

"……감사합니다."

"아뇨, 그럼 하던 얘기로 돌아가지요. 이번에 잡은 습격자들을 모험가 길드에 넘기신다면 어제 고용한 범죄 노예들은 어떻게 하실 생각입니까?"

"이에니스의 치안이 회복되기 전까진 치유사 길드에서 일하게 할 겁니다. 그 이후엔 서약을 통해 노예에서 해방하거나 노예상에 팔지도 모르겠네요. 그 판단은 그들과 이 나라를 제대로 이해한 다음 하겠습니다."

"알겠습니다……."

조르드 씨도 생각하는 바가 있는 듯했지만 내 목숨을 가장 우선시해야 한다고 말한 건 정말로 기뻤다.

그 뒤에 오늘 시연회에서 선보인 마법에 대한 질의응답과 잡담을 하며 식사를 마친 다음 나와 라이오넬은 다시 지하로 내려갔다.

지하 5층으로 향하던 도중에 라이오넬이 내게 말을 걸었다.

"루시엘 공, 귀공의 성품은 너무 무릅니다…… 자각하고 계십니까?"

갑작스러운 말에 자신도 모르게 발이 멈췄다. 안 그래도 조금 전 조르드 씨와 나눈 대화와 관련해 여러 생각을 하고 있었기 때문이다.

"알고 있어. 그렇다 해도 나는 인권을 무시하고 싶진 않아. 노예가 소유자의 물건이라는 것이 세상의 인식이라고 해도 그들 또한 사람인 건 변함이 없으니까."

난 노예인 라이오넬에게 그런 말을 하고 말았다.

"흠. 그럼 상냥함과 무른 성품의 차이를 알고 계십니까?"

라이오넬은 턱에 손을 대고는 온화한 어조로 그렇게 물었다.

"무른 성품은 다른 이들로부터 호의나 좋은 평가를 받고 싶은 마음에서 오는 행동이고 상냥함은 배려심에서 비롯되는 것이지."

그리고 보니 전세에서도 처음으로 부하가 생겼을 때, 부하를 너무 감싼 탓에 그의 성장을 막아 과장님에게 한 소리 들은 적이 있었던가.

과장님에게 이끌려 간 선술집에서 혼이 났다.

"조금만 더 엄격함을 가지십시오. 그리하면 젊어도 얕보이는 일 없이 사람들을 이끌 수 있습니다."

분명 지금까지 나와 만났던 사람들도 라이오넬과 같은 말을 속에 품고 있었으리라.

그건 나도 알지만…… 아니 아는 척일 뿐인가…….

이대로는 부하들한테도 모범이 되지 못한다고.

"그래. 그럼 라이오넬을 상대로 연습을 할까. 미궁에 가설 치유원을 세울 때 범죄 노예들을 데리고 갈 거니까 그동안 치유사 길드를 지키고 있도록."

"그 건과 이 건은 얘기가 다릅니다."

"태세 전환이 대단하군……. 라이오넬, 무슨 말인지 알겠는데, 그래도 지금은 주인의 무른 성품을 행운으로 여기고 지내면 돼."

"주제넘은 발언이었습니다만, 이대로 가면 루시엘 공이 위험에 처할 것이라…… 생각했기에 조언을 드렸습니다."

라이오넬은 그렇게 말하며 고개를 숙였다.

어째서 나와 만나는 아저씨들은 내 본질을 나보다 더 잘 파악하는 걸까.

난 스승님 같은 라이오넬의 말을 가슴에 깊이 새기며 조금씩 변화를 받아들이는 자세도 필요한 게 아닌가 하는 생각이 들었다.

그렇게 나와 라이오넬은 지하 5층으로 돌아왔다.

"늦었다냥~."

"좋아, 까부는 케티를 위해 물체 X를 먹여서 인내심을 기르도록 할까."

내가 웃으며 받아치자 케티는 몸을 부들부들 떨더니 기도를 올리는 포즈로 용서를 구했다.

"그것만은 제발, 자비를 내려달라냥."

장단을 잘 맞추는걸~ 그런 생각을 하며 명령을 내렸다.

"어쩔 수 없지. 그럼 피아자 신관기사와 임무를 교대하도록."

"알겠습니다냥~."

케티는 순식간에 계단을 오르며 사라졌다.

"이 정도면 되나? 그건 그렇고 케티는 연기가 능숙하네."

내 말에 라이오넬은 고개를 가로저었다.

"저건 진심으로 싫어할 때 보이는 표정입니다."

케티가 사라진 방향을 보며 그가 말했다.

그만큼 수인들에게 물체 X가 위협적이란 건가.

감옥에 다가가자 리더 남자가 내게 말을 걸었다.

"S급 치유사, 묻고 싶은 게 있다만."

뭔가, 아까보다 태도가 부드러워진 것 같다.

"얼마든지."

"수인을 어떻게 생각하지?"

너무 뜬금없는 질문에 의미를 종잡을 수가 없었다.

"무슨 답이 얻고 싶은 건지 전혀 모르겠는데."

"인족과 비교했을 때 어떤 느낌이 들지?"

수인족…… 여성은 몸짓이 귀엽다던가? 나나엘라 양의 토끼 귀는 치유 그 자체였지. 아, 그래도 가르바 씨나 그루가 씨에 '백랑의 핏줄'을 생각하면 남성은 무서운 인상이니까 그건 아니려나. 그럼 특징을 말해볼까.

"귀가 특징인 종족. 꼬리도 익숙해지면 편리할 것 같네…… 뭐 이 정도?"

"됐다……. 내가 아는 정보를 전부 불 테니 수인이나 하프 수인을 차별하지 않겠다고 맹세해다오."

기껏 대답을 해줬건만 원하는 답이 아니라고 무시하다니 매너가 없구만.

"별 어려운 것도 아니니 신께 맹세하지. 당신도 전부 말해줘."

멍하니 있던 남자는 몇 초가 지난 뒤에야 큰 한숨을 쉬었다.

"하…… 샤자가 위세를 부릴 수 있는 이유를 알고 싶다고? 그 녀석을 포함하여 호랑이 수인과 일부 용인족은 약사 길드와 3각 결탁을 했다."

역시 그 두 종족이 얽혀있었나.

모험가 길드의 용인 형제는 그렇게 나쁜 사람들로 보이지 않았다만.

일단 얘기를 더 들어보자.

"그게 무슨 말이지?"

"인질……이라고 하면 좀 이상하지만, 이 나라엔 치유사 길드가 없었다. 그래서 이제까지 약사 길드에서 파는 약에 의지해 부상이나 병을 치료했지."

치유사 길드가 없었으니까 다른 선택지도 없었을 테지.

"그건 알고 있다만."

"약사 길드는 치유사 길드의 유치가 결정된 이후에 이에니스의 대표가 된 용인족에게 유치를 막아달라고 로비를 했다. 그리고 뇌물과 함께 약을 할인 판매하기로 했지."

"그렇군. 근데 고작 그만한 조건으로 이만큼 판을 키울 수 있는 건가?"

"아니, 당신의 생각대로 개 수인, 고양이 수인, 토끼 수인, 여우 수인은 그 결정에 반대했다. 그러자 약사 길드가 갑자기 약을 2~5배 비싸게 팔기 시작했지. 그 탓에 여러 번 문제가 터졌다."

"과연. 그리고 문제의 원인이 된 약의 가격을 되돌리는 과정에서 현재의 역학 관계로 굳어진 거군."

"그래 결국엔 힘으로 반대 세력을 억눌렀고 약사 길드의 계획에 반대하면 다음엔 약을 팔지 않겠다고 엄포를 놓은 모양이야."

그래서 이곳에 오는 동안 올가 씨 일행이 그런 송구한 태도를 보이면서도 말을 걸지 않았던 건가.

나라에 하나만 있는 마을이라 가능한 일이구면.

길드도 이 마을에만 있고 다른 나라는 인족 지상주의가 만연한 곳이 많으니까 이렇게 되겠지.

그럼 모험가는 어떻게 됐을까?

"……모험가도 그 영향을 받았나?"

"그래. 오랫동안 파티를 맺은 녀석들이나 다른 나라에서 온 모험가들은 그렇다 치더라도 막 등록한 모험가들은 서열이 생길 정도로 차이가 컸지."

"내일 모험가 길드에서도 그렇게 증언을 해줬으면 하는데."

"그래, 내 목숨을 걸고 증언을 하지. 그러니 그쪽이 이 마을에 있는 동안 하프 수인들을 부탁하마."

그의 눈에서 왠지 모를 각오가 느껴졌다.

"알겠어. 이거라도 먹고 내일에 대비하도록 해."

난 빵과 카레가 담긴 그릇을 건넨 다음 라이오넬과 함께 1층으로 돌아가는 길에 이 일을 어떻게 처리해야 할지 그에게 상담했다.

"저 남자가 솔직해진 건 케티 덕분이려나?"

"글쎄요? 하지만 거짓을 고하는 얼굴은 아니었습니다."

"내일 아침에 기사 몇을 보내서 모험가 길드에서 마스터나 부길드 마스터를 불러와야겠어. 혹 저 남자가 죽음을 각오할 정도의 실력자가 쳐들어올지도 모르니까 내일은 종일 치유사 길드에 배리어를 켜둬야 할지도 모르겠네."

어째서 이렇게 바빠진 건지는 모르겠지만 이 고비를 극복하면 치유사 길드가 이에니스에 확실히 자리를 잡을 수 있을 듯한 예감이 들었다.

이튿날 아침, 신관기사 세 명에게 어제 있었던 일을 정리한 편지를 주고 모험가 길드로 보냈는데 얼마 지나지 않아 세 사람이

지친 표정으로 돌아왔다.

"벌써 다녀오신 겁니까? 아니 그보다 근데 세 분 다 왜 그렇게 지치신 겁니까?"

명백히 이 짧은 시간 동안 무슨 일이 있었다는 얼굴이다.

그러자 피아제 씨가 먼저 입을 열었다.

"모험가 길드에 갔더니 길드 마스터와 부길드 마스터께서 1층에 나란히 서 계시길래 곧장 루시엘 공의 편지를 전해드렸는데, 편지를 받아 보시더니만 갑자기 노발대발하시면서 그대로 두 분 모두 어디론가 가버리셨습니다. 결국 어쩔 수 없이 그냥 돌아가려고 했습니다만……."

그 뒷말을 블리츠 씨가 이었다.

"시연회에서 치료를 받았던 모험가들이 갑자기 몰려와 저희를 붙잡고 감사 인사를 하기 시작했습니다."

그리고 도터스 씨가 마무리를 지었다.

"그러던 중에 자이어스 공께서 돌아오시더니 치유사 길드에서 기다려달라는 말씀을 하시기에 돌아왔습니다."

"수고 많으셨어요. 딱히 일은 없으니 경계만 부탁드려요."

"""엡."""

나는 방에서 나가는 세 사람을 보며 중얼거렸다.

"용인족이 얌전히 있어야 할 텐데……."

곁에 있던 라이오넬이 내 어깨를 잡으며 말했다.

"이런 때엔 몸을 움직여 머리를 비우는 게 제일입니다. 자아 지하 4층에서 상대해드리지요."

"그냥 라이오넬이 싸우고 싶어서 그런 거잖아?"

"그 선풍이 루시엘 님을 제자로 들인 이유를 알았기에."

난 스승님의 이름에 약하다. 라이오넬의 말대로 할 일이 없으면 훈련이라도 하는 게 낫지.

"좋아, 오늘이야말로 그 철벽의 방패를 뛰어넘겠어."

"무모함은 젊은이의 특권이지요."

라이오넬은 웃으며 그렇게 답했다.

그 말을 들은 난 반드시 공격을 넣겠다고 다짐한 뒤에 훈련장으로 향했다.

그리고 치유사 길드에 수인들이 몰려든 건 점심 즈음이었다.

나는 지하 4층의 훈련장 구석에서 꼴사나운 모습으로 구르고 있었다.

"뭐가 어떻게 된 거야? 공격을 한 건 난데 왜 내가 날아가는 거지? 방패로 어떻게 해야 이렇게 되는 건데?"

대형 방패를 내리고 대검을 짊어진 라이오넬이 기쁜 듯이 웃으며 답했다.

"미리 방패를 몸에 바짝 붙이고 있다가 루시엘 공이 공격에 나선 순간 방패를 내밀면서 보행술로 뛰어들었을 뿐입니다."

그리고 난 방패에 밀려 가볍게 10m 이상을 날았다.

"아니! 그냥 방패를 내밀었다고 사람이 10m나 날아갈 리가 없잖아!"

"모든 건 예측과 타이밍입니다. 정진하십시오."

분명 블로드 스승님과 라이오넬의 시합은 엄청났겠지. 보지 못한 게 아쉽군.

뇌진탕이라도 왔는지 발이 휘청거리기에 힐을 쓴 뒤에 라이오넬에게 다시 검을 향했을 때 피아자 씨가 훈련장에 내려왔다.

"무슨 일이죠? 설마 또 습격인가요?"

피아자 씨의 초조한 표정이 심상치 않았기에 이쪽에서 먼저 말을 걸었다.

"습격은 아닙니다. 다만, 엄청난 수의 수인들이 고더스 공을 선두로 길드에 몰려왔습니다.

습격이 아닌데도 표정이 좋지 않은 게 진짜 많이 온 모양이다.

"하아, 안 갈 수는 없겠지?"

내가 그렇게 중얼거리자 라이오넬은 조용히 고개를 끄덕였다.

나는 '가기 싫다~' 생각을 하면서도 슬슬 습격자나 이에니스의 문제를 마무리할 수 있으면 좋겠다는 마음으로 마도 엘리베이터에 몸을 실었다.

1층으로 올라가자 고더스와 자이어스 형제와 수인들의 모습이 시야에 들어왔다.

카운터 안쪽에 있던 치유사들이 나를 발견하자 안도하기 시작했다.

날 의지한다는 느낌은 기쁘군.

블리츠 씨와 도터스 씨, 그리고 범죄 노예들은 무기 없이 몸으로 치유사 길드에 많은 인원이 들어오지 못하도록 인간 바리케이드를 치고 있었다.

그들 앞에는 인족 하나와 수인 몇이 밧줄에 묶여 바닥에 앉아 있었다.

"고더스 공, 자이어스 공, 이게 무슨 일입니까?"

"루시엘 공, 오셨습니까. 이 녀석들이 이번 사건의 원흉입니다. 이 인족이 이에니스 대표에게 뇌물을 바친 약사 길드의 부길드 마스터, 구로하라입니다."

겉보기는 사람 좋게 생겼는데 사건의 원흉이라니, 정말로 사람은 겉모습으로 판단하면 안 된다.

"대부분 용인족과 호랑이 수인족이 뇌물을 받았는데 이 녀석들이 주범입니다. 그들이 받은 돈은 나중에 회수하여 치유사 길드에 배상금으로 드리겠습니다."

이제 태클을 걸어도 되겠지?

"그건 족장 회의 같은 데서 다룰 문제가 아닙니까? 어째서 고더스 공이 결론을 내리시는 거죠?"

"용인족은 용족의 가호를 받은 루시엘 공에게 충의(忠義)를 다하는 것이 관례. 그에 따라 용인족은 지금까지 폐를 끼친 만큼 이에니스의 치유사 길드 및 치유사분들이 안전하게 활동할 수 있도록 온 힘을 다할 것을 맹세했소."

……판타지에서 나오는 용의 맹약 같은 건가? 그보다 성룡(聖龍)한테서 받은 가호가 이런 데서 도움이 될 줄이야, 호운 선생님이 인도하신 거겠지? ……사람들이 놀란 표정으로 이쪽을 보고 있지만 난 못 본 척했다.

"제가 가호를 받은 사실을 어떻게 아신 거죠?"

"용인족에는 용족이 용인을 낳았다는 전승이 있습니다. 그래서 용인은 용족의 기척을 느낄 수 있지요. 거기 있는 동포가 벌벌 떠는 이유도 지금 가호를 알아챘기 때문입니다."

그가 가리킨 용인은 무릎을 꿇은 채로 몸을 떨고 있었다.

"어제 시연회를 방해한 자들을 전부 잡았습니다만, 그들은 어쩌실 겁니까?"

"이에니스의 법에 따라 주모자는 처형합니다. 나머지는 죄질에 따라 노예가 되거나 배상금을 부과합니다. 만약 그들을 이쪽에 넘겨주신다면 범죄 노예로 모험가 길드가 고용하여 미궁으로 보내겠습니다."

예상은 했지만 생각한 것보다 훨씬 엄중한 처벌이었다.

"쓰고 버린다……는 겁니까?"

딱히 모든 사람이 갱생할 수 있다고 믿는 건 아니지만, 이게 이 나라의 법인가…….

"살아서 공략에 성공하면 감형할 생각입니다. 만약 다치면 치료는 해주겠지만 함정에 대비해 선두에 세울 겁니다."

고더스 공은 그렇게 단언했다.

"그렇군요. 노예 이야기는 나중에 다시 하죠. 그보다 샤자는 대체 어디 가서 안 보이는 겁니까?"

"녀석을 포함해 이번 사건에 가담한 각 종족의 대표들과 측근들은 이미 도주한 후였습니다."

고더스 공이 면목 없다는 듯 말했다.

이런 일이 실제로도 일어나는구나. 나는 차분히 그의 얘기를 들었다.

그러자 무릎을 꿇은 이들 중에서 누군가가 입을 열었다.

"샤자의 행방이라면 제가 알고 있습니다. 알려드릴 테니 대신 이 밧줄을 좀 풀어주시지요."

"뭣이!"

입을 연 건 약사 길드의 구로하라였다.

그가 히죽거리며 요구를 하자 고더스 공이 그의 멱살을 잡았다.

구로하라의 말을 들을 필요는 없다. 어차피 셋 중 하나일 테니. 블러프를 걸어보자. 맞든, 틀리든 반응이 있을 터다.

나는 최대한 냉정해 보이는 표정을 짓고 고더스 공을 말렸다.

"그러실 필요 없습니다, 고더스 공. 지금 샤자가 고를 수 있는 선택은 미궁을 공략하거나, 타국으로 도망. 혹은 근처의 숲이나 동굴에 숨어 지내며 도적이 되는 것 말고는 없습니다. 측근까지 다 같이 도망갔으니 십중팔구 미궁이겠군요. 습격을 보냈는데 돌아오질 않으니 뒷일이 두려워졌겠죠."

"그래도 하필 미궁이라니요? 그렇게 간단히 공략할 수 있을 리가 없습니다."

"미궁에 사는 마물이 얼마나 강한지는 모르겠습니다만…… 샤자 공은 자기 힘에 자신을 가지고 있었죠? 미궁 공략도 할 수 있다고 자신했다고 봐도 이상할 게 없습니다. 아마 미궁을 답파해 이에니스를 지킨 영웅이라고 죄를 덮거나, 타국에 건넬 선물로 삼을 셈이겠지요. 아닙니까?"

내가 그렇게 묻자 구로하라의 미소가 굳어졌다.

아무래도 정곡인 모양이다.

"이놈들이! 어서 서둘러서 미궁으로 가야겠습니다."

당장이라도 뛰어가려던 고더스 공을 자이어스 공이 말렸다.

"잠깐 기다려, 형님. 아직 우린 이 녀석들을 체포한 것 말곤 한 게 없어. 이대로 가버리면 그냥 귀찮은 일을 치유사 길드에 떠넘기고 가버리는 꼴이라고."

"음. 확실히 그렇군······."

자이어스 공이 냉정한 성격이라 다행이다.

"어쩔 수 없군. 형님은 모험가들과 루시엘 공을 데리고 미궁으로 가. 여긴 치유사 길드 분들과 내가 정리할게."

"오오! 역시 내 아우다. 적재적소란 말이 딱 어울리는군!"

"그 대신에 샤자를 꼭 잡아 오라고."

"맡겨둬라! 그럼 루시엘 공, 서두르죠."

······지금 처음으로 이 두 사람이 형제라는 사실을 실감했다.

둘 다 도통 다른 사람의 의견을 듣질 않는다.

그리고는 둘이서 멋대로 죽이 맞아 결론을 내놓는다. 이 형제와 일하는 사람은 고생이 이만저만이 아니리라.

이에니스의 모험가들도 매번 이런 소동에 휘말리고 있을 테니 힘들겠지.

두 사람이 결정을 내리자 주위에 있는 모험가들이 떠들기 시작했다.

나는 그들을 진정시키기 위해 손뼉으로 큰소리를 냈다.

그리고는 정적이 돌아온 틈을 이용해 위해 곧바로 지시를 내렸다.

"무턱대고 서둘러도 치유사 길드에 미궁의 정보가 없는 한 길드가 움직일 방도가 없습니다. 그리고 이들의 처우를 저를 빼놓고 결정하실 생각입니까? 치유사 길드의 대표는 저입니다만?"

난 천천히 모두를 둘러 본 다음 말을 이었다.

"일의 순서를 정하죠. 우선 여기 주모자들과 전에 잡은 지하의 습격자들에 대한 처분은 조르드 씨가 맡아주십시오."

"제가 말입니까?"

"예. 이런 일은 조르드 씨가 적임이니까요. 부탁드려요."

"옙."

자세를 바로잡은 조르드 씨는 오른손을 심장 앞에서 쥐며 답했다.

나는 이어서 자이어스 공에게 말을 걸었다.

"이 사람이 이번 사건에 연루된 습격자와 범죄자를 담당할 책임자입니다. 범죄자에 대한 안건은 이 사람과 교섭하시면 됩니다."

"옙."

자이어스 공이 내 부하처럼 정중한 태도로 고개를 숙였다. 용의 가호가 대체 얼마나 대단하기에 이러는 거지.

다음은 샤자 추격인데, 어제 그렇게 깨진 그 사람들이 과연 미궁 수색을 할 수 있을까? 역시 작전이 필요하다.

"다음으로 샤자 추격을 위해 미궁 수색 작전 회의를 하겠습니다. 미궁의 지도나 출현 마물 정보를 가진 분들은 3층으로 모이세요. 다른 분들은 치유사 길드의 기사들과 함께 공략에 필요한 식량이나 MP 포션 같은 물자 비축을 하시기 바랍니다. 블리츠 씨, 기사 두 분을 데리고 다녀오세요."

"옙."

난 백금화 3닢과 성도를 떠날 때 산 대용량 마법 주머니를 주고는 무엇을 넣었는지 알 수 있도록 메모를 남기라고 지시를 내렸다.

"치유사 여러분은 이곳에 남아서 길드 업무를 보세요. 도터스 씨는 이들의 호위를. 피아자 씨는 지금처럼 범죄 노예들과 길드 방위에 임해주세요."

""옙.""

"나리아는 지하에 있는 드란이랑 폴라한테 같이 길드 마스터 방으로 오라고 전해줘."

"알겠습니다."

"라이오넬이랑 케티의 소원을 드디어 들어줄 수 있을 것 같네, 따라오도록."

"옙."

"알겠다냥."

"고더스 공과 미궁을 자세히 아는 분은 저를 따라오세요."

난 그 말을 남기고 3층에 있는 길드 마스터의 방으로 이동했다.

용인 형제나 수인들에게 틈을 주지 않고 단숨에 주도권을 쥐었다.

그러나 내가 미궁 수색의 주도권을 쥐었다고 해도, 치유사가 탐색에 동행해야 하는 건 어쩔 수가 없었다. 이건 이에니스에 왔을 때 내 첫 대응이 너무 물렀던 탓이다.

물론 상대를 배려해서 그랬던 거지만, 그 탓에 결국 다른 사람에게 폐를 끼치는 꼴이 되었다.

그걸 이 상황이 닥쳐서야 겨우 이해했다…….

난 내가 아닌 책임자로서 움직여야 했다.

그 박수에는 지금부터라도 움직이자는 기합이 들어가 있었다.

조르드 씨와 얘기를 나누면서 그가 노예들에게 어떤 감정을 품고 있는지 처음 알게 됐다. 이번 일도 상담을 하는 시늉만 했을 뿐이고…… 생각해 보니 나도 용인족 형제랑 그다지 다를 바가 없잖아…….

조금 풀이 죽었다…… 그래도 라이오넬이 지적한 무른 성품을 여기서 드러냈다면 그들의 신뢰가 끊길 수도 있었으니 좋은 계기였다.

그렇게 긍정적으로 생각을 바꾸니 신기하게도 힘이 솟아났다.

지금까지 시도하지 않았던 일을 해야 할 상황이라 의욕에 불이 붙은 건가? 아니면 내가 모두를 겉으로만 이해하는 데에서 그치지 않고 진심으로 신뢰할 수 있게 돼서 그런 걸까…….

뭐 아무래도 좋다.

지금까지는 연대감을 기르기 위해 보고, 연락, 상담을 입에 담았지만 단순히 내가 모두를 좀 더 의지하고, 모두가 날 의지할 수 있도록 열심히 하면 그걸로 될 문제다.

표면적인 관계만으론 이 세계에서 온화한 생활을 보내며 노인이 된다는 꿈은 이룰 수 없겠지.

앞으론 다른 이들에 대해 알고 내가 어떤 생각을 하는지 행동으로 보여주자.

"박수가 신께 기도를 드리고 사악한 기운을 없애는 효과가 있다는 얘기가 사실일지도 모르겠군…….."

난 길드 마스터의 방에 달린 문을 열며 그렇게 중얼거렸다.

치유사 길드의 마스터 방에 모인 인원은 나와 라이오넬 일행, 그리고 모험가 길드의 고더스 공과 두 명의 수인 모험가였다.

"지금부터 미궁에 탐색 작전 회의를 시작하겠습니다. 이번 작전의 목적은 미궁의 공략이 아니라 부상자를 내지 않고 신속하게 샤자 일행을 잡는 것입니다. 혹시 미궁의 지도가 있나요?"

새 수인 모험가가 양피지 다발을 꺼내 내게 보여줬지만 깔끔한 지도가 아니었기에 하나씩 확인해야 했다.

"미궁의 면적은 어느 정도인가요?"

"첫 구간이 $100㎡$. 10계층 간격으로 $50㎡$ 넓어지고 마물도 강해지지."

시련의 미궁보다 규모가 큰 모양이네. ……아, 깜빡했다.

"독기는 어느 정도죠? 그리고 식사는 어떻게 해결하시나요?"

"독기를 막는 망토나 로브가 있으니 괜찮아. 애초에 독기가 적어서 별다른 해는 없고 약사 길드에서 판매하는 약을 먹으면 하루 정도는 버틸 수 있어. 끼니는 휴대 식량으로 해결했고."

휴대 식량이라니, 설마 '백랑의 핏줄'이 성도까지 날 데려다줄 때 먹은 그거? 아무 맛도 없고 무진장 퍼석거리는 그거? ……나라면 울었을 거다.

나는 깔끔하지 않은 지도에 표시된 함정의 정보를 확인해 가며 새로운 지도를 제작했다.

그다음엔 마물 도감으로 어떤 마수가 있는지 확인하는 작업을 했는데, 마물의 이름이 나올 때마다 내 의욕은 점점 떨어졌고 라이오넬이랑 케티의 얼굴엔 기쁨이 묻어났다.

그 옆에선 얌전히 얘기를 듣고 있던 드란과 폴라는 마물이 화(火) 속성이라는 사실을 알자 화속성 마석을 어떻게 쓸지 벌써 궁리하기 시작했다.

그리고 아마 이 미궁에선 화룡(火龍)이 나오겠지. 생각만 해도 우울하다.

그때 고더스 공이 입을 열었다.

"루시엘 공도 미궁에 들어가실 생각입니까?"

난 잠시 입을 다물었다.

라이오넬 일행과 함께라면 죽을 일은 없을 테고 수색에 위험이 따르긴 하겠지만 정 안 되면 포기하면 된다.

나는 고개를 끄덕이며 대답했다.

"들어갈 겁니다. 물론 뒤에 있다가 위험해지면 철수할 거지만요."

"틀림없이 미궁 입구에 가설 치유원을 설치하실 거라 생각했습니다만, 그렇게 해주신다는 감사할 따름입니다."

"그렇게 생각하신 이유가 뭐죠?"

"거기 드워프는 건설 요원, 이쪽의 두 사람은 루시엘 공의 호위 노예라 생각했습니다."

그렇군…… 고더스 공의 눈에도 라이오넬이 호위로 보이는 건가.

"반대로 묻겠습니다만, 저번에도 위독한 상태로 돌아오셨는데, 치유사도 없이 샤자를 추격할 수는 있는 겁니까?"

"그건…… 어렵겠죠. 루시엘 공께서 동행해 주신다면야 대환영입니다."

아니, 물론 나도 들어갈 필요가 없다면 안 갈 거라고요? 그래도 들어가야 할 것 같은 예감도 들고. 언제 한 번 얕은 층에서 레벨을 올릴 예정이었으니 좋은 타이밍이려나.

그렇게 생각하면 나쁜 선택은 아니다.

"잘 부탁드립니다."

또 고개를 숙인 고더스 공에게 고개를 들어달라는 말과 함께 치유사 길드 내에서 미궁으로 데리고 갈 멤버를 뽑는데 뜻밖의 인물이 목소리를 냈다.

"마스터, 저도 데려가 주십시오."

나리아가 스커트 자락을 살짝 올리며 고개를 숙였다.

"가는 거야 상관은 없는데, 나리아의 전투 능력은 뛰어난 편이 아니라고 들었는데?"

난 라이오넬과 케티에게 물었다.

"문제없습니다."

"나리아라면 괜찮다냥. 아마 마스터보다 강할 거다냥. 게다가 투척용 단검이랑 긴 채찍을 들면 무적이니까 찬성이다냥."

괜찮다는 모양이다.

치유사 길드의 급사를 맡길 생각이었지만 나리아가 없으면 안 되는 것도 아니고. 그보다 나보다 강하다니, 라이오넬이 말한 '전

투의 소양이 없다'는 기준이 대체 뭘까…….

"알겠습니다. 단 자신의 몸은 스스로 지키세요. 그리고 절대로 앞에 나서지 말고 견제 역할에 충실할 것."

"감사합니다."

그녀가 깊이 고개를 숙이자 이번엔 드워프 콤비가 목소리가 들려왔다.

"이 몸도."

"나도."

그렇게 말하며 두 사람이 몸을 내밀었다.

이 두 사람은 처음부터 데려갈 생각이었다.

두고 가면 치유사 길드가 붕괴할지도 모르니까.

"……명령입니다. 첫째 멋대로 돌아다니지 않을 것, 둘째 멋대로 물건을 만들지 말 것, 셋째 폐를 끼치지 말 것. 그리고 마지막으로 자신의 몸은 스스로 지킬 것……."

난 한숨을 쉬며 그렇게 전했다. 이 자리에 있는 멤버로 가면 6인 파티가 되는 건가.

라이오넬은 방어, 케티가 유격, 난 회복 겸 보조 역할, 나리아가 견제 겸 요리 당번에 기척 감지가 특기니까 경계 역할도 맡기면 되겠지.

드란이랑 폴라는…… 전투가 가능한가?

"두 사람은 어떻게 싸울 생각이야?"

"이 몸은 대형 망치로 마물을 날려버리마."

드란은 그렇게 말하며 팔짱을 낀 채로 웃었다.

"골렘이 있으니까 괜찮아!"

폴라가 왼팔을 내밀었다. 그녀의 왼팔에 팔찌가 보였다.

"골렘이라면 명령으로 조종하는 그 골렘?"

"맞아. 마석으로 만들고 마력으로 움직이는 골렘."

자세히 물어보니 폴라의 골렘은 팔찌로 원격 조작이 가능하다는 모양이다. 제어는 한 번에 하나밖에 못 하지만 매우 강력하다고 한다.

드란은 후방 확인, 폴라는 내 옆에서 골렘을 조작해 공격하는 역할을 맡았다.

미궁은 이곳에서 1시간 정도 떨어진 거리의 산골짜기에 있는데 지금 가봐야 저녁에 도착하므로 내일 아침 일찍 미궁을 향해 출발하기로 했다.

"그럼 내일 아침 일찍 모험가 길드에 들리겠습니다. 지금쯤이면 아래에 있는 이들도 얘기를 마쳤을 테지요."

"음. 녀석들을 노예상에 옮기는 일도 이쪽에서 전부 맡을 테니 안심하시길."

안심은 못 하지만 부탁드립니다.

난 마음속으로 그렇게 답했다.

회의를 마치고 아래로 내려가니 예상치 못한 광경이 눈에 들어왔다.

수인 모험가들은 보이지 않았고 1층에 있는 이들은 범죄 노예가 된 자들과 습격자들, 그리고 자이어스 공뿐이었다.

그 광경에 놀라고 있는데 조르드 씨가 내게 보고를 시작했다.

"루시엘 공, 지금부터 이곳에 있는 범죄 노예들과 치유사 길드를 습격한 자들은 치유사 길드의 노예가 됐습니다."

전에 조르드 씨의 생각을 들었기에 습격자 중 몇 명 정도는 남을 거라 예상은 했지만 설마 전원을 받아들일 줄은 몰랐던지라 놀란 나머지 바로 그에게 되물었다.

"어째서 그런 결정을 내리셨죠?"

그는 미소를 지으며 말했다.

"노예니까 죽어도 상관없다, 그런 인식을 심는 행위는 치유사 길드 교회의 명성에 흠집을 냅니다. 또한 범죄 노예인 이들과 습격자들은 치유사 길드를 지키는 임무 외에도 이 나라의 문제들을 치유사 길드의 이름으로 솔선해서 해결하게끔 할 겁니다. 그리하면 치유사 길드의 위신도 명성도 높아지겠지요. 이번 미궁 수색엔 노예 전원이 참가하도록 지시를 내렸습니다. 모험가 길드로부터 대여료가 나오니 그 돈으로 식사비 등 이들에게 들어가는 비용은 충당할 수 있습니다. 이들에게 내린 명령은 단 하나입니다. 목숨을 바쳐서라도 반드시 루시엘 공을 지킬 것."

아~ 난 지금까지 조르드 씨를 오해했던 모양이다. 그런가…… 이 사람은 이렇게 속이 깊은 사람이었구나. 생각해 보면 처음 만났을 때부터 S급 치유사가 된 이후에도 쭉…… 선배 치유사로서 날 지탱해준 게 이 사람이었지.

정말로 조르드 씨는 존경할 수 있는 훌륭한 치유사다…….

보연상(보고, 연락, 상담)도, 사람의 됨됨이를 파악하는 것도 내가 제일 서툴렀던 건가…….

"감사합니다. 전 내일 아침 일찍 저의 노예들과 범죄 노예들을 데리고 미궁으로 향할 겁니다. 교황님한테도 말씀을 드리겠지만 치유사 길드는 조르드 씨에게 맡기겠습니다."

"옙! 최선을 다해 명을 받들겠습니다."

"그리고 성치사단은 치유사 길드에서 대기하도록 하세요. 아마 습격을 받을 가능성이 있으니 부탁드릴게요."

"저희 용인족도 미력한 힘이나마 돕겠습니다."

옆에 있던 자이어스 공이 그렇게 말했다.

"괜찮으신가요?"

"예. 오늘 일로 역시 용족께서 눈여겨보신 분이라고 생각했습니다. 이쪽 일은 맡겨주시길."

그렇게 말하며 가슴을 두드리는 자이어스 공에게 난 고개를 숙이며 부탁했다.

"부디 치유사 길드와 그들을 지켜주세요."

고개를 숙이는 날 보고 당황하는 자이어스 공의 반응이 재밌긴 했지만 내일의 준비를 위해 우선 지하에 있는 습격자들의 노예 수속을 끝내야 했으므로 노예상을 불렀다.

전에는 치유사 길드와의 거래를 거부하던 가게였지만 이번엔 파격적인 가격으로 계약을 해줬다.

가게 주인이 이상할 정도로 몸을 떨었지만, 신경 쓰지 않기로 했다.

이리하여 모두가 돌아간 뒤에 내일 미궁에서 쓸 장비를 포함해 준비를 시작했다.

무기도 제대로 정비된 상태였기에 노예들이 드란에게 매우 고마워했다. 저녁 식사 때엔 습격자들의 리더였던 남자가 입을 열었다.

"노예가 되긴 했다만 이렇게 대우가 좋은 노예 생활이 존재할 줄이야. 감사를 전하지."

그 말을 끝으로 남자는 입을 다물었다.

난 이 남자를 동정하지 않는다. 그래도 그들이 미궁에서 죽지 않도록 최선을 다하자고 다짐했다.

다음날, 팀 치유사 길드는 총인원 27명의 소대를 꾸려 모험가 길드에 들렸고 50명 가까이 모인 모험가들과 합류해 미궁으로 향했다.

덤으로 모험가 길드를 방문했을 때 평소에 마시는 그걸 얻으려 용인 형제에게 문의하니 용인 형제는 ""얼마든지 가져가시죠""라며 각 모험가 길드에 설치된 그 마도구를 무기한으로 빌려줬다.

이리하여 걱정거리가 사라진 난 오랜만에 포레 누와르의 등에 올라타 짧은 승마를 즐겼다.

07 드워프 콤비의 전투력

　모험가들과 합류해 총인원이 80명에 가까운 부대가 생긴 터라 몇 그룹으로 나누어 행동에 나서기로 했다.

　첫 번째 그룹은 고더스 공이 이끄는 공략조.

　두 번째 그룹은 30계층의 보스방 앞에서 거점을 세우는 거점조.

　세 번째 그룹은 외부 대기조.

　마지막이 1계층부터 순서대로 나아가는 우리 그룹이다.

　어제 새 수인 씨한테서 베껴 그린 지도를 믿지 못하는 게 아니라, 이 많은 인원으로 움직이면 못 보고 지나치는 부분이 있을지도 모른다는 생각에 그런 결정을 내렸다…… 3할 정도는.

　시련의 미궁을 탐색할 땐 혼자 움직였던지라 한 계층만 조사하는 데에도 제법 시간이 걸렸다.

　이번엔 인해전술로 지도의 정밀도를 올리는 것과 동시에 마석을 확보하는 게 우리들의 목적이다.

　내가 폴라랑 드란에게 두 사람이 만들고 싶어 했던 물건 중 채택한 안건에 얼마나 마석이 들어가는지 문의한 결과 화속성 마석만 해도 상당한 양이 필요하다는 사실이 판명됐기 때문이다.

　"저곳이 미궁의 입구입니다."

　고더스 공의 목소리에 생각을 접고 앞을 보니 산골짜기의 절벽 아래에 입구가 있었다.

　"이 미궁은 내려가는 게 아니라 올라가는 구조인가요?"

"그렇습니다. 게다가 오를수록 더워지는 점도 성가시지요."

"어제 작전 회의 때 그런 정보는 없던 걸로 기억합니다만?"

"그랬소? 그보다 정말로 먼저 가도 되겠소이까?"

이쪽도 확인을 게을리했으니 지금 탓해도 의미가 없다…… 탐색은 고더스 공이 이끄는 모험가 길드 팀에게 맡기자.

"먼저 가셔도 됩니다. 40계층의 터주 방에서 휴식을 취하며 함정이 걸리지 않도록 신중하게 나아가시든, 40계층 부근에서 레벨을 올리시든, 판단은 고더스 공께 맡기겠습니다."

"알겠소. 루시엘 공과 다른 이들이 빨리 따라오는 걸 기대하리다."

"저희 나름의 페이스로 열심히 하겠습니다."

그런 대화를 나누는 사이에 미궁 입구에 설치한 베이스캠프에 도착했다.

"제군, 이번엔 루시엘 공이 아래에서부터 우리를 따라 미궁에 오른다. 석화나 맹독, 혼란 상태에 빠져도 충분히 도움을 기대할 수 있다. 샤자 일당을 잡는 게 우리의 목표이긴 하다만 기회가 있으면 미궁을 공략하자."

고더스 공이 주먹을 번쩍 올리며 선언했다.

다음 순간 ""오오!"" 하고 거친 함성이 주위를 울렸다.

내게도 인사를 부탁했는데 그 부탁은 정중히 사양했다.

"그럼 먼저 가겠소. 나중에 합류합시다."

"예. 무운을 빌겠습니다."

난 그들을 배웅한 다음 포레 누와르와 다른 말들이 있는 곳에 다가가 정화 마법을 걸어줬다.

그 뒤에 목을 부드럽게 쓰다듬자 포레 누와르가 열심히 해! 라고 말을 하듯이 내게 시선을 향했다.

"열심히 하고 올게."

난 그 말을 남기고 포레 누와르와 다른 말들을 밖에서 대기하는 수인 모험가들에게 부탁했다.

그건 그렇고 날 제외한 모든 멤버가 노예인 파티로 미궁을 돌게 될 줄은 꿈에도 몰랐다.

아니 미궁에 다시 들어가게 될 줄이야…… 라고 해야 하나.

이세계 소설에선 자주 등장하는 패턴이긴 한데…… 뭔가 좀 다른 듯한…….

"치료할 수 있는 부상이나 상태 이상 같은 경우엔 반드시 구하겠습니다. 그러니 무리한 행동은 하더라도 무모한 행동은 절대 하지 말도록. 이건 명령이다."

모두의 얼굴을 둘러보며 그들이 고개를 끄덕이는 걸 확인했다.

"최우선 사항은 전달하겠다. 첫째, 죽지 않을 것. 둘째, 마석 확보. 셋째, 샤자 확보. 넷째, 되도록 하고 싶진 않지만 미궁 답파다. 다들 살아서 돌아가자!"

내 선언에 ""“오오!”"" "냥." "옙." "예." 같은 대답들이 섞여서 돌아왔고 난 통일성이 하나도 없네, 라는 감상과 함께 쓴웃음을 지으며 미궁에 들어섰다.

"역시 제법 밝은걸."

내가 그렇게 중얼거리자 드란이 입을 열었다.

"코어를 제거한 미궁은 활동을 멈추고 내부의 빛이 희미해진다고 하더군. 심장 같은 게지."

"코어를 방치하면 어떻게 되지?"

"미궁의 마지막 터주를 쓰러뜨린 다음에? 문헌에선 오랜 세월에 걸쳐 원래 상태로 돌아가려는 성질이 있다고 하던데."

시련의 미궁도 언젠가는 원래 상태로 돌아가는 건가? 그런 생각이 들었지만 미궁에서 느긋하게 그런 생각을 할 수 없기에 마음을 가다듬으며 지시를 내렸다.

"라이오넬이랑 다른 사람들은 내 주변에서 대기. 케핀 부대, 야르보 부대, 바넬 부대는 지도에 표시된 루트를 따라 마물을 처리하면서 지도의 정확도를 확인하고 위층으로 이어지는 계단 앞에서 집합하도록."

"""예."""

명령에 대한 대답은 전부 예로 통일시켰다.

그들에겐 어제 그린 지도의 복사본을 챙겨줬다.

참고로 내 몫까지 포함해 4세트를 그린 내 팔은…….

내가 에어리어 배리어를 쓰자마자 미리 정해둔 루트로 3부대가 이동했다.

"루시엘 공, 저희 차례는?"

라이오넬이 걱정스러운 눈치로 물었기에 나도 진지한 태도로 답했다.

"마물의 수가 늘어나면 싫어도 싸워야 한다고. 특히 30계층 넘어서는 지도가 비는 부분이 많으니 저절로 차례가 올 거야. 마물이 나오면 맡기도록 하지."

"옙."

기쁜 기색으로 앞장서서 걷는 그의 모습을 보며 이 전투광의 부하였던 사람들은 고생 좀 했을 거란 생각에 동정을 금할 수 없었다.

우리가 가는 길은 이미 앞서간 그룹들이 청소한 뒤라 마물이 없었고 그 사실을 알아차린 라이오넬의 실망한 모습이 웃겨서 혼났다는 건 나만의 비밀이다.

10분도 채 되지 않아 3부대와 합류한 다음 2계층으로 올라가면서 정보 취합을 했다.

"정보랑 일치했나요?"

"예. 지도에 하자는 없었고 마물도 레드 래트뿐이었습니다."

습격자의 리더였던 케핀이 그렇게 답했다.

생각보다 우수하군.

어째서 그들이…… 그런 생각이 들었지만, 사람이 나고 자라는 환경이나 생활은 평등하지 않다는 현실을 알기에 입을 다물었다.

한 계층마다 모든 멤버에게 에어리어 배리어를 쓸 필요는 없다는 생각에 여기서부턴 한 계층마다 한 파티에 에어리어 배리어를 걸어주며 나아갔고 약 90분 만에 10계층의 보스방에 도착했다.

"정보에 따르면 레드 리자드맨이 나와야 하는데 이번엔 레드 스네이크, 레드 배트, 레드 래트만 있는 모양이니까 단숨에 정리하자."

문을 연 케핀 부대를 따라 안으로 들어가니 레드 스네이크를 포함한 한 마물 무리가 나타났는데, 불과 몇 분 만에 다음 계층으로 이어지는 문이 열렸다.

전투를 평가하자면 멤버들이 다들 강해서 시간 소모가 적었고, 나리아가 투척한 단검이 천장에 매달린 레드 배트들을 차례로 쓰러뜨리는 광경이 인상적이었다.

"나리아는 중거리 공격이 메인이야?"

"아뇨, 이 정도는 그저 단검을 던지는 것에 불과합니다. 더 높은 경지에 오른 분들이 계시니까요."

나리아는 그렇게 말하며 웃었다.

그 이후에도 어려움 없이 미궁을 나아가 20계층에 도착했고 난 보스방 앞에서 모두에게 알렸다.

"이 터주 방의 적들을 처리하면 식사와 휴식이 기다리고 있으니 기합을 넣고 가자."

"""오옷!"""

꽤 좋은 분위기다.

라이오넬이나 케티도 마물이랑 싸울 기회가 늘어 즐거운 것 같았고 드워프 콤비는 둘이서 무슨 일을 꾸미는 듯한 느낌이 들었다.

앞으로 무슨 일이 일어날지 모르니 전투에 참여하라고 했더니 알겠다는 대답이 돌아왔다.

그 뒤에 보스방의 문을 열고 들어가니 레드 오크와 레드 울프가 나타났는데 드란이 땅에 손을 대고 폴라가 자세를 취하자 5미터급 골렘이 출현했다.

완전히 슈퍼 로봇 그 자체인 골렘의 등장에 우리가 놀란 것도 개의치 않고 크게 도약한 골렘이 레드 오크를 발로 차 날려버렸다.

그리고는 땅을 구른 레드 오크를 향해 골렘이 점핑 엘보로 찍어 내리자 레드 오크의 몸이 순식간에 마석으로 변했다.

레드 울프들은 케티가 조용히 처리했지만 골렘의 존재감이 너무 강했던 탓에 우리는 그저 멍하니 있을 수밖에 없었다.

드워프 콤비가 만족스러운 기색으로 하이파이브를 나누는 모습이 보였다.

"……다른 골렘도 저런 느낌이야?"

"저리 자연스럽게 움직이는 골렘은 저도 처음 봤습니다."

드물게 라이오넬도 진심으로 놀란 눈치였다.

"드란, 폴라. 저건 어떻게, 아니, 애초에 골렘이 맞나?"

"할아버지랑 합작."

"내가 골렘을 만들고 그걸 폴라가 제어하는 걸세. 폴라가 찬 팔찌의 마력이 적으면 제어할 수 있는 골렘의 크기도 달라진다네."

드란은 그렇게 말하며 마석을 조르듯이 힐끗힐끗 내 눈치를 살폈다.

목숨에 비하면 마석 따위는 아무것도 아니지만 절약할 수 있는 부분은 최대한 아끼자.

"저런 골렘을 생성하려면 마석이 얼마나 필요하지? 솔직히 말해봐. 이건 명령이다."

드워프 콤비는 분한 기색을 드러내면서도 명령에 따라 폴라가 입을 열었다.

"여기서 나는 마석이라면 20개 정도 합성해서 만들 수 있어. 그 래도 가동 시간을 연장하려면 더 많은 양이 있어야 해."

이 드워프 콤비는 허구한 날 말썽을 피우지만 둘이서 힘을 합 치면 제작과 전투 양쪽 분야에서 터무니없는 힘을 발휘하는구만.

난 그런 생각을 하며 골렘용 마석이라고 못을 박은 다음 두 사 람에게 마석을 건넸다.

두 사람은 불만스러운 눈치였지만 이어지는 내 말에 의욕을 되 찾았다.

"여긴 놀이터가 아니야. 내 말을 잘 들으면 미궁 탐색이 끝난 뒤에 제작에 쓸 마석을 따로 챙겨준다고 약속하지. 그러니 명령 을 어기지 말고 열심히 해줬으면 해."

"알겠다."

"열심히 할게."

난 고개를 끄덕이며 방을 정화한 다음 나리아와 함께 식사 준 비를 시작했다.

식사를 마친 난 지도 작성을 부탁한 각 부대의 수인들로부터 지 금까지 작성한 지도를 받았다.

마법 주머니에서 책상과 의자를 꺼내고 받은 지도의 내용을 알 아보기 쉽도록 다시 그리는 작업에 들어갔다.

어제 지도를 그릴 줄 아는 자들을 뽑은 다음 내가 그리는 방식 으로 통일시켰다.

그리고 내가 베낀 지도와 비교해 다른 부분이나 바뀐 부분을 발견하면 메모를 하도록 지시했다.

함정도 있었지만 별문제 없이 해제한 모양이다. 게다가 어떤 함정이 있었는지 종류에 따라 기록을 해놨는데, 자세한 것이 놀라울 정도였다.

지도를 베끼는 작업이 끝날 무렵엔 다들 충분히 휴식을 취했는지 이미 준비를 마치고 날 기다리고 있었다.

난 책상과 의자를 마법 주머니에 수납한 다음 입을 열었다.

"오전엔 다들 수고가 많았다. 지금부터 30계층을 향해 탐색을 재개한다. 여기서부턴 함정도 늘어나고 마물도 강해지니 안전이 제일이란 마음으로 30계층을 향한다!"

"""예."""

한목소리로 대답이 돌아오니 그럴듯하군.

그런 생각을 하며 각 부대에 에어리어 배리어를 사용한 뒤에 다음 계층을 향해 출발했다.

21계층부턴 레드 ○○으로 출현하던 마물들이 파이어 ○○으로 명칭이 바뀌는 모양이다.

그리고 파이어 래트, 파이어 스네이크, 파이어 배트, 파이어 래빗 등 이름에 불이 들어간 마물들이 나타나기 시작했다.

불을 두르거나, 불을 이용한 마법이나 브레스를 뿜는 강적을 상대하면서도 미궁 공략은 막힘없이 진행됐다.

함정도 있고 마물도 강해졌지만 계층당 3분 안팎으로 답파하는 중이다.

"이런 페이스로 미궁을 공략해도 괜찮은 건가?"

다소 무리해도 봐주겠다고 했지만, 이거 너무 흥분한 거 아냐?

"당신의 호위 2명이 이상할 정도로 강한 거라고. 우리도 약한 건 아니지만."

습격자들의 리더였던 케핀이 그렇게 대답했다.

애초에 그들이 있던 조직이 수인 중에서도 낮은 대우를 받는 하프들이 모인 집단이라 살기 위해서 필사적으로 전투 기술이나 도적 기술을 연마했다는 모양이다.

"게다가 이번엔 조금 실수해도 목숨만 붙어 있으면 살 수 있다는 걸 아니까."

웃으며 그렇게 말한 케핀이 부대를 이끌며 나아갔다.

"루시엘 공의 강력한 결계 마법 덕분에 저희가 공격을 받아도 스친 상처 정도로 끝납니다. 아마 그들도 마냥 혹사당하지는 않는다는 걸 깨닫고 협력하기로 마음먹은 거겠죠."

라이오넬이 그렇게 덧붙이며 내 앞을 걸었다.

미궁에 들어온 이후로 내가 한 일이라곤 에어리어 배리어와 힐을 몇 번 쓴 게 전부다.

마물을 쓰러뜨린 적도 없다. 설마 미궁 공략이 이렇게 술술 풀릴 줄은 몰랐다.

계층이 끝날 때마다 각 부대로부터 마석을 회수하는 것 외엔 하는 일이 없었다.

미궁 내의 온도가 미궁을 나아갈수록 오르는 중이지만 드란과 폴라가 즉석에서 만든 자동 온도 조절 기능이 달린 옷을 만들어 준 덕분에 아무런 문제가 없었다.

이따금 폭주하는 것만 빼면 역시 두 사람은 우수하다.

그건 그렇고 이에니스에 도착했을 때부터 쭉 스트레스를 받았는데 미궁에 들어온 이후부터 스트레스를 느끼지 않는다니, 심경이 복잡하군.

이 미궁은 성도에 있던 시련의 미궁과는 다르게 기복이나 높낮이가 지는 지형이라 탐색에 애를 먹을 것 같다. 혼자 왔으면 틀림없이 도중에 뻗었을 거다.

"거의 다 왔습니다. 아마 저곳이 30계층의 터주 방이겠지요. 그 앞에 있는 건 거점인 모양입니다."

라이오넬의 목소리에 전방을 살피니 그의 말대로 미궁의 문과 그 앞에 텐트를 치고 있는 집단이 보였다.

"그런데 어째서 터주 방 안이 아니라 밖에서 대기하는 거지? 안에 있는 게 더 안전하지 않나?"

"확실히 그렇군요…… 가서 물어보도록 하지요."

"부탁할게, 라이오넬. 난 부상자가 있으면 치료를 해주고, 없으면 식사 준비를 할게. 그래도 저 사람들의 사정에 따라선 터주 방을 공략한 다음에 충분한 식사와 잠을 잔 다음 내일 탐색에 대비해 기운을 보충할 생각이니까 그렇게 알아 둬."

라이오넬뿐만 아니라 주위에 있는 모두가 들을 수 있도록 얘기를 한 뒤에 거점에 발을 들였다.

"부상자나 상태 이상에 걸린 분? 증상이 가벼워도 사양하지 마시고 말씀하세요. 환자가 많이 계시면 전체 회복 마법인 에어리어 힐을 쓰겠습니다."

거점에 있던 인원은 15명 정도였는데, 다친 모험가가 있었기에 치료를 해줬다. 환자를 보고 있자니 우리 쪽 노예들의 높은 실력을 실감할 수 있었다.

문득 라이오넬이 내게 다가왔다.

"미궁에 따라 다르긴 하지만 한 터주의 방에 들어가 있으면 다른 계층의 터주 방에서 돌아가는 문이 열리지 않는 경우가 있다는 모양입니다. 그래서 모험가 길드에선 터주 방에서 머물지 않도록 매너 교육을 한다는 모양입니다."

그 말을 들은 순간, 내 머릿속에서 시련의 미궁에서 겪었던 40계층에서 귀환할 수 없었던 사건이 떠올랐다.

그래서 라이오넬의 말에 '그렇구나'라고 건성으로 대답을 하고 말았다.

멜라토니의 모험가 길드에서 모험가 등록을 할 때 제대로 설명을 들었다면 사령 기사왕전이 끝난 다음에 귀환할 수 있었을지도 모른다.

분명 그 당시엔 발키리 성기사단이 미궁에 들어와 내 구출 작업에 임하고 있었기에 문이 열리지 않았으리라.

하지만 난 이 대목에서 자신의 부정적인 사고를 멈추었다.

호운 선생님이 계시는 이상 그런 불행한 일이 일어날 리가 없었기 때문이다.

분명 그때 이어서 클리어하지 않았다면 미궁 답파는 불가능했을 거다.

게다가 이미 지난 일이니까. 당시엔 그 선택이 최선이었다고 생각하며 마음속에서 매듭을 지었다.

그 뒤에 주위를 둘러보니 모두가 걱정스러운 눈치로 날 살피는 광경이 눈에 들어와 사과했다.

이 거점에서 느긋하게 잠을 청하고 싶었지만, 우리는 나아갔다.

케핀 일행이 30계층의 터주 방에서 머무는 편이 좋다고 작은 목소리로 충고를 했기 때문이다.

"S급님, 안에서 쉬어야 해."

다른 노예들도 그와 마찬가지로 작은 목소리로 내게 충고했다.

모두의 눈에서 나를 걱정하거나 위기가 오는 걸 전하려는 듯한 기색이 느껴졌다.

"알겠어…… 미안하지만 안에서 쉬겠어. 몇 시간만 쉬고 공략을 재개할 테니 이 거점을 부탁해."

충고를 받아들인 난 거점을 지키는 모험가들을 향해 그 말을 남기고 노예들과 함께 30계층의 보스방에 들어섰다.

입장과 거의 동시에 에어리어 배리어를 시전하며 이유를 물었다.

"굳이 들어가 쉬라고 한 이유가 있는 거지?"

"그래. 녀석들은 소행이 나쁜 모험가인데 평소엔 평범한 모험가를 가장해 친근한 인상으로 접근한 다음 식사에 독을 타거나 흡마(吸魔)의 약으로 마물을 유인해 모험가들을 처리하지. 증거를 남기지 않기에 미궁의 청소부라 불리고 있어."

"그건 범죄잖아?"

"미궁 내에선 무슨 일이든 일어날 수 있으니까. 게다가 우리는 범죄 노예니까 S급님이 죽으면 곤란하다고."

듣고 보니 살벌하기 짝이 없는 얘기다. 그건 그렇고 이 케핀이란 남자는 나와 대화를 할 때도 당당하지만 자신이 인정한 상대에겐 마음을 연다는 점이 재밌다.

"하아~. 신속하게 쓰러뜨리고 저녁을 먹은 뒤에 각자 잠을 자도록."

""""예.""""

30계층의 보스는 파이어 베어 한 마리와 파이어 울프 다섯 마리, 그리고 파이어 버드 세 마리가 출현했는데 예상대로 금방 전투가 끝났다.

강인한 팔을 휘두르는 파이어 베어의 공격을 웃으며 대형 방패로 받아낸 뒤에 대검으로 일도양단한 라이오넬을 시작으로 파이어 울프 무리를 케티가 치고 빠지는 방식으로 약하게 만들었다.

파이어 버드들은 나리아가 날린 단검에 전부 땅에 떨어졌다.

그리고 케핀과 범죄 노예들이 연계를 취하며 남은 마물의 숨통을 끊었다.

그 과정에서 몇 명이 가벼운 화상을 입었지만 에어리어 힐 한 번에 모두 회복됐다.

방을 정화하고 식사를 한 다음 각자 자유롭게 시간을 보냈다.

드란이랑 폴라는 무기나 방어구를 점검했고, 케티와 나리아는 내일 먹을 식사를 준비했으며, 라이오넬은 노예들과 담소를 나눴다.

지도를 다 그린 난 문제를 일으키지 말라고 지시를 내린 다음 마법 단련을 한 뒤에 천사의 베개를 베고 잠자리에 들었다.

*

"루시엘 공은 잠이 들었는가. 그건 그렇고 정말로 자각이 없는 데다 터무니없는 치유사로군."

라이오넬이 그렇게 말하며 웃었다.

"아저씨도 저 S급의 노예지?"

케핀이 물었다.

"그래. 가끔 자신이 노예라는 사실조차 잊고 지낸다만."

"역시 S급 치유사는 노예한테 무른 모양이네?"

"그렇지. 식사를 주고, 장비도 멀쩡한 걸 주며, 무리하게 부리지 않네. 보통은 상상조차 할 수 없는 일이지."

"함께 살아서 돌아가자는 말을 들었을 땐 귀를 의심했다고."

케핀이 웃으며 그렇게 말하자 주위에 있던 노예들도 웃기 시작했다.

"아저씨는 군인이지? 그것도 제법 계급이 높았고."

"왜 그렇게 생각하나?"

"싸울 때 전체를 파악하면서 움직이는 게 보였거든. 그런 습관이 몸에 배어있어. 파이어 베어랑 싸울 땐 싹 다 잊어버린 모양이었지만."

"그 배리어의 강도가 어느 정도인지 확인하려 했었지."

"이 배리어는 이상해…… 더 큰 상처가 남아도 이상하지 않은데, 아무리 맞아도 생채기밖에 안 난다고."

케핀이 자신의 몸을 만지며 대답했다.

"무모한 짓을 하지 말아라. 너희들은 필사적으로 자신의 능력을 갈고닦도록. 그리하면 루시엘 공도 너희들을 버리진 않을 거다."

"아저씨는? 아저씨는 야망이 있는 것 같으니까."

케핀의 말에 라이오넬은 웃으며 답했다.

"훗, 무인으로서 살아갈 수 있다면 그걸로 족하다. 많은 이들을 거느리는 삶은 내게 고통에 불과했으니."

"아저씨가 활약하면 노예에서 벗어날 수 있는 거 아니야?"

"루시엘 공의 적이 여기서 그치지 않을 것 같은 예감이 드는구나. 분명 이 남자는 앞으로 점점 더 여러 일에 휘말릴 테지. 그 자리엔 필시 강자가 있을 테니 그들과 겨루어 보는 것도 여흥이라 생각하지 않느냐? 게다가 언젠가 S급 치유사님의 영웅담이 세상에 나올 때, 그를 보좌했던 최강의 전사가 있었다고 칭송을 받는다면 무인으로서 그 이상의 명예가 있겠는가."

라이오넬이 유쾌하다는 듯이 웃었다.

케핀은 그런 라이오넬을 바라보며 어딘가 부러운 눈치로 그 모습을 계속 눈에 담았다.

08 물체 X 무쌍

잠에서 깨 주위를 둘러보니 대부분의 사람이 아직 꿈나라에 있었다.

난 그들의 모습을 보며 스트레칭을 시작했고 몸을 움직이는 동안 범죄 노예인 이들을 어떻게 해야 할지 고민했다.

이들은 꽤 우수한 편이다.

라이오넬이나 케티처럼 압도적으로 뛰어나진 않지만, 조직적인 움직임과 높은 수준의 연계가 잘 어우러져 있다.

치유사 길드를 재건하는 작업이 끝나고 이에니스에 치유원이 들어서면 난 또 여행길에 올라야 한다.

그때가 왔을 때 이들을 이에니스의 치유사 길드에 두고 가기엔 아깝다는 생각이 들었다.

게다가 하프 수인이라는 이유로 지금까지 박해를 받았다는 사정을 안 이후로 힘이 되어주고 싶은 마음이 드니 역시 감정이란 존재는 성가시다.

"……그렇다고 다 데려갈 수도 없는 노릇이고, 뭔가 방법이 없으려나~."

무심코 입에서 그런 말이 나왔다. 그 뒤에 스트레칭을 마치고 마법 단련을 시작하려던 참에 나리아가 일어났기에 함께 아침 식사를 만들었다.

내가 훗날 이에니스를 떠날 때, 누굴 여행에 데려가야 할지 생각하면서.

아침 식사를 마치고 각 부대의 컨디션을 확인한 뒤에 오늘의 목표를 전달했다.

"이 계층부턴 미궁의 활동이 활발해져서 새로 생긴 영역이야. 출현하는 마물도 레드 리자드맨이나 파이어 베어 같은 흉악한 녀석들이 나온다고 해. 어제보다 탐색에 시간이 더 걸리겠지만 신경 쓰지 말고 40계층에 도달하는 게 우리의 목표다. 오늘도 안전이 제일이란 마음으로 충분히 조심하면서 나아가자!"

""""예.""""

각 부대에 에어리어 배리어를 걸어주며 추가 사항을 전달했다.

"강한 마물 때문에 탐색이 어려워지면 부대를 묶어야 할지도 몰라. 이 계층부턴 함정도 흉악해지는 모양이니까 모쪼록 주의하면서 탐색에 임해주길 바라."

내 말을 들은 케핀 일행은 순간 멍한 표정을 짓더니 곧 웃기 시작했다.

"……내가 이상한 말이라도 했나?"

"아니, 걱정해주는 게 기뻐서 말이야. S급님 같은 사람이 많아지면 우리 같은 녀석들도 살기가 편해질 텐데."

케핀 일행은 싱글싱글 웃으며 그 말을 남기곤 31계층 탐색을 위해 출발했다.

처음부터 날 놀리고 있었다는 생각에 미궁에서 까불지 말라고 화를 내려다 노예들의 웃는 얼굴을 보니 그런 기분이 사라져 버렸다.

게다가 예전에 스승님도 비슷한 말씀을 하셨고.

난 한숨을 쉬며 내가 속한 그룹에 에어리어 배리어를 걸어준 다음 탐색을 개시했다.

"더운걸."

체감상으론 기온이 10도는 오른 것 같다.

햇볕에 노출됐을 때 느끼는 더위가 아니라 사우나에 있을 때처럼 점점 몸을 타고 올라오는 더위다.

"수분을 자주 섭취하자. 다들 물이 필요하면 사양하지 말고 얘기해줘."

난 모두에게 그렇게 전했다.

이런 때엔 정말로 마법 주머니가 있어서 다행이라는 생각이 든다.

난 전신의 온도를 조정하는 기능이 달린 장비를 착용했기에 얼굴만 더웠다. 하지만 그들은 상반신의 온도만 조정된 상태라 아래로부터 이 더위를 직접 느낄 테니 견디기 힘들 것이다. 땀을 제법 흘리는 모습이 보인다.

400㎡ 면적의 미궁을 갈림길이 나오면 합류하는 식으로 끊임없이 나아간다.

조금씩 지도를 메꾸면서 나아가는 동안 스피드는 떨어지지 않았지만 부대원들의 몸에 화상이나 긁힌 상처가 조금씩 늘어났다.

그래도 에어리어 힐을 걸어주면 그들은 기쁜 듯이 탐색에 나섰다.

"마치 좀비 병사 같네…… 내가 하는 짓이 악마의 소행처럼 느껴지는데, 이래도 괜찮은 걸까?"

"저도 저들처럼 탐색하고 싶군요."

"나도 가고 싶다냥! 분명 즐거움이 배로 늘어날 거다냥."

전투광 콤비가 그렇게 말했다.

이들의 소원은 곧 이루어지리라. 40계층 위의 지도는 존재하지 않으니까.

나는 조용히 미궁을 나아갔다.

한 계층을 오르는 데에 1시간이 걸렸지만 내가 시련의 미궁을 돌던 당시엔 하루를 꼬박 걸어야 겨우 다음 계층에 도달할 수 있었던지라 인해전술이 얼마나 미궁 공략에 효과적인지 실감할 수 있었다.

36계층으로 이어지는 계단 앞에서 점심을 먹기로 했다. 내가 마물이 접근하지 않도록 물체 X가 담긴 통의 뚜껑을 조금 열어놓고 돌아오자 다들 의아스러운 표정으로 날 쳐다봤다.

"저건 마시려고 둔 게 아니야. 저렇게 두면 마물이 접근하지 않거든. 그러니까 망을 볼 필요도 없고 모두가 함께 휴식을 취할 수 있으니까 효율적이지."

내가 그렇게 말하자 모두가 경악에 찬 표정으로 물체 X가 담긴 통들을 바라봤다.

요리를 만들고 있을 때도, 식사하는 동안에도, 식사를 마치고 휴식을 취하는 동안에도 그들은 통을 둔 방향을 쭉 보고 있었다.

그리고 정말로 마물이 접근하지 않는다는 사실을 알고 물체 X에 대한 인식을 달리한 모양이었다.

다만 그들에게 마물도 피하는 물체 X를 멀쩡한 얼굴로 마시는 날 어떻게 생각하는지 차마 물어볼 순 없었다.

어제와 마찬가지로 각 부대로부터 지도를 회수해 공백 지점을 채우는 작업을 하는데 함정의 수가 늘어난 점이 눈에 띄었다.

"이대로 계속 나아가도 괜찮을까?"

내가 각 부대의 리더인 세 명에게 의견을 물으니 케핀이 대표로 답했다.

"40계층까진 가능하지만…… 그 이상의 계층에서 안전을 확보하려면 인원을 늘릴 수밖에 없을 것 같군."

케핀은 그렇게 말했고 그를 포함해 부대원들 모두가 분한 표정을 짓고 있었다.

"그런가…… 알았어. 그러면 여기서부터 3부대를 2부대로 다시 편제해줘."

내 말에 그는 놀란 표정을 지었지만 난 처음부터 이렇게 할 셈이었다.

"……40계층까진 갈 수 있다니까?"

케핀의 말에서 노기(怒氣)가 느껴졌지만 난 웃으며 답했다.

"40계층에 도착한 이후에 부대를 나누면 연계를 취하는 데에 문제가 생길지도 몰라. 너희들의 능력을 믿지 못해서 그런 게 아니라 쓸데없이 고전하는 상황은 피하고 싶은 것뿐이야. 게다가 오랜만에 스트레스가 없는 시간을 보내는 중이니까 조금만 더 만끽하게 해달라고."

내 변명을 이들이 어떻게 이해했는지는 알 길이 없지만 안쓰러운 눈빛으로 날 바라본 뒤에 제안을 받아들였다.

40계층까지 공백 지점을 쭉 채웠지만 보물상자는 하나도 나오지 않았다.

이미 회수를 한 건지, 아니면 새로 생긴 계층엔 보석 상자가 없는 것인지 나로선 알 길이 없었지만 어쨌든 40계층의 보스방에 도착했다.

"아무도 없는걸."

"그렇군요. 다음 계층으로 향한 것 같습니다."

"어쩌면 샤자 일행을 찾아냈을지도 모른다냥."

"그럴 가능성이 크겠지."

여기까지 오면 합류할 수 있을 거라 예상했었지만 고더스 공 일행의 모습은 어디에도 없었다.

내 말에 반응한 라이오넬과 케티가 자신들의 생각을 말해 준 덕분에 내 머릿속도 정리됐다.

"오늘도 터주 방의 마물을 정리하는 대로 휴식을 취하자. 내일부터는 위쪽의 상황을 보고 이 계층을 거점으로 삼아 고더스 공 일행을 찾으면서 나아가는 걸로."

"알겠습니다.

그렇게 말하며 라이오넬이 고개를 숙이자 케티도 똑같이 고개를 숙였다.

40계층에 있던 보스는 전에 고더스 공이 상대했던 키메라가 아니라 화염을 몸에 두른 사벨 타이거 다섯 마리였다.

스피드와 공격력이 매우 높은 녀석들이었지만 라이오넬이 대형 방패로 날려버린 뒤에 케핀 일행이 단숨에 전체 공격을 가해 처치했다.

그 과정에서 상처를 입은 범죄 노예들에겐 원격으로 힐을 걸었다. 이쪽으로 접근하려는 마물에 대해선 나리아가 견제를 맡고, 드란이 대형 망치를 쥔 채로 대기했으며, 폴라가 3미터급 골렘으로 날 지켜줬다.

고전을 겪어도 이상하지 않을 전투였지만 몇 분 만에 끝나버렸다.

난 든든함을 느끼며 정화와 에어리어 하이 힐로 모두를 단숨에 회복시킨 뒤에 저녁 식사 준비에 들어갔다.

저녁 식사의 분위기는 내내 온화했고 저마다 잘 치른 전투를 화제로 흥이 오른 상태였다.

그들과 식사를 마친 난 지도 그리기를 끝내고 각 부대의 대장인 케핀, 야르보, 바델, 그리고 라이오넬 일행과 함께 공략 회의를 시작했다.

"그럼 공략 회의를 시작하지. 내일부터 향할 41계층은 마물도 강해지고 미궁의 면적도 넓어질 거야. 그러니 어떻게 공략하면 좋을지 의견을 내줬으면 해."

"그럼 제가 먼저……."

라이오넬이 손을 들며 발언을 구했기에 고개를 끄덕였다.

"내일부턴 3부대로 미궁을 탐색할 예정이었습니다만 지금까지 운용한 탐색 파티에 저랑 케티가 따로 들어가고 남은 한 부대를 루시엘 공의 호위대로 편제하도록 하지요."

라이오넬이 그렇게 말하자 반발하는 목소리가 올라왔다.

"아저씨, 우리도 인원을 늘리면 어떻게든 싸울 수 있다고!"

케핀이 그렇게 말하며 고함을 질렀다. 두 사람이 곁에 없는 광경을 상상하니 내 마음이 불안해졌다. 하지만 그와 동시에 그 방식이 가장 효율이 높다는 생각도 들었다.

"효율적인 탐색과 상처를 입어도 사망할 확률을 낮추기 위해서지?"

"예. 이 앞에 사벨 타이거보다 강한 녀석들이 활보하고 있다면 부상으로 끝나지 않고 즉사할 가능성도 있기에."

"윽."

라이오넬의 말에 케핀이 벌레를 씹은 표정을 짓더니 얼굴을 숙였다.

자신도 느끼는 바가 있었던 모양이다. 정말로 알기 쉽고 인간적인 성격이구나.

"만약 루시엘 공이 습격을 받는다고 해도 회복이 있는 한 그들은 방패가 될 겁니다. 물론 골렘이 있으니 그 정도로 위험한 상황은 일어나지 않겠지요."

"마석이 있으면 무슨 일이든 할 수 있어."

폴라가 손을 쥐며 그렇게 말했다.

그 순간 내 머릿속에 어느 인물이 떠올랐지만 그 생각을 지우고 이 의견을 받아들였다.

"……알았어. 부대의 편제는 너희에게 맡기지. 다음은 더위 대책이랑 탐색에 대한 건인데, 더위 대책으로 마도구를 만들 수 있나?"

"만들 수 있어. 그런데 필요한 거야?"

폴라가 고개를 갸웃거렸다.

"우리는 더운 곳에 익숙해서 그 감각을 모르겠구먼."

드란이 보충 설명과 함께 대답했다.

그럼 이 두 사람은 추위엔 약한가? 그런 의문을 떠올리며 주위를 보니 다른 이들도 필요 없다고 대답했다.

"그런가. 그래도 땀을 많이 흘리면 수분을 자주 보충하도록. 마지막으로 공략은 상황에 따라 다르겠지만 하루에 5계층이 한계라고 생각해. 각 부대의 소모를 점검하면서 하루에 1계층 정도만 공략해도 충분하다고 보는데, 이의가 있으신 분?"

내 마지막 말엔 아무도 손을 올리지 않았다.

"장비의 문제는 드란이랑 폴라에게 맡기고 나머진 각 부대원끼리 진형 같은 사항을 상의하도록."

"""예."""

회의가 끝나고 일과인 마력 조작 단련을 하던 난 시련의 미궁에선 똑같이 40계층에 도달하는 데에 100배 이상의 시간이 걸렸던 사실이 떠올라 무심코 중얼거렸다.

"이 정도 전력이면…… 아니, 운이 좋았을 뿐이야. 앞으로도 잘 풀릴 거란 보장은……."

뒷말을 삼킨 난 하느님과 선조님…… 그리고 호운 선생님께 내일 탐색도 안전하게 마칠 수 있도록 그 마음을 담아 기도를 드렸다.

41계층에 발을 들인 우리는 놀라고 말았다.

지금까지와는 달리 미궁 내부의 온도가 내려갔기 때문이다.

그로 인해 어제 만들라고 지시를 내렸던 내열 기능이 달린 마도구도 쓸 일이 사라져 마석을 낭비하는 걸 막을 수 있었다.

마도구가 당장 필요한 상황에 대비해 폴라랑 드란에게 마석을 맡겼지만 아무래도 마석은 골렘 님한테 들어갈 것 같다

그리고 내 호위를 케핀 부대가 맡게 됐기에 궁금했던 사항을 케핀에게 물어보기로 했다.

"그 전부터 묻고 싶었는데 모험가 길드에서 사라졌었지? 체격도 막 변했고, 어떻게 한 거야?"

"……그건 인술이라는 기술?이……라는 모양입니다."

또 전생자인가? 조금 캐볼까.

"네가 썼는데 왜 그런 애매한 대답이야? 그 인술이라는 기술은 스킬인가?"

"예전에 이에니스에 나타난 남자가 있었는데, 꼴은 엉망이었고 돈 한 푼 없는 녀석이었습니다. 하지만 발소리를 죽이고 이동하거나, 아무것도 없는 곳에 뭔가가 있는 것처럼 꾸미거나, 인족인데도 불구하고 수인으로 둔갑하곤 했습니다."

점점 스킬 레벨이 오른 것이리라.

"그 능력을 이용하면 일이 쉬워질 거라 판단해 조직에서 녀석을 고용했습니다. 그 이후에 인술을 배웠는데 어느 날, 이 미궁에서 죽었습니다."

"무슨 일이 있던 거지?"

"30계층에 있던 녀석들에 대해 말씀드린 적이 있지요. 아마 녀석들의 짓이라 생각한다…… 합니다."

"미궁에서 죽었다니, 시신을 확인 못 했다면 살아있을 수도 있잖아?"

"그게, 함께 탐색에 참여했던 녀석들은 두 사람 외엔 돌아오지 못했고 돌아온 녀석들도 이튿날에는……. 그 녀석들이 살해당했다고 말했으니 틀림없……을 겁니다."

심장이 강하게 뛰었다.

진정해. 전생자라고 확정된 것도 아니잖아.

그 사람을 딱히 보호하려 했던 것도 아니다.

그래도 설마 전혀 모르는 사람이 죽었다는 소식에 자신이 이렇게 동요할 줄은 몰랐다.

"언제 있었던 일이지? 그리고 그 녀석의 이름은?"

"2년 전쯤이었습니다. S급님이랑 비슷한 나이였지. 본명인지 아닌지는 모르겠지만 핫토리라고 했죠."

……고민한들 알 수가 없겠군.

그건 그렇고 인술이라…….

"나도 그 기술을 배울 수 있을까?"

"예. 대신 부탁을 들어주십시오. 노예의 권한을 벗어난 짓이란 건 알고 있지만 부탁……드립니다."

"일단 들어보지. 경계는 풀지 마. 위험하니까 주위를 경계하면서 얘기하도록."

"……죄송합니다. 가능하다면 S급 님의 여행에 데려가 주셨으면 합니다. 평생을 노예로 살아도 좋습니다."

그렇게 말한 케핀은 고개를 다시 숙인 뒤에 시선을 앞으로 향했다.

이 어색한 존댓말의 이유가 그거였나…….

"내가 이에니스를 언제 나설지는 모르겠다만, 생각은 해보지."

내 말을 들은 케핀이 귀를 쫑긋 세웠는데 뒷모습만으론 긴장한 건지 기쁜 건지 알 수 없었다. 기합은 들어간 모양이지만.

그 뒤에 파이어 베어 2마리와 파이어 사벨 타이거가 나타났는데 폴라가 골렘으로 파이어 베어 2마리를 억누르는 동안 7명의 범죄 노예들이 파이어 사벨 타이거를 상대로 연계 특공을 퍼부어 쓰러뜨렸다.

그리고 폴라가 조종하는 거대 골렘이 파이어 베어 2마리를 양팔에 한 마리씩 안고 베어 허그로 목을 조르자 마석으로 변해 사라졌다.

그런 아저씨 개그 같은 방법으로 처리해버리다니. 슬슬 폴라의 성격을 알 것 같다.

그런 생각을 하며 케핀 일행에게 회복 마법과 격려의 말을 걸었다.

"41계층에서도 충분히 통하네."

에어리어 미들 힐로 완전히 회복한 그들에게 에어리어 배리어를 다시 건 뒤에 그렇게 말했더니 다들 미묘한 표정을 지었는데 케핀이 한마디로 답했다.

"……열심히 하겠습니다."

파이어 베어가 남긴 마석 2개는 폴라의 손에 쥐여줬고 파이어 사벨 타이거의 마석은 마법 주머니에 담았다.

그 이후에 몇 번 정도 갈림길을 거치며 500㎡ 면적의 41계층 탐색을 2시간에 걸쳐서 마쳤다.

"어떤가요? 탐색을 계속할 수 있을까요?"

내 질문에 라이오넬, 케티, 케핀 세 사람 모두 가능하다는 답변을 내놓았다.

확실히 탐색 부대의 피해도 찰과상에 그쳤으니 괜찮으리라.

그리고 42계층에 발을 들인 우리는 미궁에 입장하고 나서 처음으로 보물상자를 발견했다.

42계층의 탐색을 마치기 직전에 케티 부대가 보물상자를 발견했다고 외친 것이다.

"마스터, 보물상자가 있었다냥! 열어 봐라냥."

"내가 열어야 하는 이유라도 있어?"

그러자 케티 부대에 있던 바델이 내 물음에 답했다.

"미궁의 보물은 상자를 여는 인물에 따라 변합니다. 함정은 반드시 해제해야 하지만 내용물은 여는 사람의 운에 달렸습니다."

"처음 알았어. 그럼 라이오넬 부대와 합류하면 열어볼게."

그로부터 10분 뒤에 라이오넬 일행과 합류한 다음 케티 부대가 발견한 보물상자가 있는 방까지 이동해 보물상자를 열었다.

그리고 상자에서 나온 물건은……?

"이건 뭐야?"

그건 불투명한 심홍색 구슬이었다.

일단 정화 마법을 건 뒤에 들어 올려보거나 마력을 불어 넣어보기도 했지만 무슨 물건인지 도통 알 수가 없었다.

드워프 콤비가 눈을 크게 뜬 채로 굳어있는 모습이 보였지만 당장 쓸 수 없는 물건이라 판단해 마법 주머니에 넣었다.

"유감이지만 마법서도 장비도 아니었네요. 맞다. 마침 좋은 시간이니까 조금 이른 점심을 먹죠."

모두에게 그렇게 전한 다음 점심 식사를 준비했다.

그리고 식사를 하면서 드란이랑 폴라에게 조금 전에 얻은 심홍색 구슬이 무엇인지 물은 난 돌아온 답변에 무심코 입꼬리를 올리며 히죽였다.

"정말이야?!"

"음. 다만 이 구슬만으로 만드는 건 무리일세. 치유사 길드의 지하에 쓰인 양의 2배가 넘는 마석에 희소 광석들도 필요하니."

"바라던 바야. 정말로 비행정을 건조하는 게 가능하다면 난 최대한 자금을 제공하겠어."

내가 무심코 히죽거렸던 이유는 조금 전에 얻은 심홍색 구슬이 이 세계에서 영웅담에만 등장하며 하늘을 나는 마도구인 비행정의 심장부라는 정보를 들었기 때문이다.

그로 인해 내 탐색 의욕도 마구 솟았지만 지금은 마석을 모으며 고더스 공을 쫓는 데에 집중했다.

43계층을 지나 44계층까지 왔음에도 불구하고 다른 이들과 마주친 적이 없는 게 마음에 걸렸는지 라이오넬이 중얼거렸다.

"위험할지도 모르겠군요."

"위험하다니 뭐가? 공략이 어려워서? 아니면 앞으로 강한 적이 나올 것 같아?"

고개를 가로저은 라이오넬이 내 말에 답했다.

"······최악의 상황을 떠올렸습니다. 단순히 그들을 쫓는 중이라면 괜찮습니다만 자칫하면 파티가 전멸했을 가능성도······."

"그게 무슨 말이죠?"

"공략 사흘째에 접어든 것치곤 탐색 과정이 지나치게 순조롭고 탐색 속도도 이상할 정도로 빠릅니다. 40계층이라는 미지의 영역을 이런 식으로 돌파하는 시점에서 정상적인 탐색이 아니라고 생각합니다. 게다가 애초에 샤자와 그의 측근들이 그만한 전투력을 지니고 있는지도 미심쩍은 부분입니다."

"혹시 내가 헛다리를 짚었고 샤자가 미궁에 없을 가능성도 있다는 거야?"

"아뇨, 샤자는 있을 겁니다. 그가 오지 않았다면 미궁 공략에 좀 더 애를 먹었을 테지요. 게다가 미궁의 입구 근처에서 말의 발자국을 몇 개 확인했습니다. 고더스 공에게 물어보니 말을 타고 미궁에 오는 모험가는 없다더군요. 그 사실로 미루어 보면 샤자 일행은 분명 미궁에 있을 겁니다······."

"불안하면 일단 40계층으로 돌아갈까? 1시간 정도면 돌아갈 수 있는 거리잖아······. 마물이 나오는 이곳에서 쉬는 거랑 40계층에서 느긋하게 휴식을 취하는 건 여러 면에서 다를 테니까."

구조에 나선다는 선택지도 있지만 내게 중요한 건 그쪽이 아니다.

지금 내가 제일로 여기는 건 내 목숨과 라이오넬 일행의 목숨이니까.

모두의 목숨을 저울에 올리면서까지 구조에 나서는 건 지나치게 낙관적이다.

결국 멤버 전원이 내 말에 따라 40계층의 보스방을 점거하고 말을 아끼며 내일 탐색에 대비해 기운을 보충했다.

다음날에도 다들 어김없이 일찍 일어났다.

식사 중이던 난 이들이 모험가들을 위해 이렇게 생각하고 움직인다는 사실에 가슴이 조금 뜨거워지는 걸 느꼈다.

"45계층까진 단체로 이동하겠지만 그래도 방심하지 말고 가자!"

"""예."""

1시간 만에 발걸음을 돌렸던 포인트까지 왔지만 역시 아무도 만나지 못했다.

45, 46, 47계층의 탐색이 끝났지만 고더스 공 일행의 모습은 보이지 않았다.

"결국 오늘의 수확은 팔찌뿐인가."

조금 전까지 탐색했던 47계층에서 두 번째 보물상자를 발견했다.

상자에서는 팔찌가 나왔는데 감정 스킬을 지닌 사람이 없었기에 결국 무슨 팔찌인지 모르는 채로 마법 주머니에 넣었다.

참고로 전에 감정 스킬을 얻으려 했었는데 SP를 100이나 잡아

먹어서 깔끔하게 포기했다.

"자 어떻게 할지를 정하자. 1계층만 더 오를까? 아니면 재정비를 한 다음 내일 다시 오를까?"

"……다들 아직 양호한 것 같습니다."

"배도 아직 안 고프다냥."

"S급님. 저희는 이틀이나 사흘 정돈 자지 않아도 괜찮습니다. 50계층의 보스전을 앞둔 때라면 사양하겠습니다만 그 전까지라면 충분히 나아갈 수 있습니다."

라이오넬, 케티, 케핀의 대답이 이어졌고 다른 이들도 별다른 문제는 없는 모양이다.

"알았어. 그럼 나아가자. 그래도 거듭 말하지만 제일 중요한 건 안전이니까."

이리하여 우리는 48계층을 향해 나아갔고 그곳에서 앞서간 부대를 겨우 만날 수 있었다.

48계층에서도 아무런 수확 없이 탐색이 끝나가던 참이었다.

그때, 케핀이 갑자기 외친 것이다.

"마물이 누군가를 포위하고 있어!"

그 말을 듣고 확인해보니 전방에 마물 무리와 인영(人影)이 보였다.

"……잠깐."

"어째서……."

그렇게 사람을 잘못 봤다는 표정은 짓지 말아줘.

"자세히 봐봐. 명백하게 이상하잖아. 이 계층에 있을 법한 마물이긴 하지만 변이가 일어난 건지 아니면 종류가 다른 건지 몸의 색이 달라. 게다가 믿기 힘들지만 저 녀석들은 그냥 재롱을 부리고 있을 뿐이야."

내가 그렇게 말하자 모두가 입을 다물고 확인하더니 저마다 사실이라며 인정했다.

"적인지 아군인지 알 수 없으니 다른 부대와 합류한 다음 접근하자."

모두에게 그 말을 전하고 약 20분 동안 멀리서 마물들과 장난을 치는 듯한 인영을 지켜봤다.

"기이한 광경이군."

"저 정도면 착각할 만하다냥."

"최대한 경계하며 접근하도록."

에어리어 배리어를 사용한 뒤에 전방에 있는 마물 무리를 향해 다가가던 그때였다.

"아, 치유사 오빠."

마물 무리 속에서 실라가 나타났다…….

……에엥?! 실라? 왜 이런 곳에?

"혼자서 여기까지 왔니?"

작전 회의를 할 때도 안 보였고 모험가 길드에 집합할 때도 모습을 보질 못했다. 그리고 보니 올가 씨도 없었구나.

"아니. 아빠랑 다른 사람들이랑 같이 왔는데 여러 사람이 쫓아와서 위험하니까 숨어있으라고 해서…….."

아, 이거 내가 울리는 패턴인가. 그건 그렇고 왜 올가 씨는 샤

자랑 함께 행동한 거지?

아니면 실라가 인질로 잡히는 바람에 함께 미궁에 들어오게 된 걸까?

"그렇구나. 그럼 우리랑 같이 아빠를 쫓아갈래?"

"에? 그래도 돼?"

"여기에 널 혼자 둘 순 없으니까. 그런데 주위에 있는 마물들은 친구니?"

"응. 내가 어렸을 때 말을 할 수가 없어서 아빠가 이 아이들을 데리고 왔어."

기뻐하는 건 알겠는데 성도엔 안 데려왔었고 마중을 나왔을 때도 곁에 없었지?

"전에는 같이 다니지 않았지?"

"응. 교회에 있는 사람 중엔 친구들을 아프게 하는 사람도 있으니까 안 된다고 했어."

"……아아, 그렇구나. 실라의 친구들이 우리를 공격하지 않도록 해줄 수 있니?"

"응. 기다려줘."

실라는 손짓과 발짓을 섞어가며 마물들에게 필사적으로 호소했다.

상황을 보니 우리들의 안전이 확보된 모양이다.

"이제 괜찮아."

"그렇구나. 고마워. 얼마나 여기에 있었니?"

"얼마 되지 않았어. 그리고 여러 사람이 카푸 애들을 공격해서 갚아줬어."

……뭐어 보통은 미궁에 길든 마물이 있을 거란 생각은 안 하지.

그래도 완전히 도를 넘었잖아.

난 머리를 싸매고 싶은 심정으로 모험가들이 어떻게 됐는지 물었다.

"너희들을 공격한 사람들은 어디에 있니?"

"저쪽 방에서 잠을 자고 있어. 나머지 사람들은 아빠랑 다른 사람들을 쫓아갔고."

"잠깐만. 그 사람들도 악의가 있어서 그랬던 건 아니니까 용서해줘. 나도 그 사람들한테 사과하라고 할 테니까."

내 말에 실라의 표정이 한순간 굳어졌지만 조건을 붙이자 허락을 해줬다.

"……오빠의 부탁이니까 들어줄게. 대신 이 애들한테 제대로 사과하라고 해줘."

"알겠어."

조건을 받아들인 난 실라가 말했던 방으로 향했다.

방 안엔 흠씬 두들겨 맞아 숨이 다 죽어가는 6명의 모험가가 있었다.

조금이나마 움직일 수 있는 상태라는 데에 안도하며 바로 힐을 건 다음 의식이 회복되는 걸 기다렸다.

"정말로 살아있어서 다행이야……."

이 일로 모험가들이 죽었다면 실라의 입장이 무척 난처해질 거란 생각이 들었기 때문이다.

"미궁에선 증거가 남지 않는다고 하니까 범죄는 아닌가? 아니면 테이머의 마물을 공격한 모험가들을 범죄자로 취급하나?"

내 혼잣말에 답하는 이들은 없었다.

얼마 지나지 않아 모험가들이 하나둘 일어났기에 실라와 길든 마물들에게 사과를 하도록 사정을 설명했고 승낙을 받았다.

"그런데 어째서 우리들의 합류를 기다리지 않았지?"

"그게 40계층에 도착한 이후에…….."

그들의 말을 요약하면 그들이 40계층의 보스방에 도착했을 당시, 안에 들어갈 수 없었던 관계로 샤자 일행이 전투 중이라고 판단했던 모양이다.

42계층에서 그들을 따라잡았지만 추격을 뿌리치며 달아났고 43계층에선 흔적조차 찾을 수 없었기에 휴식을 취했다고 했다.

아무래도 계층을 오를 때마다 마물이 강해져 탐색이 잘 풀리지 않았던 것 같다.

"저희는 이미 한계였던지라 먼저 가시라고 길드 마스터께 말씀을 드렸습니다만 마물들이 소녀를 습격하는 광경에 그만…….."

……케핀이 돌격했으면 이 사람들의 전철을 밟았을 테지…… 위험했다.

"알겠습니다. 부상도 회복됐으니 합류하시죠."

"부탁드립니다."

6명의 모험가가 고개를 숙였고 실라를 포함해 7명이 파티에 들어왔다.

모험가들이 실라와 마물들을 향해 고개를 숙이는 광경은 기이

하기 짝이 없었다. 물론 모험가들의 얘기를 들은 실라도 "일방적으로 때려서 죄송해요"라며 사과를 했다.

앞서간 이들을 바로 쫓지 않고 48계층의 공백 지점과 49계층의 지도를 완전히 메워 가며 50계층에 도착했다.

"아빠랑 다른 사람들이 없어."

"이 계층 어딘가에 있겠지."

아무리 그래도 피폐해진 몸 상태로 보스방에 진입하면 어떤 결과를 맞이할지 정도는 알고 있을 터다.

"잠깐 휴식을 취하자. 허기가 져서 집중력이 떨어지면 안 되니까 가볍게 식사나 할까."

내 말에 모험가들과 실라가 기뻐했다.

특히 실라는 종일 아무것도 먹지 못한 모양이라 작은 몸인데도 음식이 계속 들어갔다.

이번엔 조리 시간도 아까워서 전에 만들고 남았던 음식을 제공했다.

"다들 들어줘. 50계층의 터주 방에 있는 적은 지금까지 상대했던 녀석들과는 비교할 수 없을 정도로 강할 거야. 가능하면 그냥 돌아가고 싶은 심정이다만."

"강적이라는 말을 들으니 가슴이 끓어오르는군요."

옆에서 라이오넬이 타오르는 모습이 보였지만 일단 이 전투광은 무시하자.

"우리 파티의 작전은 안전제일. 새삼스럽지만 싸우지 않고 넘어가는 게 최고다. 그걸 명심하도록."

엉성한 대답을 들은 뒤에 탐색을 개시했다.

50계층의 탐색을 진행할 때도 난 고더스 공 일행을 뒤쫓지 않았다.

평범하게 지금까지 해온 탐색과 다를 바 없이 조금씩 계층의 지도를 채웠다.

그렇게 50계층을 전부 돌았고 그 과정에서 보물상자를 또 발견해 흥이 오르기도 했지만 기쁜 반응은 자제했다.

조금 전부터 보스방에서 전투를 펼치는 소리가 들려오고 있다.

"아무도 없군. 그렇다면 남은 경우는 하나뿐이지. 가능하면 저거랑 싸우는 건 피하고 싶다만."

보스방의 입구엔 문이 닫히지 않도록 굵은 목재 2개가 놓여 있었으며 내부를 살피니 적룡(赤竜)과 샤자 일행, 그리고 고더스 공 일행이 삼파전을 벌이고 있었다.

라이오넬도 얼른 싸움에 끼고 싶은 기색이었지만 제멋대로 움직이지는 않았다.

안에서 화염 브레스, 꼬리 공격, 팔 휘두르기, 물어뜯기 등 의외로 풍부한 공격 패턴을 자랑하는 적룡의 모습에 조금 감탄했다.

방 안에 있는 모험가들이 다들 살아있는 걸 보아 보스방에 들어간 지 얼마 되지 않았다는 걸 알 수 있었다.

그냥 가서 구출하면 되지 않냐고 생각할지도 모르겠지만 아무래도 저런 광경을 보고 있으면 선뜻 뛰어들 수가 없다고.

그야말로 거대 골렘과 싸움을 붙이면 특촬물에 등장하는 히어로도 깜짝 놀랄 광경이 펼쳐질 거라 장담한다.

화살이 단단한 비늘에 튕겨 나가고 거대한 덩치 탓에 쉽사리 간격을 좁히지 못하는 상황이 이어졌다.

"라이오넬, 저 녀석의 공격을 받아낼 수 있겠어?"

라이오넬이 심각한 표정으로 입을 열었다.

"……저런 공격을 받으면 아무리 저라도 밀려 나갑니다."

"케티, 저 녀석의 공격을 피하면서 공격할 수 있겠어?"

평소의 느긋한 어조를 버린 케티가 간결하게 답했다.

"가능하다냥. 하지만 이 검은 박히지도 않을 것 같다냥……."

"드란, 폴라, 저 녀석을 막을 수 있는 골렘을 만들 수 있겠어?"

"최대급으로 만들면 잡을 수야 있겠다만……."

"30초면 마력이 떨어질 거야. 마석을 아무리 많이 써도 손상된 부분이 늘어나면 골렘도 붕괴해."

팔짱을 낀 드란과 골렘을 제어하는 팔찌를 만진 폴라가 그렇게 말했다.

내 머릿속에 돌아가고 싶다는 말이 수없이 떠올랐다.

하지만 조금 전부터 내 로브를 꼭 붙든 채로 떠는 실라를 억지로 떼어낼 순 없었다.

실라의 시선 끝에는 샤자를 지키면서 적룡과 싸우고 있는 올가 씨의 모습이 있었다.

고더스 공을 포함한 모험가들은 적룡에 대한 대비책을 제대로 갖추지 못해 점점 열세에 몰리고 있었다.

목숨이 소중하다면 여기선 물러나야 한다. 평소의 나였다면 망설이지 않고 그 답을 선택했으리라.

하지만 그때 머리론 도망치자는 생각을 하면서도 좀처럼 행동으로 옮기지 못하는 모순에 사로잡혔다.

머리론 알고 있지만 어느 쪽도 고르지 못하는 상황에 빠진 것이다.

딱히 어린 아이가 도움을 요청해서 그런 게 아니다.

그저 사람을 죽일 각오도, 죽게 내버려 둘 각오도 없을 뿐이다.

사고(思考)의 소용돌이에 점점 빨려 들어간다.

구하고 싶은 마음과 도망치고 싶은 마음이 탁류(濁流)처럼 밀려왔다.

그때, 옆에 있던 소녀의 목소리가 혼돈으로 변한 나의 감정을 갈랐다.

"안돼에———!"

순간, 적룡의 꼬리 공격에 날아가는 올가 씨와 측근들의 모습이 눈에 들어왔다. 그 틈을 노려 적룡의 눈을 도려내기 위해 샤자가 달려들었지만 적룡에게 호쾌하게 물려 그로테스크하게 내던져질 뿐이었다.

"적룡을 견제하며 동료 회수와 후퇴 작업에 집중한다! 무슨 일이 있어도 죽지 마라! 다 함께 살아서 귀환하는 거다!"

정신을 차리니 나도 모르게 적룡과 싸우라는 지시를 내리는 중이었다.

"""예!"""

난 스스로를 바보라며 자책했지만 돌아온 건 여느 때와 같은 힘찬 대답이었다.

모두에게 에어리어 배리어를 건 다음 우리는 적룡이 있는 보스방에 들어갔다.

50계층의 보스방은 넓었다.

방 내부는 적룡을 위해 설계된 것처럼 직경 100m의 원형 돔이었으며 마치 모험가 길드의 훈련장을 방불케 했다.

"운명신님, 클라이야 님, 선조님, 부디 저희를 지켜주시길."

난 여느 때처럼 기도를 올린 다음 적룡과 마주했다.

직접 마주하니 적룡의 엄청난 덩치가 실감이 났다.

송곳니나 발톱이 날카롭고 비늘로 덮인 외피가 몹시 단단해 보였다.

하지만 그뿐이었다.

어째선지 막상 마주하니 그다지 겁이 나지 않았다.

난 범죄 노예들에게 견제나 엄호를 부탁하면서 꼬리를 맞고 날아간 수인들 곁으로 달려가 에어리어 하이 힐이나 하이 힐을 사용한 뒤에 출구로 향하도록 지시를 내렸다.

"죽기 싫다면 유도에 따라 밖으로 나가!"

내 모습을 본 수인들은 놀라면서도 얌전히 범죄 노예들의 유도에 따라 출구로 향했다.

갑자기 나타난 우리들의 모습에 적룡도 당황한 눈치였지만 사냥감이 달아나려는 광경을 보고 화가 났는지 화염 브레스를 뿜으려 했다.

그 순간, 갑자기 나타난 거대 골렘이 적룡을 향해 날아차기를 했다.

터무니없는 광경에 고더스 일행의 발이 멈추었지만 나는 큰소리로 재촉했다.

"도망치라고!"

하지만 고더스 공 일행은 후퇴를 거부했다.

"저 녀석을 쓰러뜨리지 않으면 미궁의 활동은 멈추지 않습니다!"

난 아무 말 없이 원격 조작으로 에어리어 배리어를 걸었다.

일시적인 위안에 불과한 행위였지만 그들이 쉽게 죽도록 내버려 둘 수 없었다.

그렇게 생각했을 때, 골렘의 몸이 흙으로 돌아갔다.

아무래도 한계였던 모양이다.

난 설득을 포기하고 그들을 지원하기 위해 달려갔다.

"갸고오오오오오."

쿵, 쿠궁.

적룡은 그런 박자로 리드미컬하게 꼬리를 휘둘러 고더스 공 일행을 때려눕힌 다음 이쪽으로 날려 보내며 화염 브레스까지 쏘았다.

불타겠다고 생각한 순간 사이에 끼어든 라이오넬이 대형 방패를 들어 브레스를 막았다.

화염의 열기 때문에 녹기 직전까지 간 방패가 금방이라도 라이오넬의 피부에 달라붙을 것 같다. 그래서 그 부위를 신속하게 미들 힐로 회복시켰다.

그 모습을 봤는지 적룡이 나를 먼저 처리하겠다는 듯이 움직이기 시작했다.

도망치려는 내 옆으로 케핀과 케티가 달려왔지만 크게 몸을 돌린 적룡이 꼬리를 휘둘러 라이오넬과 함께 세 사람을 날려버렸다.

세 사람의 몸은 출구 근처까지 날아갔으며 내 시야에 들어온 건 적룡과 샤자의 시체, 그리고 중상을 입어 지면을 구르고 있는 모험가 몇 명이 전부였다.

출구 쪽을 보니 드란과 폴라가 피신하고 있었다.

마석을 쥔 두 사람이 골렘 제작을 시도했지만 마음이 초조한 탓에 형태가 잡히지 않는 모양인지 골렘이 금세 흙으로 돌아갔다. 그 모습을 보고 저 두 사람도 평정심을 잃을 때가 있구나 하는 생각이 들었다.

출구까지의 거리는 15m……. 적룡과의 거리도 마찬가지로 15m다. 그래도 이미 적룡의 꼬리 공격이 닿는 간격에 들어와 있다.

"난 절대로 죽지 않겠어. 발버둥을 쳐서라도 반드시 탈출할 테니까."

난 환상 지팡이를 환상검으로 바꾼 다음 시련의 미궁에서 얻은 창을 꺼내며 적룡과 대치했다.

"용살자의 검과 창. 나는 이 무기들을 제대로 다룰 기량이 없다만 오늘만큼은 질 수 없다."

체내의 마력을 고속으로 순환시켜 신체 강화를 건 다음 적룡의 움직임을 살폈다.

슬금슬금 뒤로 물러나며 공격을 기다렸다.

창을 들고 있다가 꼬리를 휘두를 때 생기는 틈을 노려 찌르는 것 정도는 할 수 있을 거라 자기 암시를 걸며 그저 기다렸다.

그리고 적룡의 공격이 시작됐다.

하지만 녀석은 꼬리를 쓰지 않고 거구를 움직여 한 걸음을 내디디며 팔로 공격을 가했다.

큭, 타이밍이!

예상치 못한 공격에 치명상을 피하고자 옆으로 뛰었다.

붕, 바람을 가르는 소리와 함께 녀석의 팔이 바로 옆을 스쳐 지나갔다.

어째서 피할 수 있었는지 영문을 알 수 없었지만 나는 기회를 놓치지 않고 환상검으로 적룡의 팔을 베었다.

단단한 피부를 가르는 감각이 느껴졌다.

그리고 그게 현실이라는 걸 증명하듯이 적룡의 팔에서 피가 뿜어져 나왔다.

"해냈……?!"

직후, 기뻐할 틈도 없이 적룡의 꼬리가 작렬했다.

쿠우우우웅.

죽지 않은 게 신기할 정도의 충격이었다.

트럭에 치인 경험은 없지만 아마 그게 가장 비슷하지 않을까.

몸이 전혀 움직이지도, 아무런 감각도 느껴지지 않는…… 그런 상태다.

생각을 정리할 수 없었다. 그래도 다행인 점은 아드레날린이 많이 분비되어서 그런지, 통증도 느껴지지 않았다.

생존 본능인지 아니면 다른 무언가인지는 모르겠지만 뇌가 하이 힐을 요구해 그에 응하듯 무영창으로 마법을 시전했다.

내 몸에 창백한 빛이 돌자 조금씩 시야가 맑아지며 청각도 돌아왔다.

정신을 차리자 적룡이 승리의 포효와 함께 큰 입을 벌린 채로 금방이라도 날 잡아먹겠다는 듯 다가오고 있었다.

주위를 둘러보니 보스방의 입구가 활활 타오르고 있었으며 라이오넬 일행이 내 근처에 쓰러져 있었다.

아무래도 잠깐 의식이 날아간 모양이다. 자각도 없었다.

분명 날 구하기 위해 들어온 것이리라······.

두 번째 인생은 그럭저럭 열심히 했잖아? 그래 뭐, 이 정도면 열심히 했지.

용을 상대로 한 방 먹였고 S급 치유사의 자리에도 올랐다.

게다가 날 지탱해주는 사람들을 만났다.

교회는 내가 없어도 돌아갈 테고 애초에 내겐 과분한 지위였다.

출세도 경험했고············.

정말로 그렇게 생각해?

이걸로 포기해도 괜찮은 거냐?

출세는 했지만 즐거운 삶을 보냈던가?

거리 구경 한 번 느긋하게 해본 적이 없어.

마도구도 개발해야 하고.

무엇보다 난 또 홀몸으로 죽는 거야?

포기······ 포기하면······.

"이런 곳에서 죽을까 보냐~!!"

난 먹히기 일보 직전에 마법 주머니에서 그것이 든 통을 꺼내 적룡의 입에 던진 다음 어떻게든 몸을 굴려 엑스트라 힐을 사용했다.

직후 강렬한 통증이 찾아왔지만 순식간에 몸 상태가 완전히 회복됐다.

내가 몸을 일으키자 적룡이 미친 듯이 몸부림치며 뒹굴고 있었다.

"오오…… 마물이 저렇게 고통스러워할 줄이야."

내가 근처에 쓰러져 있던 라이오넬 일행에게 하이 힐을 걸자 뒤에서 쿵 소리가 났다.

"……어이."

고개를 돌려보니 적룡이 입에 거품을 물고 기절해있었다.

"이거…… 이길 수 있는 거 아냐?"

근처에 떨어져 있던 환상검에 마력을 담아 단숨에 적룡의 머리를 베었더니 두부를 써는 것처럼 칼날이 쑥 박혔다.

그래도 이래서는 적룡의 두꺼운 목을 한 번에 벨 수 없었기에 신체 강화를 걸고 적룡의 목을 축으로 회전하며 단숨에 갈랐다.

그렇게 반대편까지 베어내자 겨우 적룡의 머리와 몸통이 완전히 분리됐고 난 승리를 확신했다.

직후, 지금까지 엄청난 덩치를 자랑하던 적룡의 몸이 거짓말처럼 사라졌고 적룡의 머리가 있던 자리에 마법서 한 권과 커다란 진홍색 마석, 그리고 대검이 박혀있었다.

난 그 물건들을 마법 주머니에 넣어 회수한 다음 조금 떨어진 곳에 있던 모험가들을 회복 마법으로 치료했다.

라이오넬과 케티는 믿을 수 없는 장면이라도 봤다는 듯 놀란 표정을 짓고 있었는데 믿을 수 없는 건 나도 마찬가지였다.

그리고 다른 이들도 두 사람과 같은 표정을 짓고 있었다.

"용살자다."

"불사의 용살자다."

"세이드릭 드래곤 슬레이어(치유의 용살자)다."

조금씩 그런 목소리들이 올라오기 시작했다.

"루시엘 공, 어떻게 적룡을 죽인 겁니까?"

"적룡의 꼬리에 치여서 잠깐 의식이 날아갔는데, 정신을 차리니까 눈앞에 적룡의 입이 다가오고 있잖아? 이대로 죽을 수는 없다 싶어서 무심코 물체 X가 든 통을 입에 던져 넣었는데, 용이 갑자기 괴로워하다가 거품을 물고 기절하더라고. 기회다 싶어서 그대로 목을 베어버렸지."

"그럴 수가!"

내 말에 라이오넬의 표정은 굳어졌고, 케티는…… 케티와 주위에 있는 수인들은 물체 X의 위력에 벌벌 떨었다.

"루시엘 공 덕분에 살았습니다. 저희끼리 싸웠다면 전멸했겠지요."

"그랬을 것 같네요. 그런 곳에 저희를 말려들게 하셨으니 벌칙으로 고더스 공께서 물체 X를 마시는 게 어떻니까?"

내가 씨익 웃자 고더스 공은 완벽한 점핑 절을 하며 용서를 빌었다.

"그럼 어째서 여러분이 샤자의 말에 따르고 있었는지 들려주시지요. 설마 목숨을 걸고 미궁 공략에 임하게 될 줄은 꿈에도 몰랐으니까요. 목숨을 소중히 여기지 않으면 하느님께서 혼을 내실 겁니다."

난 화난 표정을 유지하며 담담하게 말을 이었다.

그러자 일제히 절을 한 수인들이 입을 모아 이런 상황에 나올 법한 말을 입에 담았다.

"""예이~."""

과거에도 전생자가 있었으니 당시의 수인들에게 전파한 게 분명하다. 시대극에 등장하는 요소를……

그 뒤에 보스방을 정화한 다음 부상자들을 회복 마법으로 치료했다.

그 사이에 샤자의 사망을 확인한 고더스 공이 합장을 한 뒤에 시신을 수습하는 모습이 인상적이었다.

모든 일이 끝나자 지금까지 강행군하면서 쌓인 피로 때문인지 졸음이 오기 시작했다.

그래도 분명 그것을 처리하지 않는 한 미궁은 끝나지 않을 테니 지금은 모두에게 호위를 맡기고 잠을 청하기로 했다.

09 51계층에 진입하기 위한 조건

천사의 베개로 쾌적한 잠을 자고 일어나니 보스방 중앙에 마법 진이 떠 있었다. 그리고 시련의 미궁과 마찬가지로 보스방 안쪽에 커다란 문이 있었다.

내가 기지개를 켜며 자리에서 일어나자 라이오넬이 말을 걸었다.

"이제 괜찮으십니까?"

"응, 완전히 회복했어. 다른 그룹은 어딨지?"

"먼저 모험가 길드로 돌아갔습니다. 모험가 길드에 도착하는 대로 약사 길드의 구로하라를 포함해 이번 소동에 관여한 자들을 철저히 심문하겠다고 하더군요."

"그런가. 그 상태의 고더스 공이 상대면 조금 불쌍한걸."

"그건…… 훗, 확실히 그렇군요."

우리는 함께 웃었다.

"이번엔 정말로 위험했어. 그 상황에서 적룡이 날 먹으려 하지 않고 그대로 공격했다면 죽었을 거야."

"저도 전성기 때보다 기량이 많이 떨어진 모양입니다. 녀석을 막지 못했으니."

"반성해야 할 점이 많네요."

"그렇군요. 돌아가면 제가 단련 상대를 맡지요."

"케티도 함께 하겠다냥. 적룡과 대치하던 마스터는 제법 강해

보였다냥."

대화에 케티가 졸린 얼굴로 끼어들었다.

하지만 졸린 분위기와는 다르게 눈매가 날카로웠다.

"돌아가기 전에 해결할 일이 하나 남아있긴 하지만."

난 안쪽에 있는 커다란 문을 보며 그렇게 말했다.

"마법진으로 귀환할 일만 남은 게 아닌지요?"

"마스터, 잠꼬대하는 거냥?"

하지만 두 사람은 별다른 반응 없이 웃음으로 넘겼다.

"……여기까지 왔는데 저 문을 열지 않고 그냥 갈 순 없잖아?"

내가 커다란 문을 손가락으로 가리키자 두 사람의 머리 위에 물음표 마크가 떠올랐다.

혹시 나한테만 보이는 건가? 그런 설정이 있다는 말은 하지 않았잖아! 성룡.

"……모두가 일어나면 출발할 테니까 기다려줘."

잠꼬대를 해서 부끄러운 모양이다…… 두 사람은 그렇게 받아들였는지 웃으며 고개를 숙인 다음 나리아 곁으로 걸음을 옮겼다.

난 혼자서 커다란 문을 향해 걸어갔고 문에 손을 얹었다.

"뭔가 조건이 따로 있는 건가?"

시련의 미궁과는 달리 진홍색으로 빛나는 문에서 서서히 문장이 나타나더니 빛을 발하기 시작했다.

"큭, 역시 마력을 빨아들이잖아. 속성은 상관이 없나 보네."

시련의 미궁에선 MP 포션을 마시지 않으면 마력 고갈 직전까지

갈 정도로 마력이 없었지만 이번엔 마력이 반 이상 남아있었다.

겨우 그 정도의 차이지만 난 계속 성장하고 있다, 그렇게 생각하니 솔직히 기뻤다.

이대로 말없이 위로 사라지면 소동이 벌어질 것 같아 일단 문에서 떨어진 다음 가장 가까운 곳에 있던 케핀에게 말을 걸었다.

"케핀! 저쪽에 있는 커다란 문이 보여?"

"……그냥 벽으로만…… 보입니다."

고개를 갸우뚱하며 날 보는 케핀의 눈엔 라이오넬이나 케티와 마찬가지로 커다란 문이 보이지 않는 모양이다.

나만 볼 수 있다는 건 가호의 영향인가?

"그런가…… 그럼 지금부터 내가 사라지면 라이오넬 일행에게 신속하게 마법진을 통해 미궁의 입구까지 전이하라고 전해줘. 명령이라는 말과 함께."

"……저도 따라갈 수 있습니까?"

그는 반신반의하면서도 내 말을 믿은 것이리라. 좋은 경향이라고 생각하며 그의 말에 답했다.

"아니, 나만 부르고 있으니 나만 보이는 거겠지. 모두 함께 명령을 지켜줘."

난 케핀의 어깨를 툭툭 두드린 다음 문으로 향했다.

문을 열기 직전에 뒤를 돌아보니 케핀도 반신반의하는 표정이었지만 이쪽을 보며 고개를 끄덕이고 숙였다.

난 손을 올리며 마음속으로 다녀올게, 라고 전한 다음 문을 열고 안으로 들어갔다.

계단을 오르니 문이 천천히 닫히는 게 보였지만 신경 쓰지 않고 나아갔다.

"이렇게 밥상을 차려줬는데도 봉인용을 해방하지 않으면 성룡의 가호나 성치신님의 가호도 사라지는 거 아닌가?"

난 중얼거리며 계단을 오르다 몇 칸을 남기고 몸을 웅크린 채로 51계층을 살폈다. 그곳엔 성룡과 마찬가지로 얌전해진 용이 있었다.

그 용은 몸에 화염을 두르고 있었지만 검은 독기가 섞여 심각한 부위는 언데드화(化)한 상태였다.

성룡, 너보다 언데드화가 더 진행됐는데? 정말로 40년이나 남은 거 맞냐?

그렇게 중얼거렸지만 성룡의 목소리가 답하는 일은 없었다.

환상 지팡이에 마력을 담으며 영창을 이어나갔다.

눈앞의 염룡(炎龍)이 적어도 이 이상 고통받지 않았으면 하는 마음을 담아서.

"성스러운 치유의 손이여, 만물의 근원인 대지의 숨결이여, 바라노니 마력을 양식으로 천사의 빛나는 날개와 같은 정화의 방패를 다루시어 모든 악과 부정한 것들을 불태우는 성역을 만들어주소서. 생추어리 서클."

성룡 때와 마찬가지로 원격 마법진 영창으로 마법진을 염룡의 몸을 덮을 정도의 규모로 전개한 다음 생추어리 서클을 사용했다.

염룡은 마치 생추어리 서클이 자신을 정화한다는 사실을 알기라도 하듯 비명을 지르거나 날뛰지 않고 묵묵히 고통을 견뎠다.

얼마 지나지 않아 생추어리 서클의 창백한 빛이 사라졌다.

염룡의 몸에서 검은 독기가 사라지고 조금 전까지 붉은 피를 불로 바꾼 듯 거칠게 일던 화염이 잔잔한 저녁노을이 뜬 하늘처럼 노을빛으로 변했다.

내가 심호흡을 한 뒤에 염룡에게 다가가자 염룡의 목소리가 머리에 울렸다.

《사신의 봉인을 해방하는 해방자여. 성룡에 이어 나의 저주를 풀어준 데에 감사를 표하마.》

"이 텔레파시… 염화(念話)는 당신이 건 겁니까?"

《그렇다. 성룡의 가호를 받은 그대라면 염화로도 말이 통할 테지. 유감이지만 난 더는 입을 열 힘이 없다.》

……성룡이 말했던 40년이라는 기간은 용사가 태어날 때까지의 시간이고 용의 남은 목숨이 아니었던 건가?

"당신들 같은 전생용은 앞으로 몇 마리나 남았지? 이 장소에 나만 들어올 수 있었던 이유는?"

《봉인을 푸는 술법을 터득한 것이 조건이다. 거기에 신의 가호나 용족의 가호 중 하나를 얻은 자에게만 문이 보인다.》

……운명신의 가호가 없었다면 해방자가 될 수 없었다는 소린가? 어째서 해방자가 되는 운명을 짊어진 채로 태어나야 하냐고.

염룡의 앞에서 머리를 긁고 쥐어뜯다가 남은 용의 수를 듣지 못했다는 걸 깨달았다. 그 답을 듣기 위해 다시 질문하려던 순간 머리에 또 목소리가 울렸다.

《날 홀로, 그리고 일격에 쓰러뜨린 상이다. 여기에 있는 모든 재물과 가호를 주마. 성룡이 그랬듯이 비늘이나 이빨도 주고 싶다만 내 영혼이 사라지면 그것들 역시 불타 사라질 테지.》

당장 급한 건 그 문제가 아니었다.

"……재물은 감사히 받겠습니다만, 일반인이 이렇게 여러 개의 가호를 지녀도 괜찮은 겁니까?"

《걱정하지 마라. 용사는 신들의 가호를 받고 우리들의 가호도 받을 수 있으니.》

안심하라면서 비교 대상이 용사라니…… 그저 불안할 따름이다.

"사양하겠습니다."

《성룡의 말대로 재밌는 자로구나. 쿡쿡쿡.》

"제게 이 이상의 일은 정말로 무리입니다. 전 언젠가 만날 아내와 함께 평화로운 생활을 보내고 싶을 뿐입니다."

《오오, 말하는 걸 잊고 있었구나. 성룡의 가호와 나의 가호를 지닌 그대는 언젠가 운명의 인도에 따라 용신의 가호를 지닌 무녀와 만나게 될 거다.》

가호를 받는 건 확정이구먼.

용족이 다른 사람의 얘기를 듣지 않으니까 용인족도 그런 건가? ……그보다.

"……그 용신을 모시는 무녀님은 미인인가요? 그리고 나이는?"

《쿡쿡쿡, 역시 재밌구나. 미모에 신경을 쓸 줄이야. 운명의 인도

에 따르거라, 연애를 관장하는 내가 그대들의 궁합은 보증하마.》

아니, 외모는 중요한 부분 아니야?

그보다…… 운명의 상대란 게 존재하는 건가? 헛?! 이런. 사양하는 말도 해야지.

"……시련의 미궁은 상성이 좋아서 답파할 수 있었지만 이번엔 저 혼자만의 힘으로 이곳까지 올 수 없었습니다. 그런 제가 다른 미궁을 답파할 수 있겠습니까?"

《그대는 아직 미숙하구나. 개인의 힘이 전부인가? 도움을 주는 이들이 있다면 그 또한 그대의 힘이니라. 이 미궁을 답파한 것처럼 사람을 신뢰하고 사람의 신뢰를 받는 훌륭한 현자가 되기를 바라마.》

"확실히 그건 맞…… 뭐라고요~ 현자?"

《그대의 힘이 미치는 범위 내라도 좋다. 나의 동포들을 구해다오.》

"그건 성룡과 약속을 했으니 괜찮지만요, 그보다 현자라는 건?"

"쿡쿡쿡. 그대의 이름은 무엇이냐?"

갑자기 염화를 그만둔 염룡이 입을 열었다.

"……루시엘."

난 놀라면서도 물음에 답했다.

"루시엘이여, 그 성룡의 이빨로 만든 지팡이를 내 앞에서 올리거라."

"이러면 되나?"

대답 하나 없이 붉은 빛이 환상 지팡이에 빨려 들어갔다.

"루시엘이여, 그대의 앞날에 축복이 있기를. 나도 약속을 지켰다……피……르……나………."

염룡이 웃었다.

그렇게 느낀 순간, 염룡의 몸이 무너져 내리기 시작했다.

"기다려, 아직 묻고 싶은 게…… 있다고. 성룡이고 염룡이고 멋대로 사라지지…… 말라고."

염룡은 옛이야기에 나오는 불사조처럼 자신의 몸을 불사르며 흔적도 없이 사라졌다.

염룡이 있던 자리엔 성룡 때와 마찬가지로 커다란 마석과 보물상자가 나타났는데 그 안에서 작은 구옥(句玉: 휘어진 옥돌)이 나왔다.

"뭣?!"

직후, 성룡의 보물상자에서 나온 목걸이가 마법 주머니에서 빛을 발하며 멋대로 튀어나오더니 목걸이의 홈에 구옥이 박혔다.

"이게 무슨 일이냐……."

처음엔 몰랐는데 이제 보니 구옥과 홈의 모양이 정확히 일치했다.

그리고 그로부터 추측할 수 있는 사실은 남은 구옥의 수가 7개라는 것.

"……이미 두 마리나 해방했으니 괜찮지 않으려나? 하하하하."

난 자신에게 변명하며 한동안 멍하니 있었지만, 기분을 전환해 날 기다리고 있을 모두의 곁으로 돌아가기 위해 움직였다.

만약을 대비해 정화 마법을 사용한 뒤 아이템이나 재물들을 마법 주머니에 계속 담았다.

"처음 보는 돈에, 언어 스킬이 있는데도 읽을 수 없는 책이라……
엄청 오래된 미궁이었나?"

성룡 때와 마찬가지로 불길한 예감이 든다. 확실히 마석을 쥐
면 미궁이 소멸했었지.

그런 말을 중얼거리며 중앙에 있는 마석을 제외한 다른 물건들
을 전부 마법 주머니에 담은 난 마법진에 뛰어들었다.

그러자 성룡 때와 마찬가지로 마법진이 빛을 발하기 시작했다.

띠롱【칭호 염룡의 가호를 획득했습니다】

띠롱【칭호 용살자를 획득했습니다】

띠롱【칭호 용신의 인도를 받는 자를 획득했습니다】

빛이 잦아드니 미궁의 입구에 서 있었다.

막 전이한 내 눈에 비친 건 달려오는 모두의 모습이었다.

미궁에서 밖으로 나오니 이미 해가 떠 있었다.

그와 동시에 내 배에서 꼬르륵하는 소리가 울려 부끄러운 마음
으로 있었는데 아무래도 다른 이들도 배가 고프다는 듯 배에 손
을 얹고 있는 모습을 보고 아침 식사를 하기로 했다.

"그건 그렇고 정말로 문이 있었군요."

"그래. 가호를 지닌 자가 아니면 들어갈 수 없는 모양이야. 난
용의 가호를 지니고 있었으니까 들어갈 수 있었어. 염룡에게 들
은 말이니까 틀림없을 거야."

"……염룡이요?"

아마 라이오넬은 싸워보고 싶었다는 생각을 하고 있으리라.

난 웃으며 답했다.

"딱히 싸우진 않았다고? 괴로워하는 용을 치료했을 뿐이야."

"그렇군요……."

요리가 완성되는 걸 기다리는 사이에 무슨 일을 겪었는지 라이오넬이 물었는데 용이랑 싸우고 싶어 할 줄이야, 정말로 못 말리는 전투광이다.

그리고 라이오넬이 다른 일로 고민을 하는 모양이었지만 굳이 말하지 않는 상대에게 묻고 싶은 마음은 들지 않았다.

포레 누와르와 다른 말들을 돌보기 위해 모험가 중 몇 명은 남았지만 다른 이들은 이미 이에니스 마을로 돌아간 모양이다. 성격 한 번 급하네~.

나는 함께 남은 모험가들을 아침 식사에 초대해 함께 밥을 먹었다.

맑은 갠 하늘 아래에서 먹는 아침은 그야말로 꿀맛이었다.

다음에 부하들이랑 바비큐라도 가고 싶은걸.

난 그런 생각에 잠겼다.

식사 시간이 끝나자 각자 떠날 채비를 갖췄고 나도 포레 누와르의 등에 올라탔다.

모두가 호위 진형을 취했고 우리는 이에니스 마을을 향해 출발했다.

"조금 전까진 삐진 상태로 있었으면서 정화 마법이 그렇게 좋아?"

포레 누와르의 목덜미를 쓰다듬으며 말을 걸었다.

내 말에 딱히 대답하진 않았지만, 기분이 좋아졌다는 게 느껴져 안심됐다.

5일이나 방치된 상태로 있어서 몸의 냄새가 불쾌했던 걸지도 모른다.

어느샌가 청결을 신경 쓰는 말이 된 포레 누와르에게 말을 걸며 길을 나아갔다

미궁으로 향하던 중엔 고더스 공이 말을 걸어줬기에 심심풀이로 제격이었다.

돌아오는 길에도 처음엔 포레 누와르와 놀았지만 아무것도 없는 평탄한 길을 나아가다 보니 한가해져서 내게 말을 거는 사람이 없었기에 심심풀이 삼아 스테이터스를 열어 봤다.

＋ STATUS ━━━━━━━━━━━━━━━━━━ OPEN ＋

이름 : 루시엘

직업 : 치유사 X(10) 2속성 용기사 II

나이 : 18

레벨 : 102

HP(생명치) : 3020 MP(마력치) : 2610

STR(근력) : 366 VIT(내구력) : 389 DEX(손재주) : 351

AGI(민첩성) : 369

INT(지력, 이해력) : 422 MGI(마력) : 460

RMG(마력 내성) : 454 SP(스킬, 스테이터스 포인트) : 205

마력 적성 : 성(聖)

【스킬】

『숙련도 감정』 I 『호운(豪運)』 I 『체술』 VI(6) 『마력 조작』 X

『마력 제어』 X 『성속성 마법』 X 『명상』 VIII(8) 『집중』 IX(9)

『생명력 회복』 VIII 『마력 회복』 IX 『체력 회복』 VII(7) 『투척』 V

『해체』 II 『위기 감지』 VI 『보행술』 VI 『신체 강화』 II

『병렬 사고』 V 『영창 생략』 VII 『영창 파기』 V 『무영창』 II

『마법진 영창』 IV

『검술』 V 『방패술』 IV 『창술』 IV 『궁술』 I 『이창검류술』 IV

『함정 감지』 II 『함정 탐지』 I 『지도 작성』 IV 『마력 증폭』 III

『사고 가속』 III

『HP 상승률 증가』 IX 『MP 상승률 증가』 IX

『STR 상승률 증가』 IX 『VIT 상승률 증가』 IX

『DEX 상승률 증가』 IX 『AGI 상승률 증가』 IX

『INT 상승률 증가』 IX 『MGI 상승률 증가』 IX

『RMG 상승률 증가』 IX

『신체 능력 상승률 증가』 III

『독 내성』 IX 『마비 내성』 IX 『석화 내성』 IX 『수면 내성』 IX

『매료 내성』 V 『저주 내성』 IX 『허약 내성』 IX

『마력 봉인 내성』 IX 『독기 내성』 IX 『타격 내성』 IX

『환혹 내성』Ⅶ『정신 내성』Ⅸ『참격 내성』Ⅶ『자돌내성』Ⅴ

【칭호】
운명을 바꾼 자(모든 스테이터스 +10)
운명신의 가호(SP 획득량 증가)
성치신의 축복(성속성 회복 마법의 효과가 1.5배 증가한다)
성룡의 가호(성룡기사가 되어 전투 기능 및 스테이터스 상승. 용족과 대화가 가능하다)
용살자(龍)(용을 상대할 시 공격력과 방어력이 강해진다)
봉인을 해방하는 자(사신의 저주에 걸리지 않는다. 봉인된 용의 힘을 얻는 자)

【NEW】
염룡의 가호(염룡기사가 되어 속성을 부여한다. 전투 기능 및 스테이터스 상승. 용족과 대화가 가능하다)
용살자(竜)(용을 상대할 시 공격력과 방어력이 강해진다)
용신의 인도를 받는 자(용족, 용과 관련된 자와의 관계가 깊어진다)

모험가 길드 랭크 E 치유사 길드 랭크 S

✛ STATUS ▰▰▰▰▰▰▰▰▰▰▰▰▰▰▰▰▰▰▰▰▰▰▰▰▰▰▰ OPEN ✛

난 내 눈을 의심했다. 레벨이 단숨에 12나 올랐기 때문이다. 스테이터스도 제법 상승한 상태였다.

게다가 레벨 100을 경계로 레벨 업으로 얻는 SP가 2에서 3으로 늘어난 모양이다.

아마 이건 적룡의 영향만으로 나온 결과는 아닐 거다.

역시 이 세계에선 파워 레벨링이 가능한 건가…….

레벨이 오르면 마력양도 늘고, 이걸 응용하면 젊은 나이에도 성속성 마법을 다룰 수 있는 치유사들을 많이 양성할 수 있을 터다.

다만 안이한 레벨 업으로 발생하는 폐해가 있을지도 모르니 교황님이나 교회 본부의 분들께 말씀을 드리는 게 무난하다는 결론을 내리고 머리를 비웠다.

그 뒤에 여전히 레벨이 제자리걸음인 스킬들을 살펴보다 스테이터스 화면을 끄려던 참에 어느 사실을 알아차렸다.

염룡의 속성 부여가 뭐지? 제대로 설명을 안 해놓으니까 무슨 의미인지 도통 알 수가 없다.

"푸르르르."

자신의 등에서 딴생각하는 게 마음에 안 들었는지 포레 누와르가 화를 낸 것 같아 사과한 뒤에 스테이터스창을 껐다.

그리고 이에니스에 도착할 때까지 승마를 즐겼다.

"이건 대체…… 무슨 소동이지?"

이에니스가 시야에 들어올 때부터 멍하니 있던 다른 이들보다 먼저 목소리를 내고 말았다.

내 눈에 들어온 건 엄청난 인파가 우리를 기다리는 풍경이었다.

그리고 우리…… 아니, 내 모습을 본 주민들이 환성을 지르기 시작했다.

눈앞의 광경에 난 머리를 싸매고 싶은 심경에 사로잡혔다.

그 근육뇌(고더스)한테 "이 일을 퍼뜨리지 마세요"라고 입막음을 하는 걸 깜빡했다.

포레 누와르를 탄 내게 주민들이 너무 다가오지 않도록 모두가 호위를 맡아주지 않았다면 큰일이 벌어졌을 거란 생각이 들었다.

난 환성에 화답하지 않고 굳은 얼굴에 억지로 미소를 띤 채 인파 사이로 난 길을 따라 치유사 길드가 아닌 샤자의 저택으로 향하게 됐다.

케핀을 포함한 범죄 노예들이 마지막으로 저택 부지에 들어서자 저택의 문이 닫혔다.

"아까 사람들이 외치는 환성의 내용 들었어? 마치 옛이야기에 나오는 영웅을 보는 듯한 눈으로 날 '용살자', '용을 죽인 성기사', '성치신님께서 보내신 사자님', '최강의 S급 치유사', '세이드릭 드래곤 슬레이어(용을 죽인 치유사)' 같은 별명들로 부르고 있었다고."

"사실이지 않습니까?"

"틀림없는 용살자다냥."

"거의 혼자서 쓰러뜨렸어."

"우리는 덤일세."

"용의 공격을 직격 하고도 죽지 않았던 S급님의 튼튼한 육체, 용의 공격을 피하고 일격을 넣은 전투 능력, 운이 좀 따랐을지도 모르지만 용을 쓰러뜨린 건 사실이며 칭송을 받을 만한 업적이라 생각합니다."

"마스터께서 염려하시는 부분도 어느 정도 짐작이 됩니다만 마스터가 계시는 한 치유사 길드의 안녕은 보장되겠지요."

라이오넬이 운을 떼고 나리아가 마무리를 지었다.

어째선지 다른 노예들도 기쁜 눈치다. 더 이상 이 화제에 트집을 잡는 건 관두자.

나는 한숨을 쉬며 샤자의 저택 안으로 걸음을 옮겼다.

"오오! 루시엘 공…… 아니, 루시엘 님. 으음?! 가호가 강해진 것 같습니다만? 헌데 어째서 그리 무서운 표정을 짓고 계시는지요."

날 보고 기운 좋게 말을 거는 고더스 공의 모습에 짜증을 느낀 난 단호한 결의를 품으며 그에게 전했다.

"적룡을 쓰러뜨려서 가호가 강해진 거겠죠. 그보다 조금 전의 개선 퍼레이드 같은 행사는 뭐죠?"

이래선 치유사의 능력보다 무공(武功)이 더 돋보이잖아.

"그만한 위업을 이루신 겁니다, 새로운 영웅의 탄생을 축하하기엔 조금 작은 규모였지만 당연한 일이지요."

난 만족스러운 태도로 말을 잇는 고더스 공의 앞에서 물체 X가 담긴 통과 컵 두 개를 꺼냈다.

"그렇군요. 그럼 이번 일을 축하하는 의미에서 건배라도 할까요?"

무표정에서 미소로 표정을 바꾼 난 고더스 공에게 다가갔다.

"루, 루, 루시엘 공…… 아니, 루시엘 님. 뭐, 뭔가 마음에 안 드시는 일이라도?"

"……아뇨. 그저 당신이랑 이걸로 건배하고 싶은 기분이 들어서요. 설마 싫다고 하시진 않겠지요?"

"…………."

그의 몸이 격렬하게 떨렸지만 이번만큼은 용서할 생각이 없다.

이 자리에서 그가 기절해도 불편을 겪는 사람은 없다.

그를 돕기 위해 나서는 수인들도 없었다.

대부분의 수인이 무릎을 꿇은 자세로 절을 하고 있었기에 고더스 공이 도움을 청해도 받아 줄 자가 없었다.

"그럼 건배."

내가 단숨에 물체 X를 들이키자 고더스 공도 커다란 입을 벌리고 물체 X를 들이켰……지만 곧 흰자위를 보이며 뒤로 쓰러졌다.

"아~ 후련하다. 냄새가 지독하니까 정화랑 리커버로 지우자."

쓰러진 고더스 공이 휴식을 취할 수 있도록 다른 곳으로 옮겨 달라고 부탁하니 모두가 앞다투어 고더스 공을 데리고 사라졌다.

"그럼, 얘기를 들어볼까요."

내가 미소를 짓자 자이어스 공은 순순히 차례대로 얘기를 시작했다.

실은 이번 사건의 주모자인 약사 길드의 부길드 마스터 하라구로는 일마시아 제국의 명령으로 이에니스의 국력을 깎기 위해 움직이고 있었다.

샤자를 포함해 각 종족의 무투파가 일마시아 제국의 권유를 받아들여 온건파를 누르기 위해 지혜를 빌렸다.

그리고 그간 샤자가 강력한 지배력을 가지고 있었던 건 특정 종족에게 약을 팔지 않겠다고 협박을 했기 때문이었다.

미궁에선 자신들을 쫓아오는 모험가들과 얘기를 나누는 걸 금했기에 얘기를 듣지 못했다는 모양이다.

미궁 탐색을 수월하게 진행할 수 있었던 까닭은 마물이 좋아하는 냄새가 나는 약을 주위에 뿌리는 것과 동시에 싫어하는 냄새가 나는 약을 몸에 바른 덕분에 안전하게 나아갈 수 있었다고 한다.

마치 물체 X 같은걸~ 그런 감상과 함께 흑막으로 거론된 제국에 대해 생각했다.

또 여기서 제국의 이름이 나올 줄이야……. 그런데 왠지 모르게 내가 자꾸 제국의 일을 계속 방해하는 것 같은 느낌이…… 이러다가 제국의 원한을 사는 건 아니겠지?

물론 지금 고민해야 결론이 나지 않았기에 그 문제는 뒤로 미루고 앞으로 이에니스가 나아갈 방향을 물어보기로 했다.

이에니스의 대표들이 나라의 근간이 크게 흔들린 이번 사건을 어떤 방식으로 수정할지 흥미가 있었다.

주민들에게 어떻게 전할 것이며, 어떤 방법으로 부흥을 이루는지 치유사 길드 운영에 참고하고 싶었으니까.

"유감이지만 대표인 샤자 공께서 숨을 거두셨으니 이후에도 약사 길드의 구로하라 공을 계속 추궁해야겠군요, 이에니스 정부는 어떻게 대처하실 생각이신지요?"

내 질문에 답한 건 전전기(期)의 대표였던 실라의 아버지였다.

"각 종족의 대표는 우선 여덟 종족인 개, 늑대, 고양이, 호랑이, 용, 여우, 새, 토끼로부터 선출됩니다. 그리고 전기의 대표 종족을 제외한 나머지 종족에서 나라의 대표를 정하지요."

"예. 저도 알고 있습니다."

"이번 일의 페널티로 호랑이 수인족과 용인족은 앞으로 다섯 차례의 임기에 해당하는 10년간 이에니스의 대표가 될 권리를 박탈할 겁니다. 또한 나라의 공직에 있는 두 종족에 속한 자들을 전부 해직 처리하기로 했습니다. 그리고 다른 부서에서도 부정(不正)이 있었는지 조사가 들어갈 예정입니다."

"그렇군요. 그럼 결국 어떻게 되는 건가요?"

내가 그렇게 묻자 그는 자세를 바로잡은 뒤에 날 바라봤다.

"…………."

"…………?"

왜 저를 보시나요? 하고 물어보려던 그때, 그가 아름다운 자세로 내게 절을 했다.

"부디 남은 임기 기간인 1년 동안이라도 좋으니 저희에게 루시엘 님의 힘을 빌려주십시오."

그뿐만 아니라 우리를 맞이한 수인들이 일제히 절을 하며 입을 모았다.

"""힘을 빌려주십시오."""

나는 순간 내가 TV를 보고 있는 건가 생각해버렸다.

"예?"

"수인들을 통합하기 위해선 강하고, 상냥하며, 누구나가 동경하는 지도자가 필요하지요. 이런 시기에 이에니스의 분열을 막으려면 루시엘 님 같은 존재가 반드시 있어야 합니다."

구심력(求心力)이나 카리스마가 있다는 건가? 소문이 지나치게 과장되었군.

"이름을 빌려달라는 말씀인가요?"

이대로 이에니스가 붕괴라도 했다간 나도 곤란하다…… 내키진 않지만 교황님께 여쭤볼까.

"조금 전에 루시엘 님을 임시 대표를 모실 수 있도록 성 슈를 교회의 교황님께 사자를 보냈습니다. 얘기가 성사된다면 부디 이에니스를 풍요로운 나라로 가꾸는 법을 일러 주십시오. 저희도 루시엘 님을 따르며 온 힘을 다하겠습니다."

이미 사후 보고였다.

"일을 너무 멋대로 진행하시는 거 아닌가요? 제겐 이 땅에서 치유사 길드와 치유원 세워야 하는 사명이 있습니다. 이에니스에 대해 잘 알지도 못하는 제가 대표가 될 순 없지요."

정말로 봐줬으면 한다. 안 그래도 허용량을 넘긴 상태인데 이 이상은 정말 무리다.

하지만 한 번 움직인 사태는 멈출 기색이 없었다.

"물론 치유사 길드의 여러분께 부담이 가지 않도록 조정할 겁니다. 실은 치유사 길드와 약사 길드의 병설 특별 특구를 만드는 계획이 있습니다."

"벌써 그런 계획이 나왔나요?"

"예. 특구를 설립할 장소도 이미 준비된 상태입니다. 그리하면 슬럼가에서 살아가는 자들도 일할 수 있는 환경을 얻게 되겠지요. 그리고 개조를 거친 지금의 치유사 길드는 루시엘 님의 주거 공간으로 드리겠습니다."

내 집이 생기는 건 기쁜 일이지만 이렇게까지 호의를 베푸는 건 이상하다. 치유사 길드를 처음 방문했을 땐 땅이 없다는 말까지 들었는데…….

"그게 조금 전에 제안하신 대표 자리를 맡는 대가입니까?"

"아뇨, 루시엘 님과 치유사 길드에 대한 감사의 표시입니다."

그렇게 열변을 토한 뒤에 머리를 또 땅에 박으며 부탁하는 모습을 보니 점점 위가 쓰리기 시작했다.

"……조금 생각할 시간을 주세요. 당장 결정을 내릴 수 있는 문제도 아니거니와 제가 맡기엔 책임이 무거운 자리라 교황님과 상담을 해보겠습니다."

일단 이 자리에서 벗어나고 싶었다. 그래서 돌아가기로 마음을 먹었다.

"부디 잘 부탁드리겠습니다."

""잘 부탁드리겠습니다.""

이리하여 고더스 공에게 물체 X를 먹여 후련했던 내 기분은 반대로 무거워졌고 난 그렇게 치유사 길드로 돌아갔다.

저택의 문을 나서니 인파가 제법 줄긴 했지만 아직 어린 소년 소녀들이 남아 멀리서 이쪽을 쳐다보고 있었다.

그 시선에서 이야기에 등장하는 영웅에게 품는 동경이 느껴져

난 깊게 한숨을 쉬었다.

난 이에니스 국민의 기대에 어떻게 부응해야 할지를 고민하며 치유사 길드로 돌아가는 도중에 중얼거렸다.

"고더스 공뿐만 아니라 이 일을 꾸민 구로하라한테도 물체 X를 잔뜩 먹여주겠어."

당시의 난 그 말을 들은 수인들이 벌벌 떠는 것도 알아차리지 못한 채 교황님께 올릴 보고 내용과 가르바 씨와 그루가 씨에게 보낼 편지 내용을 생각하느라 골머리를 앓고 있었다.

10 진정한 흑막과 새로운 문제

개인실에서 케핀 일행이 정리해준 이에니스의 정보를 읽던 도중에 노크 소리가 들렸고 케핀이 출발 준비가 끝났다며 날 찾아왔기에 함께 방을 나섰다.

밖에 나와 보니 호위를 맡은 케핀 부대와 바델 부대 그리고 라이오넬과 케티가 대열을 맞춘 상태로 대기하고 있었다.

"그럼 가볼까."

대열을 선 폼이 묘하게 각이 잡힌 걸 보니 라이오넬이 훈련 같은 걸 시킨 모양이다.

그런 생각을 하며 나는 각 종족의 대표들이 모이는 저택으로 향했다.

"으~음…… 왠지 모르게 거리에 있는 사람들한테서 경외나 무언가를 바라는 듯한 시선이 느껴지는 건 기분 탓이려나?"

용을 잡고 나니 사람들의 반응이 완전히 달라졌다.

"아무래도 고더스 공에게 물체 X를 먹인 일이 퍼져 사람들이 두려워하는 모양입니다."

케핀이 내게 그렇게 일러줬다.

다음부터 물체 X를 사용할 땐 주의하자.

"우리가 저택에서 나왔을 즈음엔 의식이 돌아왔을 텐데?"

"길드 사람들이 S급 님의 이름을 물었더니 그자가 벌벌 떨었던 모양입니다. 그래서 저택에서 있었던 일이 퍼진 것 같습니다."

"그 말을 들으니 또 불길한 예감이 드는데."

"듣기론 새롭게 생긴 별명이——."

"아~ 안 들려, 안 들을 거야. 앞으로 이 화제는 금지!"

귀를 막은 난 조금 빠른 걸음으로 대표들이 모인 저택으로 향했다.

그들은 날 보고 웃으면서도 제대로 호위에 임했다.

대표들이 모인 저택의 문 앞에서 경비병에게 인사를 건네고 안으로 들어가니 각 종족의 대표들과 그들의 측근들이 마중을 나와 기다리고 있었다.

마중을 나온 이들 중엔 몸을 떠는 고더스 공과 옆에서 그를 부축하는 자이어스 공도 있었다.

그들한테 조금 미안한 기분이 들었지만 그건 정당한 벌이었다.

나는 기분을 전환하여 각 종족의 대표들에게 말을 걸었다.

"마중을 나와주셔서 감사합니다. 이에니스를 위해 온 힘을 다하라는 교황님의 명에 따라 오늘부터 이에니스의 대표를 맡겠습니다. 마을 조성에 관해선 문외한인 데다 재능도 없는 몸이기에 이에니스를 지탱하셨던 여러분의 힘을 빌리지 않으면 아무것도 할 수 없습니다. 그러니 함께 이에니스를 더욱 윤택한 마을로 만들기 위해 도와주셨으면 합니다."

요 열흘간 조금이나마 원기를 회복해 쓸데없는 생각을 접고 목표를 향해 올곧게 나아가자는 긍정적인 사고를 갖게 됐다.

물론 처음엔 내키지도 않았고 외부인을 책임자로 세우는 건 너무 무책임하지 않나 하는 생각했다.

이 자리에 있는 여덟 종족의 대표들이 이에니스를 생각하는 마음을 품고 협력하며 나라를 이끌어 가면 원만하게 해결할 것 같았으니까.

그런데 이에니스의 사정을 안팎으로 꿰고 있는 케핀 일행이 모아 온 정보를 듣고 생각이 변했다.

게다가 어느 나라의 군인 출신으로 보이는 라이오넬이 호위를 맡아준 덕분에 무력 충돌이 일어나도 안심할 수 있다는 점이 가장 크게 작용했다.

염룡에게도 사람들을 신용하고 사람들의 신용을 얻을 수 있도록 노력하거라…… 라는 얘기를 들었고.

어차피 1년이니 무모한 짓만 피하면 별일은 없으리라.

그렇게 마음을 달리 먹으니 불안감보다 기대감이 앞서기 시작했다.

"루시엘 님, 이에니스를 잘 부탁드립니다."

""""잘 부탁드립니다.""""

그 뒤에 종족의 각 대표와 인사와 악수를 한 다음 저택 안에서 이에니스의 사정을 듣게 됐다.

이에니스에 사는 수인족은 모두 열 종족이지만 이 자리에 없는 두 종족, 곰 수인과 너구리 수인은 수가 적어 회의엔 참가하지 않는다는 모양이다.

물론 그들도 국민이기에 두 종족의 요망이 올라오면 회의에서 의논 주제로 다룬다고 보충 설명을 해줬다.

그리고 모험가를 제외한 수도 이에니스의 총인구가 약 6,000명이라는 정보를 얻었는데 성도 슈를과 비교해도 인구가 적은 편이라는 걸 알 수 있었다.

이런 사실을 파악할 수 있었던 까닭은 모험가들의 수가 제법 많다는 정보를 케핀 일행한테서 미리 들었기 때문이다.

그 사실을 굳이 전하지 않고 얘기를 들었는데 수인족은 구역 의식이 강해서 각 종족이 따로 마을을 이루어 산다는 모양이다.

거리가 아니라 마을이라…… 정말로 만만치 않겠는걸.

그런 감상을 품으며 토지에 대한 설명을 들었다.

설명을 들어보니 이에니스가 보유한 토지가 생각보다 광대하다는 사실을 알게 됐고 지도상의 면적은 성 슈를 공화국의 2배 이상이었다.

하지만 국토 대부분이 절벽과 산, 그리고 사막이었다.

또한 이에니스의 남쪽엔 미개척지인 숲이 펼쳐져 있는데 이에니스의 땅은 아니지만 풍부한 자원이 매장되어 있다고 한다. 다만 인족이 살만한 환경은 아니라며 보충 설명을 해줬다.

지도를 보니 동쪽엔 공국 블랑주, 북동쪽엔 미궁 국가 도시 그란돌, 북쪽엔 성 슈를 공화국이 있었는데 이 세 나라와의 무역을 통해 외화를 벌어들이는 모양이다.

지도의 서쪽엔 산맥이 있으며 그곳을 넘으면 넓은 바다가 펼쳐져 있다고 알려져 있다.

하지만 그걸 확인한 자가 없기에 지도에서도 산 너머를 공백 지점으로 표기했다.

그런 사정 때문에 이에니스 주민들의 주된 수입원은 모험가를 상대로 하는 장사라는 모양이다.

미개척지엔 희귀한 마물들이 서식하는데 미개척지의 마물들을 사냥하러 오는 모험가들이 제법 많은 모양이라 그란돌 다음으로 모험가가 활동하기 편한 나라라고 한다.

그 외에도 밭에서 향신료를 재배하거나, 아니면 스스로 모험가가 되거나, 재능이 있다면 길드 한 곳의 직원으로 들어가 일을 하는 경우도 있다고…….

그래도 대부분의 사람은 외화를 벌기 위해 허브나 고추 같은 향신료를 재배한다.

농사를 많이 짓는 이유는 기후가 적합해서 그런지 작물이 잘 자라고 수확량도 좋은 데다 수출품으로 인기를 끌어서 수요가 많기 때문이라고 한다.

식량을 어떻게 마련하는지 물어보니 자신들이 먹는 보리를 밭에서 기르거나 타국에서 온 상인한테서 산다는 모양이다.

이곳에 사는 이들이 수인이라서 그런 건 아닐 테지만 이에니스에선 채소를 먹는 문화가 그다지 발달하지 않았으며 마물의 고기를 즐겨 먹는 게 주된 식생활이라는 정보까지 알 수 있었다.

다음으로 나온 건 현재 시행 중인 정책에 관한 얘기였는데 들을수록 지독한 내용이었다.

정책 대부분이 모험가를 유치하거나 향신료의 재배법에 치중

되어 있었고 주민들의 생활을 개선하는 정책은 하나도 없었다.

난 얘기를 들으며 양피지에 요점이나 문제점, 그리고 신경이 쓰이는 부분을 필기했는데 이어받은 1년이라는 임기 동안 바쁜 생활을 보내는 미래가 예상돼서 무심코 한숨이 나왔다.

놀랍게도 이에니스에선 주민한테서 세금을 징수하지 않으며 이 지방의 특산물인 향신료를 나라에서 만들고 수출해서 얻은 자금이 국고의 주된 수입원이었다.

하지만 개인의 향신료 판매도 인정하고 있어서 수입 자체가 불안정했다.

수입이 차이나는 정도를 보니 기후가 나빠지면 언제 문제가 터져도 이상하지 않을 정도였다.

거기다 지금은 무슨 일을 하려고 해도 써먹을 수 있는 재원(財源)이 없다는 모양이다…….

그럼 특별 특구…… 의료 특구는 어떻게 만든다는 걸까.

"안정적으로 들어오는 수입은…… 각 길드가 정기적으로 입금하는 금액이 있군요. 나라에서 만드는 향신료 판매도 일정한 이익을 내고 있고요. 그럼 지출 항목엔 어떤 게 있죠?"

지출이 많으면 우선 삭감이 가능한 부분부터 줄여나가자.

그 뒤엔 새로운 산업을 부흥시켜서 새로운 자금을 끌어올 수밖에 없겠지.

"지출 항목은 대부분 인건비입니다. 나머진 몇 년에 한 번씩 저희 수인이 다룰 수 있는 마법 도구를 개발하는 비용 정도군요."

늑대 수인인 올가 공이 내 질문에 답을 해줬는데 거기서 위화

감을 느낀 난 좀 더 정보를 캐내기로 했다.

"이에니스의 수지 보고서는 없나요?"

지출은 인건비와 마도구뿐…… 비싼 마도구를 쓰는 것도 아닐 텐데 어째서 적자가 나지? 그런 의문점이 들었다.

"있습니다. 잠시 기다려 주십시오."

그렇게 말하며 자리를 뜬 이는 여우 수인인 포렌스 공이었다.

잠시 후에 돌아온 포렌스 공은 두꺼운 장부를 내게 건넸다.

하지만 장부엔 전혀 예상치 못한 사실이 적혀있었다.

"저기~ 이 장부에 적힌 기록이 맞는다면 나라 운영에 제가 관여할 필요는 없을 것 같은데요?"

장부엔 큰 지출은 조금도 없었으며 오랜 세월에 걸쳐 제대로 된 운영을 했다는 걸 알 수 있는 수지 보고서였다.

해가 갈수록 최종 순이익도 점점 늘어났고 흑자 상태로 자산이 남아도는 거로 보인다만.

재원이 없다는 게 대체 무슨 소리인지 이해를 할 수가 없었다.

"그렇지 않습니다. 자금이야 잔뜩 있습니다만 앞으로도 그러리란 보장은 없습니다. 그러니 외부의 의견을 받아들이고 다음 세대의 이들이 꿈을 안고서 여러 가능성에 도전할 수 있는 환경을 만들어 주고 싶습니다. 예를 들면 수인이 치유사를 목표로 삼아 노력할 수 있는 환경을 말입니다."

올가 씨는 그렇게 말하며 싱긋 웃었다.

……확실히 돌이켜 보면 그들은 내게 이에니스의 대표를 맡아 달라고 했다.

하지만 그건 강하고 상냥하며 사람들이 동경하는 존재—— 무너진 이에니스의 균형을 유지하는 조정자 역을 부탁한 것이다.

국가 재건을 도와달라는 말은 한마디도 하지 않았던가…….

아마 우리가 이 마을에 오기 전까지 샤자와 신경전을 벌인 일이나 케핀 일행의 정보에 사로잡혀서 자신도 모르게 경계를 했던 모양이다.

좀 더 빨리 알아차렸으면 좋았을걸.

가르바 씨나 그루가 씨도 이 마을 출신이고 말이지, 그렇게 생각하니 얼굴에서 불이 나올 만큼 부끄러워졌다.

그들은 이미 훌륭하게 나라를 다스리고 있으니 문제는 없다.

분명 현 상황에 안주하지 않고 더 윤택한 삶을 바라며 다음 세대가 희망을 안고 살아갈 수 있도록 토의를 거듭해온 것이리라.

여기서 드는 생각이지만 제국이 보낸 구로하라나 노예 상인은 샤자나 부정을 저지른 수인들이 단물을 빨도록 유도해 내부부터 곪게 만드는 전략을 구사했던 모양이다.

일마시아 제국, 무서운 나라인걸…… 모든 가정이 사실일 때의 얘기지만…….

그리고 새로운 산업을 육성하려면 수인들이 지닌 특성을 살릴 수 있는 일을 생각해야겠지.

다음 세대의 아이들에겐 교육의 장(場)도 어느 정도 필요할 거고. 그밖에도 마을 외부엔 넓은 토지가 있으니 유용하게 쓸 방법이 있을 거다…….

난 일단 머리에 떠오른 사안을 양피지에 정리한 다음 모두에게 설명했다.

"장부를 보니 여러분이 견실한 자세로 이에니스를 다스렸다는 사실을 한눈에 알 수 있었습니다. 제가 제안할 아이디어는 몇 가지에 불과하지만 이 자리에서 다시 마음을 잡고 이에니스를 위해 온 힘을 다하겠습니다."

난 자기만족에 불과하다고 느끼면서도 고개를 숙이는 걸로 첫걸음을 떼었다.

어째선지 다들 조금 당황하는 눈치였지만 고개를 든 내게서 뭔가를 느꼈는지 그들은 침묵을 지켰다.

"아마추어의 생각이긴 합니다만 머리에 떠오른 몇 가지 사안을 말씀드리겠습니다. 일단 다음 세대 교육의 장을 마련하기 위해 학교를 설립하지요. 필요하다면 어른들도 교육을 받을 수 있는 학교도 말이죠."

그러자 분위기가 딱딱하게 굳었다.

"……저기, 어른도 말입니까?"

손을 든 건 개 수인인 세베크 공이었다.

"예. 언어 능력과 계산 능력은 살아가는 데에 필요한 능력입니다. 이 자리에 계신 여러분은 우수하시니 괜찮습니다만 어렸을 때 문자를 배우지 못하는 사람도 있고, 계산할 줄 모르면 회계도 어설프기 마련이니까요."

"그런데, 그리하면 일을 할 시간이 없어지는 거 아닙니까?"

이번엔 고양이 수인인 캐스럴 공이 손을 들며 말했다.

"예. 확실히 그렇군요. 그래서 수업을 주간과 야간으로 나눠서 진행하려고 합니다."

"이미 아이들이 일하는 가족도 있을 거라 봅니다만?"

이번엔 늑대 수인인 올가 씨가 말했다.

"예. 그 건도 염두에 두었습니다. 일단 나라에서 채무 노예를 고용합니다. 그리고 그들 대신 일을 시키고 노예 값만큼의 노동을 하면 해방될 수 있도록 하면 성실한 자들에겐 새로운 길이 열리겠지요. 물론, 노예들을 인도적으로 다루는 조건으로 말이죠."

"채무 노예만 해당하는 내용입니까?"

이번엔 새 수인인 사우저 공이 질문을 했다.

"불법으로 노예 계약을 맺은 자들도 해당합니다. 사실은 바로 해주(解呪)를 하는 게 맞겠지만요……. 단 전쟁 노예나 범죄 노예는 부리는 이들도 꺼릴 테니 나라에서 사지 않을 예정입니다."

"그자들을 지도하는 이는 어떻게 뽑으실 생각입니까?"

토끼 수인인 리리알드 공이 귀를 빙글빙글 돌리며 물었다.

"은퇴한 모험가에게 맡기려고 합니다. 지도 위원의 선별은 모험가 길드의 분들에게 부탁드리면 되겠지요."

"학교에서 교육을 할 경우에 아이와 어른의 수업료를 어떻게 책정하실 겁니까?"

"학생이 어른인 경우엔 어느 정도 수업료를 받겠지만 아이들의 수업료는 따로 걷지 않겠습니다. 물론 품행이 불량하거나 차분함이 없는 학생들에겐 몇 번 주의를 시키고 그런데도 태도를 고치지 않는다면 퇴학 처분을 내리겠습니다. 하프라는 이유로 다른 학생들을 괴롭히는 자도 마찬가지입니다. 어른의 수업료는 상의를 통해 결정할 생각입니다."

내가 그렇게 말하자 눈앞에 있는 각 수인의 대표들이 팔짱을 끼며 고민에 빠졌다.

그때 올가 씨가 내게 말을 걸었다.

"무엇을 가르치는 겁니까?"

"조금 전에도 말씀을 드렸지만, 글과 계산입니다. 일단 거기서부터 시작하죠. 그 두 과목은 익히는 데에 시간이 크게 들지 않으니까요. 게다가 계산을 익히면 상인도 될 수 있고요."

"시범 운영입니까…… 이번 일이 성공으로 끝나면 이후엔 어떻게 하실 겁니까?"

리리알드 공의 질문에 난 웃으며 생각한 바를 그대로 입에 담았다.

"아이에겐 무술 훈련이나 마법 공부를 시키고 거기다 여러 길드에서 사람을 불러 강연을 부탁하는 것도 괜찮을 것 같네요. 그렇게 하면 장래에 되고 싶은 직업에 대한 선택의 폭도 넓어질 테니까요. 그리고 세상 물정을 알게 되면 밭을 가꾸는 게 시시한 일이라고 느낄 수도 있으니 나중엔 임금 인상을 고려해야 할지도 모르겠군요……."

"……과연. 학교는 아이의 장래와 어른들의 교류가 이루어지는 장소군요……."

올가 씨가 중얼거리자 대표자들은 어려운 표정을 지으며 침묵했다.

"…………."

"".............""

이쪽은 아이디어를 낼 뿐이고 퇴짜를 맞으면 다른 안건을 궁리하면 그만이니까.

"............."

"루시엘 공, 모험가를 유치하기 위해 시행할 만한 정책은 없습니까?"

"그렇네요…… 이 넓은 토지를 활용해서 노화나 부상, 혹은 결혼이나 출산 등으로 모험가 활동을 중단한 분들부터 유치하는 건 어떨까요? 모험가 생활에서 은퇴한 이후에도 이에니스라면 제2의 인생을 시작할 수 있다, 그런 환경을 갖추는 거지요."

"저희가 원하는 건 현역으로 활동하는 모험가들입니다."

"그러니 방금 말씀드린 안건에 이에니스에서 의뢰를 맡은 횟수에 따라 일을 알선해주는 제도 같은 걸 추가해서 이에니스에서 살도록 유도하는 것도 하나의 방법이라 생각합니다."

"현역 모험가가 아닌 이들도 유치해야 한다는 말씀이시군요?"

보통은 그렇게 생각하겠지.

그래도 한평생 전장에서 계속 싸우는 건 웬만해선 무리다.

모험가가 은퇴하면 보통은 다른 이들의 속박을 받지 않는 곳에서 살고 싶을 테니까 말이지~.

"땅에 사는 이들이 늘어나는 건 좋은 일이라고 봐요. 게다가 이 마을의 남쪽엔 광대한 면적의 토지가 있으니 현역 모험가에게 무상으로 집을 빌려주고 수입의 5~10%를 세금으로 징수한다는 식의 정책을 시행하면 그들을 유치할 수 있겠지요.

설사 은퇴에 몰린다고 해도 그 후를 대비할 수 있는 일이 있다면 사람은 그쪽으로 몰리기 마련이니까요."

"……그럼 앞으로 이에니스가 나아가야 할 길은 무엇인지요?"

그걸 이 회의를 통해서 정하자는 거 아닌가? 그런 생각을 하면서도 일단 자신의 의견을 전했다.

"전에 여러분이 제안하신 특별 특구…… 편의상 치료 특구라고 하겠습니다…… 그곳이 완성되면 자연스럽게 모험가들이 모일 겁니다. 모험가는 건강한 몸과 목숨을 유지해야 하니까요. 안전한 장소에서 돈을 벌 수 있다면 그런 곳을 주거지로 삼을 테지요."

치료 특구에 관한 얘기가 나오자 대표들이 환성을 질렀다.

상처 대부분은 회복 마법으로 치료할 수 있고 약사 길드의 약도 귀중한 물건이라고 하니 안심할 수 있으리라.

교섭은 조르드 씨한테 맡기면 될 테고…….

"루시엘 님, 구상해두신 새로운 산업 같은 건 없습니까?"

그러자 용인족인 잭 공이 조용히 손을 올리며 질문을 던졌다.

"깊게 생각해 본 적은 없네요. 어쩌면 미개척지에 펼쳐진 숲을 개척할 때 나무들을 베는 과정에서 나온 목재들로 새로운 산업을 일으킬 수 있을지도 모르지요. 벌목이 끝난 뒤에 땅을 정리하고 나무를 심으면 그 산업을 미래까지 이어나갈 수 있을 테고요."

"……개척 ……말씀입니까?"

아무래도 괴로운 경험을 겪은 모양이다.

"혹시 몰라 말씀을 드리지만, 제가 한 제안을 전부 받아들이세요! 같은 횡포를 부릴 생각은 없습니다. 제 임기는 고작 1년이고 어쩌면 아무것도 이루지 못하고 끝날지도 모르니까요. 아이디어는 떠오르는 대로 내놓겠습니다만."

난 미소를 지으며 한 박자를 쉬고 주위의 분위기를 살핀 다음 다시 얘기를 시작했다.

"여러분께선 지금까지 훌륭하게 나라를 운영하셨으니 제게 신경을 쓰실 필요 없이 토론을 계속하시지요. 주민들의 생활을 돕는 기반 시설을 정비하거나 구역 의식이 강한 분들이 이 마을에서 살고 싶은 마음이 들도록 그에 맞는 정책을 펴거나, 타국에서 놀러 오고 싶은 곳으로 꾸미는 등 계획은 자유롭게 세울 수 있으니까요."

내 말이 끝나자 분위기가 조금씩 풀어졌다.

그리고 내일은 이에니스의 거리를 시찰하겠다는 뜻을 전한 다음 대표자 회의를 마쳤다.

이날, 머리로만 생각했던 것들을 속 시원히 뱉어낸 덕분인지 내 얼굴에 자연스럽게 미소가 걸렸다.

임기 동안 문제점을 하나라도 더 많이 해결해 이에니스를 좋은 나라를 만들고 싶어졌다.

다만 케핀 일행이 준 정보와 장부의 존재가 마음에 계속 걸렸다.

다음날.

이에니스 거리를 구경하려던 참에 작은 문제가 발생했다.

"……이 인원은 좀 그렇네요."

나와 호위, 각 종족의 대표들과 그들의 측근들을 합치니 일개

중대가 되어버렸다.

이 상태론 거리를 걷기 힘들고 장점, 단점, 문제점 등을 발견하기 어려운 데다 주민들의 얘기를 들을 수도 없다.

그런 연유로 종족별로 주거 구역이 나누어져 있는지라 이번엔 늑대 수인족 쪽부터 둘러보겠다고 전했다.

"오늘은 올가 공의 안내를 받아 늑대 수인 분들의 주거 구역을 둘러보겠습니다. 내일은 포렌스의 공의 안내를 받아 여우 수인족이 사는 곳과 다른 주거 구역을 차례로 견학하고자 합니다. 그리고 곰, 너구리 수인족 분들과 사이가 좋으신 분들에게 안내를 부탁드린다고 전해주시길."

"확실히 이 인원으로 움직이는 건 힘들겠군."

새 수인인 사우저 공이 그렇게 말하자 다른 대표들도 자신들이 사는 구역에 시찰을 와준다면 상관없다며 내 제안을 흔쾌히 승낙했다.

그건 그렇고 매번 이런 인원으로 거리 시찰을 나섰던 건가? 아니면 내가 모르는 의도가 깔린 걸까? 생각할 거리가 늘었다.

오늘은 늑대 수인족이 사는 곳만 둘러보기로 합의를 봤기에 시찰이 끝나고 하프 수인들이 많이 사는 슬럼가의 유력자와 만나기 위해 케핀 부대를 보내 약속을 잡아달라고 부탁했다.

아마 치료 특구를 만들려면 슬럼가 사람들의 협력이 필요할 테고 대표들의 말대로 의뢰를 맡긴 우리에게 그들이 순순히 고마운 마음을 품을지도 미지수다.

이리하여 우리와 늑대 수인들은 저택을 뒤로하고 늑대 수인들이 많이 사는 구역으로 이동했다.

"단층으로 된 집이 많네요."

늑대 수인들의 구역에 들어선 이후로 신경이 쓰였던 점을 그대로 전했다.

주거 구역을 둘러봤지만 2층 이상의 건물은 보이지 않았다.

"예. 저희를 포함해 대부분의 수인족은 어지간한 사정이 없는 한 제 몫을 하는 수인으로 인정을 받을 때까지 집단생활을 합니다. 그래서 단층집이 주류를 이루고 있지요."

올가 씨는 웃으며 자신의 몸에 기대는 실라의 머리를 쓰다듬고는 그렇게 말했다.

수인족은 개인 공간의 필요성을 별로 느끼지 않는다는 건가.

"그렇군요. 그런데 사람들이 하나도 안 보이네요. 늑대 수인족 분들은 어디에 계시죠?"

저택에서 나와 30분을 걸어 늑대 수인의 주거 구역에 도착했지만 밖에 있는 이들은 거의 없었다.

"예. 기본적으로 늑대 수인족의 남자들은 위병으로 근무하거나 밭 주변을 순찰하느라 밖에 있을 때가 많고, 여자들은 육아와 함께 밭일할 때가 많습니다."

"그렇군요. 그럼 종족에 따라 역할이 다른가요?"

"예. 1년 내내 같은 기후이기에 밭일을 예로 들자면 밭을 가는 작업, 풀을 베는 작업, 수확 작업, 가공 작업, 마물의 접근을 막는 보초 작업 등으로 나누어 일을 처리하고 있습니다."

······전세에선 풀을 베는 게 농업에서 가장 힘든 작업이라고 들

었는데 실제로 마물이 출몰하니 불만이 나오지 않는 것이리라.

"늑대 수인들이 딱히 못 먹는 음식은 없지요?"

그루가 씨가 알려준 늑대 수인에 대한 정보다.

"예. 파 종류를 먹으면 온몸에 가려움증이 난다는 소문이 한때 돌았지만 사실이 아닙니다."

그렇다. 이 세계에선 개와 늑대 수인이 양파나 파를 섭취해도 아무런 문제가 없다.

정보 자체는 그루가 씨한테서 들어서 알고 있었지만 일부러 확인했다.

가르바 씨와 그루가 씨 형제를 기준으로 삼으면 언젠가 돌이킬 수 없는 사고가 일어날지도 모른다는 예감이 들었기 때문이다.

이번엔 입수한 정보가 사실과 일치해서 살았다.

"그걸 그냥 날로 먹는 종족도 있다고 합니다만 그 정도로 좋아하진 않습니다."

올가 씨가 고개를 저으며 대답했다.

그럼 좋아하는 음식은? 이라는 의문이 자연스럽게 따라오는데 이들도 전세에서 개과(科) 동물들이 좋아하는 음식을 똑같이 좋아한다.

"역시 좋아하는 음식은 치즈류인가요?"

"예. 말씀하신 대로입니다. 그 독특한 냄새가 정말 끝내주지요."

그는 웃으며 조금 발효가 된 치즈의 강한 냄새를 좋아한다고 알려줬다.

그래도 물체 X는 별개라며 살짝 몸을 떠는 올가 씨의 모습에 무심코 웃음이 나왔다.

그리고 개 수인과 늑대 수인의 차이점이 뭐냐는 금단의 질문은 입에 담지 않고 넘어갔다.

식수로 쓰는 물은 우물에서 긷는다 하여 한 번 봤더니 멜라토니 모험가 길드처럼 훌륭한 수동 펌프가 설치되어 있었다.

"이에니스에서도 수동 펌프를 사용하고 있군요."

"예. 옛날에 이런 편리한 물건들을 고안하신 현자가 계셨다고 들었습니다. 그 외에도 본래 이 마을엔 지하 수맥이 없었지만 드워프와 힘을 합쳐 이 마을에 수맥을 끌어왔다고 합니다."

"그런가요……."

그 뒤에도 올가 씨는 치즈를 만드는 법이나 카레를 만드는 데에 필요한 향신료와 레시피 등을 남긴 것도 현자라고 알려줬다.

현자가 전생자였던 모양이군.

확인할 방법은 없지만, 레인스타 경도 전생자인 것 같고, 찾아보면 꽤 많은 게 아닐까?

앞으로 그들과 관련된 정보가 나오면 그 흔적들을 더듬어가는 것도 괜찮을 것 같다.

그렇게 늑대 수인족의 구역에서 시찰을 마치니 점심때가 됐고 올가 씨의 권유로 함께 점심을 먹었다.

식당에서 나온 음식은 카레와 막 구운 난이었는데 엄청 맛있었다.

"늑대 수인 중에는 요리를 잘하시는 분들이 많은 것 같은데, 뭔가 비결이 있나요?"

"현자님이 남기신 말씀에 따르면 수인족은 인족보다 후각이 좋고 감이 예리해 요리사에 어울린다는 모양입니다. 특히 늑대 수인족은 한 가지에 열중하는 타입이 많으니 요리를 만드는 게 성미에 맞는지도 모르겠군요."

"그렇군요."

그 뒤에 이에니스에서 유명한 인족이 있냐고 물으니 바로 레인스타 경의 이름이 나왔다.

이에니스가 나라가 되기도 전에 그가 비누 제작법을 전수했다고 한다.

다만 지금은 다른 곳에서도 비누를 만들기에 독점 효과가 없어 굳이 만들어 팔지는 않는 모양이다.

또 이에니스에서 처음 온천을 떠올린 이가 레인스타 경이라는 얘기도 있었다.

그는 온천의 훌륭함을 전파하기 위해 관광지를 만드는 계획을 세웠고 원천(原泉)을 끌어오는 데 성공했으나, 온천 특유의 냄새가 마물의 활동을 활발하게 만드는 바람에 단념했다고 한다.

그밖에도 농지 개혁을 위해 부엽토를 밭 위에 섞고 석회 가루를 뿌렸는데 농사 지식이 애매했던 탓에 그해 농작물이 자라지 않아 사비를 털어 식량을 사서 나눠줬다는 일화도 있었다.

지금은 오랜 세월에 걸쳐 비료의 배합 비율을 조정했고 국영사업으로 자리를 잡았다나.

성 슈를 공화국에선 접하지 못했던 에피소드를 들으니 레인스타 경의 인간다운 면모가 느껴져 왠지 모르게 안도감이 들었다.

그래도 레인스타 경이 남긴 것들이 없었다면 오늘날의 이에니스는 없었으리라.

수인들이 이에니스 발전의 초석을 쌓은 인물로 인정한 레인스타 경은 역시 대단한 사람이라고 새삼 감탄했다.

"다른 일화도 들으시겠습니까?"

"아뇨, 충분합니다. 레인스타 경도 실패를 했다니 조금 놀랍군요."

지금까지 수많은 전생자들이 흔적을 남겼다면 나도 조금 흉내를 내서 발전에만 매달리지 말고 이곳을 살기 좋은 마을로 바꿔볼까.

그런 마음이 싹텄다.

그날 밤, 케핀의 안내를 받아 슬럼가의 실권을 쥐고 있는 돌스터와 만날 수 있었다.

"그럼 S급 치유사님께선 정말로 슬럼가에 사는 녀석들이 일자리를 얻는 것만으로 만족하는가? 그걸 알고 싶어서 여기까지 행차하셨다?"

"예. 치유 특구가 완성될 때까지는 괜찮겠지만 그 이후엔 여러분의 생활을 보장할 수 없습니다. 여기 사는 사람의 수도 적지 않던데, 향후 대책은 있습니까?"

인족과 여우 수인의 피가 섞인 돌스터라는 이름의 하프 수인은 이쪽을 노려보더니 고개를 저으며 말했다.

"S급 치유사님께 좋은 걸 알려주지. 이 세상은 평등하지 않아.

부하였던 케핀이랑 다른 녀석들을 노예로 만든 댁은 모를 테지……. 노예가 된 이후에 더 생기가 넘치는 부하를 보는 내 심정을 알겠나?"

조금만 생각하면 예상할 수 있는 일이다.

이에니스에서 활동하는 어둠의 조직이 그렇게 많을 리가 없으니까.

난 케핀을 슬쩍 보며 입을 열었다.

"솔직히 잘 모르겠습니다만 부하를 가족처럼 여기신다면 이들을 노예로 부리고 있는 절 지금이라도 죽이고 싶으시겠군요."

"그런 당신이 '일단 일을 주마, 이후엔 어쩔 셈이지?'라고 묻는 거냐! 당장 내일도 모르는 우리에게 싸움을 거는 셈이 아니냐!"

돌스터의 눈에서 분노와 갈등이 느껴졌다.

난 천천히 고개를 가로저으며 말을 이었다.

"사실은 해방해 주겠다고 제안을 했는데 거절당했습니다. 그는…… 그들은 제게 하프라도 평범하게 지낼 수 있는 마을과 학교를 만들고 싶다고 하더군요. 이건 어떻게 생각하십니까?"

"…………."

그는 케핀의 얼굴을 멍하니 바라봤다.

"아마 의료 특구가 들어서도 이에니스의 사람들은 슬럼가 사람들에 대한 인식을 바꾸지 않겠지요."

"……그 이상 입을 놀리면 죽는 한이 있어도 널 죽여주마."

……엄청 무서운걸. 원한이 활활 타고 있는 게 보인다.

"그러니 한 가지 제안을 하겠습니다, 저와 새로운 사업을 시작하시는 건 어떤가요? 지금은 이쪽에서 대겠습니다."

"새로운 사업이라고?"

"예. 다소 리스크가 있는."

"대체 뭘 시킬 셈이지?"

"실은 …………을 부탁드리고 싶습니다."

"……라고! 제정신인가?!"

"예. 그 레인스타 경도 실패한 적이 있다고 하니, 저도 과감하게 나설 생각입니다. 제가 대표로 있는 1년 안에 목표를 달성하면 정식 국영사업이 되게끔 힘을 써보겠습니다."

설령 실패로 끝나더라도 언젠가 성공을 거두면 될 테니.

"……어째서냐? 어째서 아무런 관계도 없는 우리에게 그렇게 친절을 베풀지?"

"태어나는 자리는 고를 수 없지만 행복해질 권리는 누구에게나 있지 않을까요? 저는 그저 하프라는 이유로 멸시를 받는다면 하이브리드 수인이라고 받아칠 수 있는 환경을 만들고 싶을 뿐입니다."

말은 그렇게 했지만 결국은 내 자기만족에 불과하다.

하프였던 선배가 괴로워할 때 건네지 못했던 말이 조금이나마 그들을 구원할 수 있다면 나도 구원을 받을 수 있을 테니, 그런 말은 차마 입에 담지 못했다.

"……잘 부탁하마."

우리는 이렇게 새로운 사업을 위한 계획을 함께 세우기로 합의했다.

다음날, 상업을 맡은 여우 수인 포렌스 공이 여우 수인들이 사는 곳을 안내해줬다.

"보시는 바와 같이 저희는 모험가를 상대로 하는 상업을 중심으로 상공(商工) 길드와의 거래를 통해 상인을 유치하고 있습니다."

상공 길드를 마을에 둔 이유는 상인 유치에 필요해서 그렇다는 모양이다.

여기서 포인트는 이에니스 측에 부담이 없다는 점이다.

나라에서 향신료를 사들여 다시 상인에게 판매한다.

그리고 길드 매상의 일부를 세금으로 걷는다.

반대로 상인이 상품을 운반하는 경우엔 상공 길드에 등록된 국영 상점이 매입한 뒤에 각 점포에 납품한다.

즉 가격이 정해져 있는 것이다. 가격 경쟁이 일어날 일도 없으니 상인은 일할 맛이 떨어지겠지.

"이 방식으로 운영을 시작했을 당시엔 상인들의 반발이 심했습니다. 그들 말로는 실력을 기를 기회가 없다나……. 그래도 길드에서 물건을 사는 상인에게는 일종의 구제로 작동하고 있습니다. 상인이라고 다들 성공하는 건 아니니까요. 지금은 착실하게 벌고 싶다면 이에니스로 가라고 할 정도입니다."

포렌스 공이 그렇게 말하며 자랑스럽게 웃었다.

자세히 물어보니 어디서, 어느 상품이, 어느 정도의 가격으로 팔리는지는 상공 길드에서 알아볼 수 있다는 모양이다.

그야말로 나라이기에 성립할 수 있는 시스템이었다.

"5W2H…… 아니 이번엔 6W2H가 맞겠지."

"무슨 말씀을 하셨는지요?"

"아뇨, 옛날 생각이 조금 나서요. 참, 노예상도 비슷한 방식으로 운영되나요?"

"아뇨, 노예상은 별개입니다. 노예의 금액은 이쪽에서 정할 수 없으니까요."

"……노예상의 장사엔 상공 길드가 관여하지 않는다는 건가요?"

"나라와 상공 길드에 신청해 인증을 받은 이들만 노예 상인으로서 노예상을 열 수 있습니다. 그리고 세금으로 매출의 20% 나라에, 10%를 상공 길드에 내야 하지요. 물론 노예를 마을에 들이는 경우엔 검사를 하므로 이에니스에 위법 노예는 없습니다만."

"그렇군요……."

30%나 떼는 건가…….

"그밖에도 모험가 길드가 파는 마물의 고기를 사서…………."

……실은 도망친 노예 상인이 말했던 노예 옥션이 불법인지 아닌지 신경이 쓰여 물어보니 합법으로 밝혀졌다.

참고로 우리가 이곳에 온 첫날에 샤자의 압력을 받아 거래를 거부한 자들을 제외한 이가 노예로 전락하거나 재산을 몰수당해 밑바닥부터 시작하는 신세가 됐다는 모양이다.

아마 인구가 늘어나면 이 시스템은 한계를 맞이하리라.

난 그렇게 생각하며 포렌스 씨의 얘기에 귀를 기울였다.

다음날부터 하루에 한 종족씩 대화를 나눴고 9일째엔 너구리 수인과 만나게 됐다.

"루시엘 님, 이분이 너구리 수인인 왈라비스 공입니다."

올가 씨가 소개한 건 너구리 장식이었다.

아니, 실제로 움직이니까 수인이 맞겠지.

"처음 뵙겠습니다, 루시엘입니다. 이번에 1년간 임시로 이에니스의 대표를 맡게 됐습니다."

"오~ 잘 부탁한다푸~. 내가 너구리 수인의 대표인 왈라비스다푸~."

느린 말투에 긴장감이 싹 사라지긴 했지만 실은 이런 이들이 섬세한 경우가 많다.

"……뭔가 곤란한 일이 생기면 말씀해주세요."

"알았다푸~. 친하게 지내자는 의미로 이걸 주겠다푸~."

그 말과 함께 그가 건넨 건 황금으로 만든 목걸이였다.

"잘 만들었네요. 진짜랑 거의 똑같은 것 같은데요?"

내가 그렇게 말하자 왈라비스 공이 올가 공을 노려봤다.

"올가, 네가 알려줬구나푸~."

하지만 올가 씨는 그런 적이 없다.

"아뇨, 올가 씨는 모르는 일이세요. 너구리 수인이랑 처음 만날 때 받는 선물은 전부 가짜라고 알려준 사람이 있었거든요."

"그런 식으로 종족 정보를 까발리는 건 대체 누구냐푸~."

"가르바 씨라는 늑대 수인족 분인데요, 말씀드려도 모르시겠죠?"

하지만 가르바 씨의 이름을 입에 담은 순간, 왈라비스 공의 얼굴이 순식간에 창백해졌다.

"죄…… 죄송합니다푸! 큰 실례를 범했습니다푸! 그러니 가르바 님께는 비밀로 해주십쇼푸!"

조금 전까지만 해도 느렸던 말투가 갑자기 빨라졌다…… 무슨 짓을 하신 건가요, 가르바 씨?

"알겠습니다. 그런데 가르바 씨를 아신다면 그루가 씨도…… 어라?"

그루가 씨의 이름을 대니 이번엔 그가 기절하고 말았다.

"설마 루시엘 님께서 그분들을 알고 계실 줄은 몰랐습니다."

올가 공이 그리운 듯이 웃었다.

"예. 성 슈를 공화국 내에 멜라토니라는 마을이 있는데, 그곳에 있는 모험가 길드에서 직원으로 일하고 계세요. 저한테 물체 X를 처음으로 먹인 사람이 그루가 씨고 해체나 기척을 차단하는 법을 가르쳐준 사람이 가르바 씨거든요. 정말 두 분께 신세를 많이 졌죠."

"그루가 공께선 아직 포기하시지 않았군요."

"포기요?"

"그걸 비밀 조미료로 활용하는 방법 말입니다."

"혹시 물체 X를 말씀하시는 건가요?"

"예. 왈라비스 공은 그루가 공과 동갑이라 그의 부탁으로 그게 들어간 요리를 자주 먹었지요."

옛날부터 연구를 열심히 하셨구나……. 어라? 그럼 가르바 씨는 왜?

"그루가 씨의 이름을 듣고 물체 X를 떠올린 건 알겠는데, 가르바 씨의 이름을 듣고 벌벌 떠신 이유는 뭐죠?"

"가르바 공은 이에니스에 태어났을 때부터 쭉 신동이니 천재니

하는 소릴 들었죠. 그야말로 이에니스에서 엄청난 인기를 자랑하셨습니다. 하지만 가르바 공이 화가 났을 때 하는 설교는 남녀노소를 불문하고 상대의 마음을 후비기에 가르바 공을 화나게 해선 안 된다는 게 이 마을의 숨겨진 규칙이었죠."

그렇게 말하며 웃는 올가 씨의 얼굴엔 살짝 땀이 배어있었다.

분명 올가 씨도 가르바 씨를 화나게 한 경험이 있는 것이리라.

그런 예감이 들었다.

"그런데 왈라비스 공은 어떻게 할까요?"

"그걸 가지고 다가가시면 눈을 뜰 겁니다."

올가 공은 코마개로 만반의 준비를 하며 웃었다.

"왈라비스 씨, 안 일어나시면 물체 X를 먹일 겁니다."

"좋은 아침입니다푸~."

순식간에 눈을 떴다.

"괜찮아요. 장난에 걸리면 저도 똑같이 물체 X를 마시게 해드릴 테니."

내가 그 말과 함께 웃자 그는 필사적으로 너구리 수인의 존재 가치를 주장하기 시작했다.

너구리 수인은 손재주가 좋아 목공에 재봉, 세공 등 무언가를 만들어내는 게 특기이며 수인 중에서 유일하게 마법을 쓸 수 있는 종족이라는 모양이다.

"너구리 수인의 가르침이 있었기에 그 장사만 좀 하는 여우 수인족한테서 전설의 가문이 나올 수 있었던 거다푸~. 전설의 가문 출신인 토레토는 내가 키운 녀석이다푸~."

"에, 그런가요? 토레토 씨도 뵌 적이 있거든요. 이 로브도 그분이 만들어주셨죠. 다음에 토레토 씨를 만날 기회가 있으면 왈라비스 씨랑 만났다고 전해드릴게요."

"아, 아는 사이였던 거냐푸~?"

"예. 좋은 분이라 저한테 마도구를 주시곤 하죠. 개성이 조금 짙으신 분이지만요."

그 뒤에 왈라비스 공은 무슨 일이 있으면 협력하겠다푸~ 라는 말을 남기고 돌아갔다.

"장난기만 빼면 재능이 많은 종족인 것 같네요."

"예. 그렇지요."

그런 평범한 대화를 나누며 난 머릿속에서 내정(內政) 개선 계획을 조금씩 세웠다.

다음날, 난 이쪽을 방문한 곰 수인 브라이언 공을 보고 굳어버렸다.

"처음 뵙겠습니다, 곰 수인인 브라이언이라 합니다. 이래 봬도 힘은 제법 씁니다."

알통을 자랑한 그는 중후한 목소리로 웃으며 자신을 소개했다.

너무나 귀여운 그 모습에 난 마음속으로 외쳤다.

테디베어잖아~!!

이 세계엔 곰 마물이 있다.

대표적으로 레드 그리즐리, 블러드 그리즐리, 헬 그리즐리 등이 있는데, 그야말로 곰 그 자체다…… 도감으로 본 게 다지만.

279 ✛

그래도 이 모습이랑 비교하면 오히려 그루가 씨가 곰 수인에 더 가깝지 않나. 그 체격 때문에 곰 요리사라고 불릴 정도니까.

그런데 실제로 처음 만난 곰 수인이 70cm의 키에 푹신푹신한 느낌을 지닌 종족이라니…… 완전히 사기다.

"처음 뵙겠습니다, S급 치유사 루시엘입니다. 1년간 이에니스의 대표를 맡게 됐습니다. 곤란한 일을 겪으실 때 말씀을 해주시면 힘을 보태겠습니다."

난 그와 악수를 하며 궁금한 걸 물어보았다.

"잘 부탁합니다."

"저, 제가 곰 수인족 분을 처음 봬서 그런데 다른 분들도 그렇게 체구가 작으신가요?"

"예. 하지만 이건 가짜 모습이고…….

그렇게 말한 브라이언 공이 빛과 함께 거대한 곰으로 변신했다.

"이게 본래 모습입니다."

그러자 안내인을 맡은 새 수인 사우저 공이 웃으며 일러줬다.

"브라이언 공, 이분께는 거짓말을 하지 않아도 됩니다."

"거짓말이라뇨?"

내가 그렇게 묻자 귀여운 모습으로 다시 돌아온 브라이언 공이 입을 열었다.

"실은 이쪽이 본래 모습입니다. 옛날에 이 귀여운 용모 탓에 토끼 수인과 함께 납치를 당해 애완 노예가 되는 일이 자주 일어났지요. 그래서 외국에서 온 자가 있을 땐 마력으로 몸을 부풀려야 한다는 규정이 생겼습니다."

확실히 보는 것만으로도 힐링이 된다. 그런 과거가 있을 만도 하다…….

그 상황이 쉽게 상상이 갔다.

"큰일을 겪으셨군요. 참, 뭔가 곤란한 일은 없으신가요?"

"벌꿀 수입을 허가해주실 수 있는지요? 기호품이란 건 알고 있습니다만 곰 수인들 모두가 벌꿀을 원하는지라."

그런 사랑스러운 눈빛을 받으면 부탁을 들어주고 싶어지잖아, 남자인 걸 아는데도. 그런데 벌꿀이라……. 애초에 꿀벌이 있긴 한 걸까?

"……검토를 한 번 해보겠습니다. 그런데 곰 수인은 보통 무슨 일을 하시나요?"

"저희는 약초를 재배하거나 용인족 분들과 거리 확장을 위해 움직이고 있지요."

힘과 손재주가 좋다는 건가?

그런 생각을 하며 인사를 마쳤다.

다음날.

각 종족의 대표들과 함께 한 회의에선 의료 특구의 상징이라 할 수 있는 의원, 미래를 위한 학교, 그리고 모험가 유치 정책 제1탄인 모험가들을 위한 대여 주택 건설 계획을 의논했다.

"의료 특구에 학교를 만들고 이에니스의 마을 외부에 중~고랭크 모험가들의 집을 건설한다. 그 뒤에 모험가들이 어느 정도 모이면 숲이 펼쳐진 미개척지로 향한다라……."

"미리 계획이 있던 의료 특구 건은 그렇다 치더라도 학교나 모험가의 집을 짓기엔 예산도 자재도 너무 부족합니다."

"게다가 주민들은 각자 자기 일이 있소. 함부로 동원할 순 없소이다."

"미개척지로 보낼 모험가들을 모으기 위해서라 해도 쉽사리 나랏돈을 쓸 순 없습니다."

그런데 뚜껑을 열어보니 부정적인 의견이 나오기 시작했다.

들을 때는 좋다 하더니만 자기 손은 쓰고 싶지 않은가 보군…….

말은 이에니스를 위해서라지만 본심은 체제 유지를 하고 싶은 것이리라.

국민에게 쓸데없는 지식을 불어넣고 싶지 않다는 마음도 있을 것 같지만…….

그 장부의 기록을 보면 이에니스는 지금도 그럭저럭 잘 굴러가고 있다. 굳이 자산과 노동력을 투자하면서까지 새로운 사업을 시작하고 싶진 않은 것도 이해는 가는데…….

"그럼 제가 한 번 미개척지인 숲에 들어가 자재를 확보할 수 있는지 둘러보고 오겠습니다."

난 미소를 지으며 그렇게 말했다.

"학교는 어디에 세우실 예정입니까? 의료 특구에 세우는 건 무리입니다."

"슬럼가에 세우는 건 어떨까요? 아, 모험가들의 집도 거리 안쪽에서 바깥으로 점차 늘리는 방향으로 갔으면 하는데요."

"호오~. 그런 골치 아픈 일을 루시엘 님께서 책임을 지고 맡아주신다는 겁니까? 그리 해주신다면 찬성하겠소."

"슬럼가의 주민에게 맡기려 합니다. 분명 새롭게 태어나겠지요."

내가 그렇게 전하자 몇 사람의 눈빛이 변했다.

그리고 부정적이었던 의견들이 단숨에 긍정적인 의견으로 변하기 시작했다.

"의료 특구의 의원 건설에 들어가는 인건비와 재료비를 위해서라면 이에니스의 자산을 투자해도 아무런 문제가 없지요."

"그럼 슬럼가 개발은 저에게 맡기시는 겁니다?"

이의를 제기하는 이는 없었다.

이제 남은 건 은퇴한 모험가들을 고용할 수 있는 일거리 창출인가.

계획대로 일이 풀린다면 이에니스에 새로운 바람이 불 테지…… 그런 느낌이 들었다.

난 그 변화가 이에니스에서 사는 이들에게 좋은 일이 될 수 있도록 최선을 다하겠다고 결의를 다졌다.

번외편 01 루시엘이 보낸 편지

멜라토니 마을의 모험가 길드는 루시엘 일행이 여행을 떠난 이후로 일반 방문자가 줄어들었고 그로 인해 평범한 일상의 모습을 되찾고 있었다.

그런 모험가 길드에 블로드는 불만스러운 표정으로 혼자 훈련장에 있었다.

'루시엘이랑 다른 녀석들이 떠나자마자 훈련장에 오는 모험가들이 사라질 줄이야, 계산이 빗나갔군……. 너무 엄격하게 지도를 했나…….'

루시엘 일행이 멜라토니에 있을 때는 다소 격한 훈련을 해도 회복 마법으로 치료할 수 있었다.

덤으로 기사와 대련을 기대하며 모험가 길드를 찾아오던 사람들도 있었다.

블로드는 루시엘이나 기사들을 단련시키던 무렵에도 루시엘 일행이 없을 때는 다른 모험가들을 지도하는 데에 힘을 쏟았다.

그러나 블로드의 훈련이 효과가 있다 해도, 이 역시 치유사들의 회복 마법이 전제였다.

그 결과, 루시엘 일행이 여행을 떠나자 치유 마법의 은혜와 함께 기사들도 사라졌고 의욕을 잃은 모험가들은 의뢰를 받는 일상으로 다시 돌아갔다.

그렇게 모험가들은 훈련장에서 모습을 감추었다.

블로드는 전투 재능은 없어도 욕심을 가지고 꺾이지 않는 강인한 마음을 지닌 제자를 떠올리며 자신도 모험가들이 훈련장을 찾게끔 먼저 움직이기로 했다.

'성 슈를 교회로부터 신인 치유사를 모험가 길드에 파견하거나 상주(常駐)하도록 하는 제안을 받았는데 한 번 수락해볼까…… 나쁜 얘기는 아니잖아. 루시엘처럼 즐길 수 있는 치유사는 없겠지만……'

그런 생각을 하고 있자니, 가르바와 그루가가 함께 훈련장에 내려왔다.

'문제가 생겼다고 하기에는 즐거워 보이는데, 어딘가 들떠있군.'

"너희가 훈련장에 오다니 별일이군. 지금이라면 훈련장을 통째로 빌릴 수도 있다만."

그런 농담을 건네며 두 사람을 맞이했다.

"사양할게. 조금 전에 이에니스에서 온 편지가 도착했거든. 자, 이게 블로드 앞으로 온 편지야."

"각자 편지가 따로 왔으니까, 지금부터 함께 읽으려 가져왔지."

"호오. 내용이 기대되는군."

블로드는 가르바가 건넨 편지를 읽기 시작했다.

편지에는 멜라토니에서 떠난 이후의 일들이 상세히 적혀있었다.

앞부분은 블로드도 즐겁게 읽었지만, 내용을 다 읽기도 전에 자신도 모르게 편지를 구겨버렸다.

그러자 가르바가 그에게 말을 걸었다.

"블로드, 루시엘 군이 습격을 받아서 화가 나는 건 이해하지만

편지를 구길 필요는 없잖아.”

“그야 나도 우리 고향이 그 정도로 썩었을 줄은 몰랐다만.”

그루가도 편지로 접한 고향의 부패에 분노를 느끼고 있었다.

하지만 블로드의 안색이 변한 이유는 다른 데에 있었다.

“그게 아냐. 치유사 길드를 재건하기 위해 이에니스로 향했으니 그 녀석도 이 정도는 예상했겠지. 습격이야 도리어 스릴을 맛볼 기회 아니냐.”

“다른 사람들은 그렇게 생각하지 않을걸.”

“그럼 화를 내는 이유가 뭔데? 오랜만에 봤다고, 화내는 거.”

그루가의 말에 블로드의 안색이 다시 변했다.

“루시엘이 치유사 길드를 지키기 위해 노예를 샀는데, 그중에 신경이 쓰이는 자가 있으니 신원을 조사해달라고 부탁을 했다…….”

“헤에~, 루시엘 군이 신원을 신경 쓰다니 별일이네. 게다가 넌 이미 누군지 아는 눈치고.”

“뭐야, 유명한 녀석이냐?”

“그래…… 이름은 라이오넬. 용모나 전투 스타일로 보건대 전귀(戰鬼) 녀석이 틀림없다.”

블로드의 말에 가르바와 그루가는 서로를 마주 보며 알겠다는 듯이 고개를 끄덕였다.

다만 가르바는 그의 결론에 작은 위화감을 느꼈다.

“어라, 전귀는 일마시아 제국의 장군이니까 지금쯤 루브르크 왕국이랑 전쟁을 치르느라 최전선에 있을 텐데?”

“들은 바로는 현재 전황은 루브르크 왕국이 우세하다는 모양이다. 난 전귀가 상처라도 입은 줄 알았다만 아무래도 대역으로 바뀐 모양이군."

"그런데 루시엘이 산 노예가 제국의 전귀면 곤란하지 않아?"

블로드와는 달리 두 사람은 라이오넬과 면식이 없었다. 그렇기에 그의 전투 능력이 높다는 사실 외엔 아는 바가 없었다.

"난 그 녀석에게 루시엘을 자랑했었다……. 탐욕스럽게 강해지려 하며 안전이라는 당근만 제공해도 자신과 타협하지 않고 내 훈련에 따라오는 강한 정신을 지닌 자랑스러운 제자라고 말이지……."

"그게 다야? 그럼 왜 그렇게 화를 낸 건데?"

가르바는 블로드가 아직 말하지 않은 사실이 있을 거라 짐작했다.

"……내가 같은 고민을 안고 있던 전귀 녀석에게, '전투 기술을 가르칠 수 있는 제자가 생겼다' 하고 자랑하면서 너도 빨리 제자를 들이라고 조금 부추긴 적이 있거든……."

"아하, 루시엘을 전귀에게 뺏길까 봐 불안한 거군."

"블로드…… 오늘따라 네가 유난히 작아 보인다……."

"그러게. 하지만 듣고 보니 블로드의 예상도 마냥 틀린 건 아닌 것 같군."

"뭣이?! 그게 무슨 의미지?!"

가르바와 그루가는 서로를 보며 고개를 끄덕인 다음 편지를 전해준 모험가에게서 들은, 편지에는 없는 루시엘의 최신 정보를 블로드에게 전했다.

"아무래도 루시엘 군이 이에니스 모험가 길드의 요청으로 미궁을 탐색하고 용살자가 된 모양이야."

"뭐라고……?!"

'그 애송이에게 아직 그 정도의 실력은 없을 터!'

"잘됐네~! 사제 둘 다 용살자인 건 흔치 않다고."

'전귀가 약하게 만들고 루시엘이 쓰러뜨린 건가? 아니, 루시엘은 그런 식으로 공을 가로챌 녀석이 아니지. 큭, 어떻게 된 거냐!'

블로드는 제자인 루시엘이 스승을 라이오넬로 갈아치우는 게 아닌지 불안에 휩싸였다.

안 그래도 모험가 길드의 훈련장에 단련하러 오는 모험가들이 없는 걸 신경 쓰고 있던 차에.

악순환에 빠진 블로드의 사고는 성급한 결론을 내놓았다.

"가르바, 그루가. 미안하지만 한 달 정도 길드를 비울 테니 길드를 부탁하마."

"응, 안 돼. 가능할 리가 없잖아."

"그래. 안 그래도 모험가 길드 본부로부터 주의를 받고 있다고."

"맞아. 불안하면 루시엘 군에게 편지를 쓰면 되잖아?"

'게다가 우리들의 고향 이에니스의 낌새가 이상한 이 상황에서 블로드가 먼저 움직이면 여차할 때 우리가 움직일 수 없으니까.'

"그래 편지를 쓰라고. 그리고 요즘 이것저것 생각을 하는 모양인데, 루시엘이 오기 전에는 억지로 모험가들을 훈련장으로 끌고 갔잖아. 너답게 모험가들을 단련시키라고."

"그렇지……. 제자를 뺏기는 걸 걱정하다니 한심하기 짝이 없는 소리였다. 따지고 보면 근성이 없는 모험가들이 나쁜 거였어.

근성부터 단련을 시켜야겠군."

　이리하여 블로드를 설득하는 데에 성공한 가르바와 그루가는 자신들의 고향 이에니스에서 무슨 일이 벌어지는지 파악하기 위해 조금씩 조사에 착수했다.

번외편 02 조르드

내 이름은 조르드.

원래는 성 슈를 교회 본부에 소속된 치유사 겸 퇴마사였지만 지금은 S급 치유사가 된 루시엘 군이 이끄는 성치사단의 부대장과 자유 도시국가 이에니스 치유사 길드의 부길드 마스터를 겸임하고 있다.

교회 본부의 내부 사정을 모르는 자가 보기엔 좌천을 당한 거라고 생각할지도 모르겠지만 이건 내가 스스로 바란 길이며 그 선택은 그야말로 영단(英斷 : 지혜로운 결단)이었다고 가슴을 펴고 단언할 수 있다.

지금 난 며칠 전에 개축을 막 끝낸 자유 도시국가 이에니스의 치유사 길드 앞에서 이에니스 대표 회의에 참석하게 된 루시엘 군을 성치사단의 대원들과 함께 배웅하고 있다.

그 루시엘 군으로 말하자면 누가 봐도 알 수 있을 만큼, 억지로 미소를 짓는 티가 팍팍 날 정도로 의욕이 없는 모습이었다…….

어찌 보면 당연하다. 원래는 치유사 길드를 부흥시킬 목적으로 이에니스에 왔을 터인데 고작 며칠 만에 상황이 어지럽게 변해 어째선지 자유 도시국가 이에니스의 대표를 맡게 됐으니까.

그야 이 상황을 만든 건 틀림없이 루시엘 군 본인이고 그 덕분에 치유사 길드가 이에니스 국민의 인지도와 높은 호감을 얻을 수 있었다는 것도 사실이지만…….

치유사 길드 설립을 무사히 마쳤으니 조금 휴식을 취해도 되는
거 아닌가 하고 걱정하는 마음이 앞서지만 그럴 순 없으리라.

그도 그럴 게 이에니스에선 이미 영웅 취급을 받는 데다 사람
들이 새로 나타난 이 영웅을 특별하게 생각하고 구원을 바라는
건 틀림없으니까,

내가 할 수 있는 일은 루시엘 군의 부담을 조금이라도 덜어주
는 것뿐이다.

"그럼 죄송하지만, 치유사 길드를 부탁드릴게요."

"옙. 이쪽은 맡겨주시길."

어깨를 늘어뜨리며 그렇게 말하는 루시엘 군이 조금이라도 안
심할 수 있도록 대답했다.

"조르드 씨랑 다른 분들이라면 안심하고 맡길 수 있으니까요.
그럼 다녀오겠습니다."

그렇게 루시엘 님은 호위 몇 명과 함께 등을 핀 곧은 자세로 이
에니스의 대표들이 모이는 저택으로 향했다.

그 모습을 본 난 루시엘 군과 처음 만났던 때를 떠올렸다.

＊

난 그란돌 왕국의 작은 마을에서 자랐고 성인식에서 치유사 직
업을 받았다.

그란돌 왕국은 일마시아 제국과 긴 전쟁을 치르고 있었기에 치

유사로서 실력을 연마할 수 있는 환경은 갖추어져 있었고 난 마을에 한 곳뿐인 치유원에 제자로 들어갔다.

치유사가 된 나는 영웅담에 자주 등장하는 레인스타 경 같은 치유의 아버지를 목표로 치유사에게 요구되는 자질인 부상을 치료하는 능력…… 그것만을 생각하며 정진했다.

그 덕분에 초급 성속성 마법인 힐을 빨리 익힐 수 있었다.

이대로 차근차근 성장해서 언젠가 레인스타 경 같은 훌륭한 치유사가 되겠어…… 그렇게 생각했다.

하지만 그 이후로 난 스승님의 명령에 따라 견습 치유사로서 간단한 힐이나 큐어를 제외한 다른 마법의 사용을 금지당한 채 지내게 됐다.

물론 견습 치유사의 신분이었기에 받는 급료도 항간에서 들었던 금액보다 훨씬 적었고 난 항상 불만을 입에 달고 지냈다.

반항도 몇 번 해봤지만 스승님께서 제자를 들이는 조건으로 본인의 지도에 거스르는 행위를 금하셨기에 따를 수밖에 없었다.

그리고 그란돌 왕국이 치유사를 전쟁터에 파견하기로 했을 때, 내 견습 기간도 끝이 났다.

난 스승님과 나와 같은 처지였던 두 명의 치유사와 함께 위생병으로 징병을 받았고 독립을 겨우 허락하신 스승님은 내게 낡은 마법서와 치유원의 건설비용을 건네셨다.

이 시점에서 이미 치유사라는 직업을 얻은 뒤로 5년에 가까운 세월이 흐른 상태였다.

그리고 그로부터 일주일 후, 우리는 군 소속의 위생병으로서 전쟁터로 향했고 병사들을 치료하는 임무를 맡게 됐다.

전쟁터로 향하는 마차에서 마지막으로 뵌 게 내가 본 스승님의 마지막 모습이었다.

2년 뒤에 위생병으로 복무 기간을 마치고 고향으로 돌아왔을 때 스승님이 치유사로서 나의 재능을 인정하셨다는 얘기를 듣게 됐다.

그리고 제대로 기초를 다지면 장래에 이 나라에서 가장 우수한 치유사가 될 거라고 하셨다나.

그 얘기를 듣고 돌이켜 생각해 보니 스승님께서 환자를 치료할 때마다 마법의 기초인 마력 조작의 중요성을 강조하셨다는 걸 알아차렸다.

그제야 난 스승님이 날 어엿한 치유사로 키우기 위해 소중히 가르쳤다는 사실과 함께 그때 견습 치유사로 지내야 했던 이유를 깨달았다.

한마디만 해주셨다면…… 하는 아쉬움은 지금도 있지만…….

그 이후에 스승님이 떠난 마을에 남은 치유사가 없었던지라 스승님이 돌아오실 때까지 내가 스승님의 치유원을 지키기로 했다.

하지만 그로부터 3년이 지나고 고향이 전쟁터가 된 뒤에도 스승님은 돌아오시지 않았다.

전쟁터는 이제 지긋지긋했기에 전장과 거리가 먼 왕도로 이사를 한 게 25살 때의 일이었다.

그란돌 왕국 제일의 치유사가 될 수 있는 소질을 지녔다는 스승님의 말씀을 믿고 왕도에서 작지만 환자가 쉽게 찾을 수 있는 치유원을 개업했다.

하지만 당시의 난 왕도의 치유원과 치유사들의 암부를 알지 못했다.

치유원을 개업하고 일주일도 되지 않았는데 환자들이 몰리기 시작했다.

경상을 앓는 환자가 대부분이었기에 마력이 고갈되는 사태는 피했지만 이대로 환자가 늘면 고갈될지도 모른다는 생각에 치유사 길드에 인재를 파견해달라고 요청했다.

그리고 난 치유사의 암부를 알게 됐다.

파견된 치유사는 우수했지만 힐로도 충분한 상처를 미들 힐로 치료하여 환자에게 고액의 치료비를 청구했다.

그 일을 비난하자 그는 잘못된 건 내가 아니라 당신이라는 듯한 시선을 내게 보냈는데 다음날부터 그 치유사는 모습을 감췄으며 치유사 길드는 영업 방침을 바꾸거나 아니면 혼자서 열심히 해보라는 식으로 선택을 강요했다.

결국 난 혼자서 치유원을 운영하게 됐는데 당시 왕도에 있던 치유사 길드의 마스터는 그게 눈에 거슬렸던 모양이다.

무언가에 쫓기는 듯이 환자를 치료하는 나날을 보내던 어느 날, 내 앞으로 성 슈를 교회 본부가 보낸 편지가 도착했다.

편지의 내용은 타국의 젊고 우수한 치유사를 소집하니 자신의 실력을 증명하면 타국엔 전해지지 않은 새로운 마법서를 열람할 수 있는 자격을 주겠다는 것이었다.

그게 함정일 거란 생각은 조금도 하지 않은 채 난 성 슈를 공화 국행을 택했다.

그로부터 3개월 후, 난 성 슈를 교회 본부에 도착했고 바로 스터디 모임이 열렸다.

그리고 도중에 마법서를 열람할 기회를 얻은 바로 그때, 처음으로 서약이라고 하는 언어의 마법 존재를 알게 됐다.

이리하여 난 성 슈를 교회 본부 소속의 치유사가 되어 내 사정을 털어놓을 수도 없는 미궁에서 마물을 쓰러뜨리는 퇴마사로 일하게 됐다.

그 뒤로 환자 치료가 아닌 정화 마법으로 좀비를 쓰러뜨리는 나날이 이어졌다.

교회 본부엔 나보다 우수한 치유사가 많았지만, 그중에서 누군가를 구하고 싶다는 뜻을 지닌 이는 눈에 들어오지 않았다.

그런데 기사들이 모의전에서 다쳤을 때를 대비해 소집됐다는 치유사들이 이렇게 많은 까닭은 뭘까? 그 점에 의문을 품은 난 상사인 그란하르트 씨에게 그 이유를 물어봤지만 만족할 만한 대답은 돌아오지 않았다.

그 뒤로도 변함없는 나날이 이어졌다. 이따금 스승님을 떠올리며 어떻게든 기력을 유지하려 노력했다.

이대로 평생 이런 생활을 보내야 하는 건가…… 그런 생각을 하는 횟수가 점점 줄어들었다.

그러던 어느 날, 그란하르트 씨가 내 후임이 정해졌다며 내게 통보했다.

듣기론 후임으로 오는 아이는 이제 17~8살인 어린 친구라고 한다. 그 얘기를 듣고 그 아이가 무척 우수하다는 사실과 함께 누군가로부터 원한을 샀다는 걸 알 수 있었다.

하지만 서약을 한 나는 그 아이를 도와줄 수 없다.

난 이미 이곳에서 나가는 걸 포기했지만 되도록 그 아이에게 힘을 보태주고 싶었다.

그리고 난 치유사답지 않게 매우 다부진 체격을 지닌 루시엘 군과 만났다.

얘기를 나눠보니 나쁜 아이는 아니지만 조금 별나다는 느낌을 받았다.

어쩌면 미궁을 즐길 것 같은…… 그럴 리가 없나…….

그런 생각과 함께 미궁으로 그를 안내한 다음 담담히 설명을 곁들이며 1계층에 출현하는 좀비를 쓰러뜨리는 시범을 보였다.

그다지 변화가 없다.

난 미궁에서 나는 악취가 싫어 뒤를 부탁하고 도망치듯이 미궁을 뒤로했다.

그런데 어찌 된 영문인지 마물을 쓰러뜨리고 바로 나오리라 생각한 루시엘 군이 통 돌아오지를 않았다.

걱정돼서 몇 번 정도 미궁에 들어갔지만, 그의 모습은 보이지 않았다.

혹시 좀비한테 당한 건가? 불길한 예감을 계속 떨쳐냈다.

그렇게 반나절이 흐르고 이 이상 기다리는 건 쓸데없는 짓인가…… 그런 생각이 머리를 스쳤다.

하지만 그 생각은 기우로 끝났다.

오히려 대량의 마석을 가지고 돌아온 루시엘 군을 보고 정말로 미궁을 즐기는 것 같아 조금…… 아니 상당히 깼다.

그리고 카트린느 단장님이 루시엘 군과 내가 가져온 마석의 수를 비교하는 말씀을 하셨을 땐 정말로 충격이었다.

그래도 어쩐지 평범하지 않은 루시엘 군이 앞으로 어떤 일을 저지를지 기대가 됐다.

그때, 오랜만에 웃었던 것 같다.

그 예감은 적중했다.

성 슈를 교회 기사단의 홍일점이자 최강의 부대인 발키리 성기사단과의 합동 훈련.

그란하르트 씨의 허락을 받지 않고 교회 본부 밖으로 외출해 모험가 길드를 방문하고 귀환.

그리고 최고의 활약은 모험가들의 폭동 소동을 뒤집고 그 미궁을 답파한 공적으로 S급 치유사로 승격.

어느샌가 난 레인스타 경을 동경하던 때와 마찬가지로 루시엘 군에게 동경을 품게 됐다.

그리고 내 안에서 그을린 채로 남아있던 치유사의 정열을 다시 일깨워준 루시엘 군이 치유사 부대를 창설한다는 말을 듣고 바로 입후보했다.

그 이후로 쭉 루시엘 군과 동행했는데 정말로 하루하루가 두근거리는 데다 사람을 치료한다는 본래의 일을 하며 얻는 기쁨을 다시금 느끼게 해줬다.

✳

이에니스에 온 뒤로는 치유사 길드 개조에 용살자 칭호를 얻는 등 정말로 날 즐겁게 해줬다.

그래도 좀 더 자기 자신을 아끼고 위로를 해줬으면 좋겠다…….

"그럼, 루시엘 님이 무슨 짓을 저지르셔도 대응할 수 있도록 철저한 준비를 하면서 오늘도 본업에 힘을 써보죠."

""""엡.""""

앞으로 이에니스가 어떻게 변할지 정말로 기대된다.

SEIJAMUSOU 4
©2018 by broccoli lion
First published in Japan in 2018 by broccoli lion
Korean translation rights reserved by Somy Media, Inc.
Under the license from Micro Magazine Co., Ltd., Tokyo JAPAN

성자무쌍 4

2019년 3월 1일 1판 1쇄 발행
2020년 3월 1일 1판 2쇄 발행

저　　　자	브로콜리 라이온
일 러 스 트	sime
옮 긴 이	이용국
발 행 인	유재옥
본 부 장	조병권
담당편집자	조찬희
편 집 1 팀	김민지 정영길 조찬희
편 집 2 팀	김다솜 이본느
편 집 3 팀	김효연 박상섭 임미나 오준영
라이츠담당	김슬비 장정현
디 지 털	박지혜 이성호 전준호
인쇄제작처	코리아피앤피
발 행 처	㈜소미미디어
등　　　록	제2015-000008호
주　　　소	서울시 마포구 토정로222, 403호 (신수동, 한국출판콘텐츠센터)
판　　　매	㈜소미미디어
마 케 팅	한민지 한주원
전　　　화	편집부 (070)4164-3962, 3963 기획실 (02)567-3388
	판매 및 마케팅 (070)4165-6888, Fax (02)322-7665

ISBN 979-11-6389-279-3
ISBN 979-11-6190-387-3 (세트)